KB230871

동양의 지혜, 그리고
현대인의 삶

# 동양의 지혜, 그리고 현대인의 삶

| 원주용 편저 |

한국학술정보㈜

# 머리말

　文明이 발전할수록 人間의 생활이 편리해지고 있다. 며칠을 걸려야 겨우 갈 수 있는 漢陽 千里 길이 이제는 하루 生活圈 안에 들어왔으며, 누구에게나 짧은 시간에 소식을 전하는 도구도 생기는 등 다양한 삶의 便利를 누리고 있다. 이렇듯 인간의 삶이 편리해진만큼 살기도 좋아야 할 것인데, 현실은 그렇지 않은 것 같다. 하루가 다르게 文明이 변하는 만큼, 차마 눈뜨고 볼 수 없는 目不忍見의 惡行도 하루가 다르게 증가하고 있다. 동생이 형을 죽이는 일, 손자가 할머니를 살해한 사건, 운동 나온 여학생을 무참하게 살해한 소위 '묻지마 범죄'가 증가하고 있어 문을 열어 두고 살 수 없는 지경에까지 이르렀다. 뿐만 아니라 부모의 재산을 모두 奪取하고서 부모를 버린다든지, 어린 아이를 성폭행하고 죽이는 등 사람으로서 도저히 할 수 없는 天人共怒할 짓도 서슴지 않고 恣行하고 있다. 이러한 현상은 왜 발생한 것일까? 倫理의 不在가 주원인일 것이다. 현재를 살아가는 우리들은 서구적 가치관에 너무 埋沒되어 버렸다. 서구가 인류에게 物質文明에 있어 크게 기여한 점은 높이 평가해야 하지만, 반대급부로 인류를 물질만능에 빠지게 하고 말았다. 이러한 폐단에서 벗어나기 위해 우리는 어떻게 해야 할까? 동양의 精神文化에 관심을 갖는 것이 그 문제를 해결하는 한 방법이 될 수 있을 것이다.

　이 책은 그러한 의미에서 동양의 지혜를 통해 현대인들이 어떻게 살아가야 할 것인가를 생각해 보자는 의미에서 "東洋의 智慧 그리고 現代人의 삶"이라는 제목을 달게 된 것이다. 우리가 흔히 하는 말 중에 "옛말 중에 틀린 말 하나도 없어."라는 말이 있다. 이 말은 옛말이 이미 몇 세기를 걸쳐 검증을 해본 결과 틀리지 않았다는 단적인 증거를 보여 주고 있는 것이다. 先人들이 남긴 格言이 아무런 가치가 없다면 수많은 시간을 걸쳐 오면서 벌써 死藏되고 말았을 것이다. 하지만 21세기를 살아가는 지금까지도 존재한다는 것은 그만큼의 의미와 가치를 충분히 지니고 있다는 것이다.

　이 책의 구성은 쉬운 글에서 조금씩 어려운 글의 순서로 실었다. 글자와 對句를 익히기 용이한 ≪推句≫를 시작으로 儒家에서 가장 필독서였던 四書 그리고 東洋思想의 중요한 三敎 중의 하나인 道家의 ≪老子≫와 ≪莊子≫, 佛敎의 가장 기본서인 ≪法句經≫을 비롯하여 우리나라와 중국 先人들의 格言을 끝으로 실어 두었다. 體裁는 먼저 原文을 제시하고 간단한 註釋과 國譯을 실었다. 구체적으로 부가 설명을 하지 않은 것은 이 글을 읽는 각자가 筆者의 생각이 아닌 자신의 생각으로 글에 대해 의미부연을 했으면 하는 바람에서 해설은 생략하였다. 그리고 選定은 우리나라뿐 아니라 중국의 글에서도 뽑았으며, 儒家·道家·佛家에서도 선정하여 한쪽으로 편중되지 않고 다양한 사상과 내용을 담고자 하였다. 하지만 紙面의 여건상 더 많은 내용을 싣지 못한 점이 아쉬움으로 남는다.

　끝으로 오랜 시간 동안 함께 어려운 漢文을 읽어 오며 物心兩面 많은 도움을 주신 以文會 회원님들과 이 책이 나올 수 있게 많은 격려와 배려를 아끼지 않으신 陽垣主婦學校 李善宰 교장선생님께 깊은 감사를 드린다. 그리고 함께 놀아야 할 시기인데도 불구하고 아빠에게 공부할 시간을 할애해 준 두 딸 혜원이, 다원이와 집안일보다는 바깥일만 생각하는 나에게 한 마디 불평 없이 內助를 잘 해 준 아내에게도 감사의 마음을 전하고 싶다.

보잘것없는 책이지만, 이 책에 담긴 내용이 현대를 살아가는 사람들에게 조금이나마 淸凉劑 役割을 하였으면 하는 바람을 가져 본다.

2008년 5월 龜山 기슭에서

元周用 謹書

# 목 차

## ≪推句≫[1]

---

1) 이 책은 五言으로 된 좋은 對句들을 뽑아 만들었기 때문에 ≪抽句≫라
고도 쓰인다. ≪千字文≫, ≪四字小學≫과 더불어 아동교육용으로 널리
사용되었다. 저자는 미상이고, 筆寫本으로 전하기 때문에 세상에 전해지
고 있는 諸本은 체제나 내용에 있어서 다소 차이를 보이고 있다.

# 推句

1    春來梨花白 夏至樹葉靑

【주석】 〚梨〛배 리 〚至〛이르다 지 〚樹〛나무 수 〚葉〛잎사귀 엽
〚靑〛푸르다 청

【국역】 봄이 오니 배꽃이 희고, 여름이 오니 나뭇잎이 푸르구나.

2    秋涼黃菊發 冬寒白雪來

【주석】 〚涼〛서늘하다 량 〚菊〛국화 국 〚發〛피다 발 〚寒〛차다
한 〚雪〛눈 설

【국역】 가을이 서늘하니 누런 국화가 피고, 겨울이 추우니 흰 눈이
내리네.

3    日月千年鏡 江山萬古屛

【주석】 〚鏡〛거울 경 〚萬〛일만 만 〚古〛옛 고 〚屛〛병풍 병

【국역】 해와 달은 천 년의 거울이요, 강과 산은 만고의 병풍이로다.

## 4 　月爲宇宙燭 風作山河鼓

【주석】 〖爲〗되다 위 〖宇〗집 우 〖宙〗집 주 〖燭〗촛불 촉 〖作〗
되다 작 〖鼓〗북 고

【국역】 달은 우주의 촛불이 되고, 바람은 산하의 북이 되도다.


## 5 　夫婦二姓合 兄弟一氣連

【주석】 〖婦〗아내 부 〖姓〗성 성 〖氣〗기운 기 〖連〗잇다 련

【국역】 부부는 두 성이 합하여진 것이요, 형제는 한 기운이 이어진
것이다.


## 6 　父慈子當孝 兄友弟亦恭

【주석】 〖慈〗사랑하다 자 〖當〗마땅하다 당 〖友〗우애 있다 우
〖亦〗또 역 〖恭〗공손하다 공

【국역】 부모는 사랑하고 자식은 마땅히 효도해야 하며, 형은 우애
롭고 동생은 또한 공손해야 한다.


## 7 　妻賢夫禍少 子孝父心寬

【주석】 〖妻〗아내 처 〖賢〗어질다 현 〖禍〗재앙 화 〖少〗적다 소
〖寬〗너그럽다 관

【국역】 아내가 어질면 남편의 재앙은 적어지고, 자식이 효도하면

부모의 마음은 너그러워진다.

## 8 子孝雙親樂 家和萬事成

**【주석】** 〚雙〛 쌍 쌍 〚親〛 어버이 친 〚樂〛 즐겁다 락 〚和〛 화목하다 화 〚事〛 일 사

**【국역】** 자식이 효도하면 두 어버이가 즐겁고, 집안이 화목하면 만사가 이루어진다.

## 9 家貧思賢妻 國亂思良相

**【국역】** 〚貧〛 가난하다 빈 〚思〛 생각하다 사 〚妻〛 아내 처 〚亂〛 어지럽다 란 〚良〛 어질다 량 〚相〛 재상 상

**【국역】** 집이 가난하면 어진 아내를 생각하고, 나라가 어지러우면 어진 재상을 생각한다.

## 10 人心朝夕變 山色古今同

**【주석】** 〚朝〛 아침 조 〚變〛 변하다 변 〚色〛 빛 색 〚今〛 이제 금 〚同〛 같다 동

**【국역】** 사람의 마음은 아침저녁으로 변하고, 산의 색깔은 예나 지금이나 같도다.

## 11　江山萬古主　人物百年賓

【주석】 〖主〗 주인 주 〖物〗 물건 물 〖年〗 해 년 〖賓〗 손님 빈
【국역】 강과 산은 만고의 주인이요, 사람과 물건은 백 년의 손님이로다.


## 12　世事琴三尺　生涯酒一盃

【국역】 〖琴〗 거문고 금 〖尺〗 자 척 〖涯〗 끝 애 〖酒〗 술 주 〖盃〗 잔 배
【국역】 세상 일은 거문고 세 자(로 보내고), 생애는 술 한 잔(으로 보내 버리세).


## 13　飮酒人顏赤　食草馬口靑

【주석】 〖飮〗 마시다 음 〖顏〗 얼굴 안 〖赤〗 붉다 적 〖食〗 먹다 식 〖草〗 풀 초
【국역】 술을 마시니 사람의 얼굴이 붉어지고, 풀을 먹으니 말의 입이 푸르도다.


## 14　白酒紅人面　黃金黑吏心

【주석】 〖紅〗 붉다 홍 〖面〗 얼굴 면 〖金〗 쇠 금 〖黑〗 검다 흑 〖吏〗 관리 리
【국역】 흰 술은 사람의 얼굴을 붉게 만들고, 황금은 관리의 마음을 검게 만든다.

15 **花落憐不掃 月明愛無眠**

【주석】 〚落〛 떨어지다 락 〚憐〛 어여삐 여기다 련 〚掃〛 쓸다 소
〚眠〛 자다 면

【국역】 꽃이 떨어지니 사랑스러워 쓸지 못하고, 달이 밝으니 사랑
스러워 잠이 오지 않네.

16 **歲去人頭白 秋來樹葉黃**

【주석】 〚歲〛 해 세 〚去〛 가다 거 〚頭〛 머리 두 〚樹〛 나무 수

【국역】 세월이 가니 사람의 머리가 희어지고, 가을이 오니 나뭇잎
이 누렇게 되는구나.

17 **春意無分別 人情有淺深**

【주석】 〚意〛 뜻 의 〚分〛 나누다 분 〚別〛 다르다 별 〚情〛 인정 정
〚淺〛 얕다 천 〚深〛 깊다 심

【국역】 봄의 뜻은 분별이 없으나, 인간의 정은 깊고 얕음이 있네.

18 **山外山不盡 路中路無窮**

【주석】 〚盡〛 다하다 진 〚路〛 길 로 〚窮〛 다하다 궁

【국역】 산 밖에 (산이 있어) 산이 끝이 없고, 길 가운데 (길이 있
어) 길이 끝이 없도다.

【주석】〖鳥〗새 조 〖宿〗자다 숙 〖池〗못 지 〖邊〗가 변 〖僧〗중 승 〖敲〗두드리다 고

【국역】새는 못가의 나무에서 자고, 스님은 달빛 아래에서 문을 두드리네(여기에서 推敲라는 고사성어가 나옴).




【주석】〖影〗그림자 영 〖推〗밀다 퇴 〖掃〗쓸다 소 〖還〗다시 환

【국역】산 그림자는 밀어내도 나가지 않고, 달빛은 쓸어도 다시 생기네.




【주석】〖去〗가다 거 〖執〗잡다 집 〖蝶〗나비 접

【국역】하늘이 높으니 올라가도 잡을 수 없고, 꽃이 시드니 나비가 오지 않도다.




【주석】〖松〗소나무 송 〖深〗깊다 심 〖沙〗＝砂 모래 사 〖流〗흐르다 류

【국역】산이 높아도 소나무 아래에 서 있고, 강이 깊어도 모래 위로 흐른다.

[23]　　**畵虎難畵骨　知人未知心**

【주석】 〚畵〛그리다 화 〚難〛어렵다 난 〚骨〛뼈 골 〚未〛아니다 미
【국역】 호랑이를 그려도 뼈를 그리기 어렵고, 사람을 알아도 마음
　　　　을 알지는 못하네.


[24]　　**水去不復回　言出難更收**

【주석】 〚復〛다시 부 〚回〛돌아오다 회 〚更〛다시 갱 〚收〛거두
　　　　다 수
【국역】 물은 가면 다시 돌아오지 않고, 말은 나오면 다시 거두기
　　　　어렵다.


[25]　　**學文千載寶　貪物一朝塵**

【주석】 〚載〛해 재 〚寶〛보배 보 〚貪〛탐하다 탐 〚朝〛아침 조
　　　　〚塵〛티끌 진
【국역】 글을 배우면 천 년의 보배가 되고, 물건을 탐하면 하루아침
　　　　의 티끌이 되도다.


[26]　　**一日不讀書　口中生荊棘**

【주석】 〚讀〛읽다 독 〚書〛책 서 〚荊〛가시 형 〚棘〛가시 극
【국역】 하루라도 책을 읽지 않으면, 입 안에 가시가 돋는다.

27 花有重開日 人無更少年

【주석】 〖重〗거듭 중 〖開〗피다 개 〖更〗다시 갱 〖少〗젊다 소
〖年〗나이 년

【국역】 꽃은 다시 피는 날이 있어도, 사람은 다시 젊은 나이가 될
수 없도다.


28 孝爲百行源 忠作萬事本

【주석】 〖行〗행위 행 〖源〗근원 원 〖作〗되다 작

【국역】 효는 모든 행실의 근원이 되고, 충은 모든 일의 근본이
된다.


29 嚴父出孝子 嚴母出孝女

【주석】 〖嚴〗엄하다 엄 〖女〗딸 녀

【국역】 엄한 아버지는 효자를 낳고, 엄한 어머니는 효녀를 낳는다.


30 安分身無辱 知機心自閑

【주석】 〖分〗분수 분 〖辱〗모욕되다 욕 〖機〗조짐 기 〖自〗저절
로 자 〖閑〗한가하다 한

【국역】 분수를 편안히 여기면 몸에 욕됨이 없고, 조짐을 알면 마음
은 저절로 한가롭도다.

31    心淸師白水 言重學靑山

【주석】〖淸〗맑다 청 〖師〗스승으로 삼다 사 〖重〗무겁다 중
【국역】마음이 맑으니 깨끗한 물을 스승으로 삼고, 말이 무거우니
       푸른 산을 배우도다.


32    靑松君子節 綠竹烈女貞

【주석】〖節〗절개 절 〖綠〗푸르다 록 〖烈女(열녀)〗정조를 굳게 지
       키는 여자 〖貞〗곧다 정(여자가 절개를 지켜 동하지 아니함)
【국역】푸른 소나무는 군자의 절개요, 푸른 대나무는 열녀의 정조
       로다.


33    瓜田不納履 李下不整冠

【주석】〖瓜〗오이 과 〖納〗들이다 납 〖履〗신 리 〖李〗자두나무
       리 〖整〗바로잡다 정 〖冠〗갓 관
【국역】오이 밭에서는 신발을 고쳐 신지 않고, 자두나무 아래에서
       는 갓을 바로 쓰지 않는다.


34    治官莫若平 臨財莫若廉

【주석】〖官〗벼슬 관 〖莫若(막약)〗〜만 한 것이 없다 〖平〗공평
       하다 평 〖臨〗임하다 림 〖廉〗청렴하다 렴
【국역】관직을 다스림에 공평함만 한 것이 없고, 재물에 임함에 청

렴함만 한 것이 없다.

## 35 心安茅屋穩 性定菜羹香

【주석】〖茅〗띠 모 〖屋〗집 옥 〖穩〗편안하다 온 〖性〗성품 성 〖定〗안정되다 정 〖菜〗나물 채 〖羹〗국 갱 〖香〗향기롭다 향

【국역】마음이 편안하면 띠집도 편안하고, 성품이 안정되면 나물국도 향기롭다.

## 36 路遙知馬力 日久見人心

【주석】〖路〗길 로 〖遙〗멀다 요 〖久〗오래다 구

【국역】길이 멀어야 말의 힘을 알 수 있고, 날이 오래되어야 사람의 마음을 알 수 있도다.

≪童蒙先習≫[2]

---

# 童蒙先習

**1** 天地之間 萬物之衆 惟人最貴 所貴乎人者 以其有五倫也
是故 孟子曰 父子有親 君臣有義 夫婦有別 長幼有序
朋友有信 人而不知有五常 則其違禽獸不遠矣

【주석】〚惟〛오직 유 〚最〛가장 최 〚貴〛귀하게 여기다 귀 〚以〛
때문 이 〚倫〛인륜 륜 〚故〛연고 고 〚孟子(맹자)〛戰國時代
철학자로, 性善說을 주장하였음(孟 맏 맹) 〚別〛구별 별
〚序〛차례 서 〚朋〛벗 붕 〚而〛만약 이 〚五常(오상)〛＝五
倫 〚違〛떨어지다 위 〚禽〛날짐승 금 〚獸〛길짐승 수 〚遠〛
멀다 원

【국역】하늘과 땅 사이에 있는 만물의 무리 중에 오직 사람이 가장
귀하니, 사람을 귀하게 여기는 까닭은 그에게 다섯 가지 인
륜이 있기 때문이다. 그러므로 맹자가 말씀하시길 "부모와
자식 간에는 친함이 있으며, 임금과 신하 간에는 의리가 있
으며, 남편과 아내 간에는 분별이 있으며, 어른과 아이 간에
는 차례가 있으며, 친구 간에는 믿음이 있다." 하셨으니, 사
람이 만약 오상이 있음을 알지 못하면 그와 날짐승, 길짐승
과의 거리가 멀지 않을 것이다.

**2**     父子 天性之親

【주석】〖性〗 성품 성 〖親〗 친하다 친

【국역】부모와 자식은 타고난 성품이 친한 것이다.


**3**     父雖不慈 子不可以不孝

【주석】〖雖〗 비록 수 〖慈〗 사랑하다 자 〖可以(가이)〗 ─할 수 있다(가능이나 허가의 의미)

【국역】부모가 비록 자식을 사랑하지 않더라도, 자식은 효도하지 않을 수 없는 것이다.


**4**     孔子曰 五刑之屬三千 而罪莫大於不孝

【주석】〖孔子(공자)〗 春秋時代 철학자로, 儒家를 창시함(孔 구멍 공) 〖刑〗 형벌 형 〖五刑(오형)〗 다섯 가지 형벌로 시대마다 다름. 虞舜 때의 오형은 墨(자자 묵)·荆(발 베다 비)·劓(코 베다 의)·宮(궁형 궁)·大辟(＝死刑) 〖屬〗 무리 속 〖罪〗 허물 죄 〖莫〗 없다 막

【국역】공자께서 말씀하시길 "오형의 종류가 3천 가지인데, 죄 중에 불효보다 더 큰 것은 없다." 하셨다.


**5**     君臣 天地之分

【국역】임금과 신하는 하늘과 땅 같은 분별이다.

6 　夫婦 二姓之合 生民之始 萬福之原

【주석】 〖姓〗성 성 〖生民(생민)〗＝百姓 〖原〗근원 원

【국역】 남편과 아내는 두 성이 합쳐진 것으로, 백성의 시초이며 모
든 복의 근원이다.


7 　子思曰 君子之道 造端乎夫婦

【주석】 〖子思(자사)〗春秋시대 魯나라 사람으로, 孔子의 손자. 이
름은 伋이며, 자사는 그의 字임. 曾參에게 배웠으며, ≪中
庸≫을 지었음. 〖造〗짓다 조 〖端〗실마리 단

【국역】 자사께서 말씀하시길 "군자의 도는 부부에게서 실마리를 만
들어 간다." 하셨다.


8 　長幼 天倫之序

【주석】 〖幼〗어리다 유 〖天倫(천륜)〗부모형제 사이의 변하지 않
는 떳떳한 도리 〖序〗차례 서

【국역】 어른과 아이는 천륜의 차례이다.


9 　年長以倍則父事之 十年以長則兄事之 五年以長則肩隨之

【주석】 〖年〗나이 년 〖長〗나이 많다 장 〖以〗～부터 이 〖倍〗곱
절 배 〖事〗섬기다 사 〖肩〗어깨 견 〖隨〗따르다 수

【국역】 나이가 많은 것이 배가 되면 부모처럼 섬기고, 10년이 많으

면 형으로 그를 섬기며, 5년이 많으면 어깨를 나란히 하고 그를 따라간다.

10  孟子曰 孩提之童 無不知愛其親 及其長也 無不知敬其兄也

【주석】〖孩提(해제)〗웃고 물건을 들 줄 아는 정도의 아이로, 2~3살 된 아이(孩 웃다 해 提 들다 제) 〖及〗미치다 급 〖長〗자라다 장 〖敬〗공경하다 경

【국역】맹자께서 말씀하시길 "어린 아이 중에 그 어버이를 사랑할 줄 모르는 이가 없으며, 그가 장성함에 이르러서는 그 형을 공경할 줄 모르는 이가 없다." 하셨다.

11  取友必端人 擇友必勝己

【주석】〖取〗취하다 취 〖端〗바르다 단 〖擇〗가리다 택 〖勝〗낫다 승

【국역】벗을 취할 때는 반드시 바른 사람으로 하며, 벗을 가릴 때는 반드시 자기보다 나아야 한다.

12  孝爲百行之源

【주석】〖爲〗되다 위 〖行〗행실 행 〖源〗근원 원

【국역】효는 모든 행실의 근원이 된다.

| 13 | 冬溫而夏凊 昏定而晨省 出必告 反必面<br>不遠遊 遊必有方 不敢有其身 不敢私其財 |

【주석】 〖凊〗 서늘하다 청(정) 〖昏〗 저물다 혼 〖晨〗 새벽 신 〖省〗 살피다 성 〖反〗 돌아오다 반 〖面〗 뵙다 면 〖遊〗 놀다 유 〖方〗 지역 방 〖有〗 두다 유 〖財〗 재물 재

【국역】 겨울에는 따듯하게 해드리고 여름에는 시원하게 해드리며, 저녁에는 잠자리를 정해 드리고 새벽에는 살펴 드리며, 외출할 때는 반드시 아뢰고 돌아와서는 반드시 뵈며, 멀리 돌아다니지 않으며 돌아다닐 때는 반드시 장소를 두며, 감히 자기 몸을 마음대로 두지 않으며 감히 재물을 사사로이 하지 않는다.

## ≪擊蒙要訣≫3)

---

3) 이 책은 宣祖 10년(1577)에 栗谷 李珥가 제자들을 가르치기 위해 지은 것이다. 이 책은 五書로 들어가는 단계의 기본교양서로 인식되었으며, 특히 性理學派에서는 필독서로 여겨져 왔다. 율곡의 어머니는 師任堂 申氏로, 어려서는 주로 어머니의 가르침을 받았으며, 1548년(명종 3) 13세의 나이로 진사시에 합격했다. 16세에 어머니를 여의자 파주 두문리 자운산에서 3년간 侍墓했다. 1558년 23세 되던 해에 禮安의 陶山으로 가서 당시 58세였던 李滉을 방문했다. 그 뒤에도 여러 차례 서신을 통하여 敬工夫나 格物·窮理의 문제를 往復問辨했다. 1564년 식년문과에 장원급제하기까지 모두 9번에 걸쳐 장원을 하여 세간에서는 그를 九度壯元公이라 일컬었다. 1583년 당쟁을 조장한다는 동인의 탄핵으로 사직했다가 같은 해 다시 판돈녕부사와 이조판서에 임명되었다. 이듬해 정월 49세를 일기로 죽었다.

# 擊蒙要訣

**1**　人皆可以爲堯舜(立志)

【주석】〖皆〗모두 개 〖可以(가이)〗〜할 수 있다 〖堯舜(요순)〗古代 帝王의 이름들로, 聖君이나 明君의 뜻으로 쓰임

【국역】사람은 모두 요임금과 순임금처럼 될 수 있다.

**2**　志之立 知之明 行之篤 皆在我耳 豈可他求哉(立志)

【주석】〖篤〗도탑다 독 〖我〗나 아 〖耳〗〜뿐이다 이 〖豈〗어찌 기 〖他〗다르다 타 〖求〗구하다 구 〖哉〗어조사 재

【국역】뜻이 서게 되고 아는 것이 밝아지며 행실이 돈독해지는 것은 모두 나에게 달려 있을 뿐이니, 어찌 다른 데에서 구할 수 있겠는가?

**3**　莫美於智 莫貴於賢(立志)

【주석】莫＋형용사·동사＋於: 〜보다 더 〜한 것은 없다(최상급을 만듦)

【국역】지혜보다 더 아름다운 것은 없으며, 어짊보다 더 귀한 것은 없다.

| 4 | 人不忠信 事皆無實 爲惡則易 爲善則難(持身) |
|---|---|

【주석】 〚實〛참 실 〚易〛쉽다 이

【국역】 사람이 忠信하지 않으면 일이 모두 진실함이 없어서, 악을
하기는 쉽고 선을 하기는 어렵다.


| 5 | 夙興夜寐(持身) |
|---|---|

【주석】 〚夙〛일찍 숙 〚興〛일어나다 흥 〚寐〛자다 매

【국역】 일찍 일어나고 밤늦게 잔다.


| 6 | 收斂身心 莫切於九容 所謂九容者 足容重 手容恭 目容<br>端 口容止 聲容靜 頭容直 氣容肅 立容德 色容莊(持身) |
|---|---|

【주석】 〚收〛거두다 수 〚斂〛거두다 렴 〚切〛절실하다 절 〚容〛
모양 용 〚謂〛말하다 위 〚恭〛공손하다 공 〚端〛단정하다
단 〚止〛그치다 지 〚靜〛고요하다 정 〚肅〛엄숙하다 숙
〚莊〛엄하다 장

【국역】 몸과 마음을 거두어들이는 데에는 구용보다 더 절실한 것이
없다. 이른바 구용이라는 것은 발 모양은 무겁게 하고, 손
모양은 공손히 하고, 눈 모양은 단정히 하고, 입 모양은 그
치고, 소리 모양은 조용히 하고, 머리 모양은 곧게 하고, 숨
쉬는 모양은 엄숙하게 하고, 서 있는 모양은 덕스럽게 하고,
얼굴 모양은 장엄하게 하는 것이다.

## 7

**進學益智 莫切於九思 所謂九思者 視思明 聽思聰 色思溫 貌思恭 言思忠 事思敬 疑思問 忿思難 見得思義**(持身)

**【주석】** 〖聰〗 귀 밝다 총 〖貌〗 모양 모 〖疑〗 의심하다 의 〖忿〗 성내다 분 〖難〗 재앙 난

**【국역】** 학문에 나아가 지혜를 더하는 데는 구사보다 더 절실한 것은 없다. 이른바 구사라는 것은 볼 때는 밝게 볼 것을 생각하고, 들을 때는 귀 밝게 들을 것을 생각하고, 얼굴빛은 온화하게 할 것을 생각하고, 용모는 공손할 것을 생각하고, 말은 성실하게 할 것을 생각하고, 일은 공경스럽게 할 것을 생각하고, 의심스러운 것은 물을 것을 생각하고, 화가 났을 때는 재앙을 생각하고, 얻을 것을 보면 의리를 생각하는 것이다.

## 8

**非禮勿視 非禮勿聽 非禮勿言 非禮勿動 四者 修身之要也**(持身)

**【주석】** 〖禮〗 예 례 〖勿〗 말라 물 〖修〗 닦다 수 〖要〗 대요 요

**【국역】** 예가 아니면 보지 말며, 예가 아니면 듣지 말며, 예가 아니면 말하지 말며, 예가 아니면 움직이지 말라는 네 가지는 몸을 닦는 요체이다.

9     多言多慮 最害心術(持身)

【주석】 〚慮〛생각 려 〚最〛가장 최 〚害〛해롭다 해 〚心術(심술)〛
　　　　　 마음씨

【국역】 말을 많이 하고 생각을 많이 하는 것이 가장 마음에 해롭다.


10     當宴飮酒 不可沈醉 浹洽而止 可也(持身)

【주석】 〚當〛당하다 당 〚宴〛잔치 연 〚飮〛마시다 음 〚可〛〜해
　　　　　 야 한다, 옳다 가 〚沈〛잠기다 침 〚醉〛취하다 취 〚浹〛젖
　　　　　 다 협 〚洽〛두루 미치다 흡

【국역】 잔치에서 술을 마심에 이르러 빠지도록 취해서는 안 되고,
　　　　　 몸에 젖을 정도면 그치는 것이 옳다.


11     當正心身 表裏如一 處幽如顯 處獨如衆(持身)

【주석】 〚表〛겉 표 〚裏〛속 리 〚如〛같다 여 〚處〛두다 처 〚幽〛
　　　　　 그윽하다 유 〚顯〛드러나다 현 〚獨〛홀로 독

【국역】 마땅히 몸과 마음을 바르게 하여 겉과 속이 한결같아야 할
　　　　　 것이니, 깊숙한 곳에 있더라도 드러난 곳에 있는 것처럼 하
　　　　　 고, 혼자 있더라도 여럿이 있는 것처럼 해야 한다.


12     居敬以立其本 窮理以明乎善 力行以踐其實(持身)

【주석】 〚居〛있다 거(居敬: 항상 마음을 바르게 하여 품행을 닦음)

〚窮〛 궁구하다 궁 〚踐〛 밟다 천 〚實〛 참 실

【국역】 경에 있으면서 그 근본을 세우고, 이치를 연구하여 선을 밝
히고, 힘써 행하여 그 진실을 실천해야 한다.

## 13  入道莫先於窮理 窮理莫先乎讀書(讀書)

【주석】 莫＋형용사·동사＋於: ～보다 더 ～한 것은 없다(최상급을
만듦)

【국역】 도에 들어감은 이치를 연구하는 것보다 더 먼저 할 것이 없
고, 이치를 연구함은 책을 읽는 것보다 더 먼저 할 것이 없다.

## 14  若口讀而心不體 身不行 則書自書 我自我 何益之有(讀書)

【주석】 〚若〛 만약 약 〚體〛 체득하다 체 〚何〛 무슨 하

【국역】 만약 입으로만 읽어서 마음으로 체득하지 않고 몸으로 실행
하지 않는다면, 책은 책대로 나는 나대로일 것이니, 무슨 유
익함이 있겠는가?

## 15  古人詩曰 古人一日養 不以三公換 所謂愛日者如此(事親)

【주석】 〚養〛 봉양 양 〚三公(삼공)〛 가장 높은 세 가지 벼슬로 시
대마다 다름. 우리나라의 경우 領議政·左議政·右議政
〚換〛 바꾸다 환

【국역】 옛 사람의 시에 이르기를 "옛날 사람은 하루의 봉양을 삼공

과도 바꾸지 않는다." 하였으니, 이른바 날짜를 아낀다는 것
이 이와 같다(孝子愛日: 효자는 날짜를 아낀다).

<hr>

**16　喪與其哀不足而禮有餘也 不若禮不足而哀有餘也(喪制)**

【주석】 〖與其(여기)A不若(불약)B〗 A하는 것은 B하는 것만 못하다
〖哀〗 슬프다 애 〖餘〗 남다 여
【국역】 초상은 슬픔이 부족하고 예가 남음이 있기보다는, 예가 부
족하고 슬픔이 남는 것만 못하다.

<hr>

**17　君子憂道 不當憂貧(居家)**

【주석】 〖憂〗 근심하다 우 〖當〗 마땅하다 당
【국역】 군자는 도를 근심할 것이요, 마땅히 가난을 근심해서는 안
된다.

<hr>

**18　同聲相應 同氣相求(接人)**

【주석】 〖應〗 응하다 응 〖求〗 구하다 구
【국역】 같은 소리는 서로 응하고, 같은 기운은 서로 찾는다.

19  凡人欲利於己 必至侵害人物 故學者先絶利心然後
可以學仁矣(接人)

【주석】 〚凡〛 무릇 범 〚欲〛 〜하고자 하다 욕 〚己〛 자기 기 〚侵〛
침범하다 침 〚故〛 그러므로 고 〚絶〛 끊다 절

【국역】 무릇 사람이 자기에게 이롭게 하고자 하면 반드시 남을 침
해하는 데 이른다. 그러므로 배우는 자는 먼저 (자기에게)
이롭게 하려는 마음을 끊어 버린 뒤에야 仁을 배울 수 있
을 것이다.


20  人於未仕時 惟仕是急 旣仕後 又恐失之(處世)

【주석】 〚未〛 아직〜아니다 미 〚仕〛 벼슬하다 사 〚惟A是B〛 오직
A만을 B하다 〚急〛 급하다 급 〚旣〛 이미 기 〚恐〛 두려워하
다 공

【국역】 사람이 아직 벼슬하지 않았을 때에는 오직 벼슬하는 것만을
급한 것으로 여기고, 이미 벼슬한 후에는 또 그것을 잃을까
걱정한다.

≪明心寶鑑≫4)

---

# 明心寶鑑

<table><tr><td>1</td><td>莊子曰 一日不念善 諸惡皆自起(繼善)</td></tr></table>

【주석】 〖莊子(장자)〗 이름은 周로, 老子의 無爲自然說을 발전시킴
〖諸〗 모두 제

【국역】 장자가 말하기를 "하루라도 선을 생각하지 않으면, 모든 악
이 다 저절로 일어난다." 하였다.

<table><tr><td>2</td><td>司馬溫公曰 積金以遺子孫 未必子孫能盡守<br>積書以遺子孫 未必子孫能盡讀 不如積陰德<br>於冥冥之中 以爲子孫之計也(繼善)</td></tr></table>

【주석】 〖司馬溫公(사마온공)〗 이름은 光으로, 北宋 때 王安石의
新法에 반대함 〖未必(미필)〗 반드시 ～한 것만은 아니다(부
분 부정) 〖盡〗 다 진 〖陰德(음덕)〗 남몰래 베푼 덕 〖冥〗 어
둡다 명

【국역】 사마온공이 말하기를 "돈을 모아서 자손에게 남겨 주더라도
자손이 반드시 다 지킬 수는 없고, 책을 쌓아서 자손에게
남겨 주더라도 자손이 반드시 다 읽을 수는 없으며, 남모르

는 가운데 음덕을 쌓아서 자손을 위한 계책으로 삼는 것만
못하다." 하였다.

  景行錄曰 恩義廣施 人生何處不相逢 讐怨莫結
路逢狹處難回避(繼善)

【주석】 〖景行錄(경행록)〗 宋나라 때 冊名 〖廣〗 넓다 광 〖施〗 베풀
다 시 〖何〗 어느 하 〖逢〗 만나다 봉 〖讐〗 원수 수 〖狹〗 좁
다 협 〖避〗 피하다 피

【국역】 ≪경행록≫에 이르기를 "은혜와 의리를 널리 베풀어라. 사
람이 살아가다 어느 곳에서 서로 만나지 않겠는가? 원수와
원한을 맺지 말라. 길이 좁은 곳에서 만나면 돌아서 피하기
어렵다." 하였다.

  邵康節先生曰 天聽寂無音 蒼蒼何處尋
非高亦非遠 都只在人心(天命)

【주석】 〖邵康節先生(소강절선생)〗 이름은 雍으로, 卜筮의 대가임
〖寂〗 고요하다 적 〖蒼〗 푸르다 창 〖尋〗 찾다 심 〖都〗 모
두 도

【국역】 소강절 선생이 말하기를 "하늘의 들음은 고요하여 소리가
없으니, 푸른 어느 곳에서 찾을 것인가? 높이 있는 것도 아
니요 멀리 있는 것도 아니요, 모두 다만 사람의 마음에 있
다." 하였다.

| 5 | 種瓜得瓜 種豆得豆 天網恢恢 疎而不漏(天命) |

【주석】 〚種〛심다 종 〚瓜〛오이 과 〚網〛그물 망 〚恢〛넓다 회
〚疎〛＝疏 성글다 소 〚漏〛새다 루

【국역】 오이를 심으면 오이를 얻고, 콩을 심으면 콩을 얻는다. 하늘
의 그물은 넓어서 성근 듯하나 새지 않는다.


| 6 | 萬事分已定 浮生空自忙(順命) |

【주석】 〚分〛분수 분 〚浮〛뜨다 부 〚空〛부질없이 공 〚忙〛바쁘
다 망

【국역】 모든 일은 분수가 이미 정해져 있는데, 뜬 인생이 부질없이
혼자서 바쁘네.


| 7 | 禍不可倖免 福不可再求(順命) |

【주석】 〚倖〛다행 행 〚再〛거듭 재

【국역】 재앙은 요행히 벗어날 수 없고, 복은 거듭 구할 수 없다.


| 8 | 詩曰 父兮生我 母兮鞠我 哀哀父母 生我劬勞<br>欲報深恩 昊天罔極(孝行) |

【주석】 〚詩〛《詩經》으로, 古代 詩를 모은 책 〚兮〛어조사 혜
〚鞠〛기르다 국 〚劬〛힘들이다 구 〚昊〛하늘 호 〚罔〛없
다 망 〚極〛끝 극

【국역】 ≪詩經≫에 이르기를 "아버지께서 나를 낳아 주시고, 어머니께서 나를 길러 주시니, 애달프다! 부모님이여. 나를 낳아 기르시느라 힘드셨구나. 깊은 은혜에 보답하고 싶은데, 하늘에 끝이 없는 것 같구나(부모님 은혜가 끝없는 하늘과 같다)."

<table>
<tr><td>9</td><td>孝順還生孝順子 忤逆還生忤逆子 不信但看簷頭水<br>點點滴滴不差移(孝行)</td></tr>
</table>

【주석】 〖還〗다시 환 〖忤〗거스르다 오 〖看〗보다 간 〖簷〗처마 첨 〖頭〗가 두 〖點〗점 점 〖滴〗물방울 적 〖差移(차이)〗어긋나다

【국역】 효도하고 순종하는 사람은 다시 효도하고 순종하는 자식을 낳고, 거스르는 사람은 다시 거스르는 자식을 낳는다. 믿지 못하겠다면 다만 처마 끝의 물을 보라. 방울방울 어긋나지 않는다.

<table>
<tr><td>10</td><td>馬援曰 聞人之過失 如聞父母之名 耳可得聞<br>口不可言也(正己)</td></tr>
</table>

【주석】 〖馬援(마원)〗後漢의 장군으로, 반란 및 흉노 토벌에 공이 많음 〖失〗잘못 실 〖可〗〜할 수 있다, 〜해야 한다 가

【국역】 마원이 말하기를 "남의 잘못을 들으면, 부모님의 이름을 듣는 것과 같이 하여, 귀로는 들을 수 있으나, 입으로는 말해

서는 안 된다." 하였다.

**11** 太公曰 勤爲無價之寶 愼是護身之符(正己)

【주석】 〖太公(태공)〗중국 周나라의 신하로, 본명은 呂尙. 姜太公
이라고도 한다. 殷나라를 격파하고 齊나라의 侯로 봉해졌
다. 태공망이라는 명칭은 주나라 文王이 渭水에서 낚시질을
하고 있던 여상을 만나 先君인 太公이 오랫동안 바라던(望)
어진 인물이라고 여긴 데서 유래했다고 한다. 낚시꾼을 강
태공이라고 부르는 것도 태공망에서 유래함 〖勤〗부지런하
다 근 〖價〗값 가 〖愼〗삼가다 신 〖護〗지키다 호 〖符〗부
적 부

【국역】 태공이 말하기를 "부지런함은 값을 따질 수 없는 보배요,
신중함은 몸을 보호해 주는 부적이다." 하였다.

**12** 孫眞人養生銘云 怒甚偏傷氣 思多太損神 神疲心易役 氣
弱病相因 勿使悲歡極 當令飮食均 再三防夜醉 第一戒
晨嗔(正己)

【주석】 〖孫眞人(손진인)〗道家의 인물로 未詳 〖銘〗새기다 명
〖甚〗심하다 심 〖偏〗치우치다 편 〖損〗덜다 손 〖神〗정
신 신 〖疲〗지치다 피 〖役〗부리다 역 〖極〗다하다 극
〖令〗＝使 〖防〗막다 방 〖醉〗취하다 취 〖晨〗새벽 신
〖嗔〗성내다 진

【국역】손진인의 〈양생명〉에 이르기를 "화내기를 심하게 하면 기운
을 상하게 하고, 생각이 많으면 정신을 크게 손상시킨다. 정
신이 피곤하면 마음은 부리기 쉽고, 기운이 약하면 병이 서
로 말미암는다. 슬픔과 기쁨을 심하게 하지 말며, 마땅히 음
식을 고르게 하며, 거듭 밤에 취하는 것을 막으며, 제일 경
계해야 할 것은 새벽에 화내는 것이다." 하였다.

## 13  定心應物 雖不讀書 可以爲有德君子(正己)

【주석】 〖應〗응하다 응 〖可以(가이)〗 = 可 ~할 수 있다
【국역】마음을 안정하여 사물에 응한다면, 비록 글을 읽지 않았더
라도, 덕이 있는 군자라고 할 수 있을 것이다.

## 14  酒中不語眞君子 財上分明大丈夫(正己)

【국역】술 취한 중에 말이 없는 것이 진짜 군자요, 재산상에 있어
분명한 것이 대장부이다.

## 15  萬事從寬 其福自厚(正己)

【주석】 〖寬〗너그럽다 관 〖自〗저절로 자 〖厚〗두텁다 후
【국역】모든 일이 너그러움을 따른다면, 그 복이 저절로 두터워질
것이다.

| 16 | 喜怒在心 言出於口 不可不愼(正己) |

**【국역】** 기쁨과 성냄은 마음속에 있고, 말은 입에서 나오는 것이니,
삼가지 않을 수 없는 것이다.


| 17 | 福生於淸儉 德生於卑退 道生於安靜 命生於和暢 患生於 多慾 禍生於多貪 過生於輕慢 罪生於不仁(正己) |

**【주석】** 〖儉〗검소하다 검 〖卑〗낮추다 비 〖和〗조화롭다 화
〖暢〗펴다 창 〖輕〗가볍게 여기다 경 〖慢〗거만하다 만

**【국역】** 복은 청렴하고 검소함에서 생기고, 덕은 낮추고 물러나는
것에서 생기고, 도는 편안하고 고요함에서 생기고, 생명은
조화롭고 펴짐에서 생기고, 근심은 많은 욕심에서 생기고,
재앙은 많은 탐욕에서 생기고, 잘못은 경솔하고 교만함에서
생기고, 죄는 어질지 못함에서 생긴다.


| 18 | 知足可樂 務貪則憂(安分) |

**【주석】** 〖足〗만족 족 〖務〗힘쓰다 무 〖貪〗탐하다 탐

**【국역】** 만족을 알면 즐거울 수 있을 것이요, 탐욕에 힘쓰면 근심스
러울 것이다.

19    知足常足 終身不辱 知止常止 終身無恥(安分)

【주석】 〖辱〗욕되다 욕 〖止〗그치다 지 〖恥〗부끄럽다 치

【국역】 만족을 알고 항상 만족하면 죽을 때까지 욕되지 않을 것이요, 그칠 줄 알아서 항상 그치면 죽을 때까지 부끄러울 일이 없을 것이다.


20    安分身無辱 知幾心自閑 雖居人世上 却是出人間(安分)

【주석】 〖分〗분수 분 〖機〗조짐, 때 기 〖却〗도리어 각 〖出〗나오다 출

【국역】 분수에 편안하면 몸에는 욕됨이 없고, 기미를 알면 마음은 저절로 한가해진다. 비록 인간 세상에 살고 있더라도, 도리어 이것은 인간 세상을 벗어난 것이다.


21    坐密室如通衢 馭寸心如六馬 可免過(存心)

【주석】 〖密〗닫다 밀 〖衢〗거리 구 〖馭〗부리다 어 〖免〗벗어나다 면

【국역】 아무도 보이지 않는 방에 앉아 있을 때 네거리에 있는 것과 같이 하고, 작은 마음을 부리는 것이 여섯 마리 말을 부리는 것같이 하면, 잘못에서 벗어날 수 있을 것이다.

**22**　薄施厚望者不報 貴而忘賤者不久(存心)

【주석】〖薄〗적다 박 〖施〗베풀다 시 〖厚〗두텁다 후 〖不〗＝無 〖報〗보답하다 보

【국역】조금 베풀고서 후하게 바라는 자는 보답이 없고, 귀해지고서 천했던 때를 잊는 자는 오래가지 못한다.


**23**　施恩勿求報 與人勿追悔(存心)

【주석】〖勿〗말라 물 〖與〗주다 여 〖追〗뒤따르다 추 〖悔〗뉘우치다 회

【국역】은혜를 베풀었으면 보답을 구하지 말고, 남에게 주었으면 후회하지 말라.


**24**　朱文公曰 守口如瓶 防意如城(存心)

【주석】〖朱文公(주문공)〗이름은 熹로, 性理學을 집대성한 南宋의 학자 〖瓶〗병 병 〖防〗막다 방

【국역】주 문공이 말하기를 "입을 지키는 것이 병과 같이 하고, 뜻을 막는 것이 성과 같이 하라." 하였다.


**25**　心不負人 面無慙色(存心)

【주석】〖負〗저버리다 부 〖慙〗부끄럽다 참

【국역】마음이 남을 저버리지 않으면, 얼굴에는 부끄러운 빛이 없

을 것이다.

26 **人無百歲人 枉作千年計**(存心)

【주석】 〖歲〗해 세 〖枉〗부질없이 왕 〖計〗계획 계
【국역】 사람 중에 백 세를 사는 사람이 없으나, 부질없이 천 년의 계획을 세운다.

27 **心安茅屋穩 性定菜羹香**(存心)

【주석】 〖茅〗띠 모 〖屋〗집 옥 〖穩〗안온하다 온 〖性〗성품 성 〖菜〗나물 채 〖羹〗국 갱
【국역】 마음이 편안하면 띠집도 편안하고, 성정이 안정되면 나물국도 향기롭다.

28 **責人者不全交 自恕者不改過**(存心)

【주석】 〖責〗꾸짖다 책 〖全〗온전히 하다 전 〖恕〗용서하다 서 〖過〗허물 과
【국역】 남을 책망하는 자는 사귐을 온전히 하지 못하고, 자신을 용서하는 자는 잘못을 고치지 못한다.

29 **生事事生 省事事省**(存心)

【주석】 〖省〗줄이다 생

【국역】 일을 만들면 일은 생기고, 일을 줄이면 일은 줄어든다.

**30** 人性如水 水一傾則不可復 性一縱則不可反 制水者
必以堤防 制性者 必以禮法(戒性)

【주석】 〖性〗성품 성 〖傾〗기울어지다 경 〖復〗돌이키다 복 〖縱〗
방종하다 종 〖反〗=返 돌이키다 반 〖制〗제압하다 제
〖以〗=用 〖堤〗둑 제 〖防〗둑 방

【국역】 사람의 성품은 물과 같다. 물이 한 번 기울어지면 돌이킬
수 없듯이, 성품이 한 번 방종해지면 돌이킬 수 없다. 물을
제압하는 때는 반드시 둑을 사용해야 하고, 성품을 제압할
때는 반드시 예법을 사용해야 한다.


**31** 忍一時之忿 免百日之憂(戒性)

【주석】 〖忿〗성내다 분 〖免〗벗어나다 면
【국역】 한때의 성냄을 참으면, 백 일의 근심에서 벗어날 수 있다.


**32** 愚濁生嗔怒 皆因理不通 休添心上火 只作耳邊風 長短家
家有 炎凉處處同 是非無實相 究竟摠成空(戒性)

【주석】 〖愚〗어리석다 우 〖濁〗흐리다 탁 〖嗔〗성내다 진 〖理〗
이치 리 〖休〗말라 휴 〖添〗더하다 첨 〖作〗간주하다 작
〖凉〗서늘하다 량 〖實〗실제 실 〖相〗모양 상 〖究〗마침

내 구〚竟〛마침내 경 〚摠〛모두 총

【국역】어리석은 자가 화를 내는 것은 모두 이치가 통하지 않음에
서 말미암는다. 마음 위에 불을 더하지 말고, 다만 귓가의
바람으로 여겨라. 장점과 단점은 집집마다 있고, 따뜻하고
차가운 것은 곳곳마다 똑같다. 옳고 그름은 실제 형상이 없
어, 마침내 모두 空이 된다.

## 33 非人不忍 不忍非人(戒性)

【국역】사람이 아니면 참지 못하고, 참지 못하면 사람이 아니다.

## 34 屈己者能處重 好勝者必遇敵(戒性)

【주석】〚屈〛굽히다 굴 〚處〛처하다 처 〚遇〛만나다 우 〚敵〛적 적
【국역】자기를 굽히는 자는 중요한 자리에 처할 수 있고, 이기기를
좋아하는 자는 반드시 적을 만난다.

## 35 凡事留人情 後來好相見(戒性)

【주석】〚凡〛모두 범 〚留〛남기다 류 〚後來(후래)〛뒷날
【국역】모든 일에 인정을 남기면, 뒷날 좋게 서로 보게 될 것이다.

| 36 | 人之不學 如登天而無術 學而智遠 如披祥雲而覩靑天<br>登高山而望四海(勤學) |

【주석】 〖術〗 재주 술 〖遠〗 원대하다 원 〖披〗 헤치다 피 〖祥〗 조
밀하다 상 〖覩〗 보다 도 〖望〗 바라보다 망 〖四海(사해)〗 =
天下

【국역】 사람이 배우지 않는 것은 하늘에 오르는 데 재주가 없는 것
과 같고, 배워서 지혜가 원대해지는 것은 조밀한 구름을 헤
치고 푸른 하늘을 보고, 높은 산에 올라 천하를 보는 것과
같다.

| 37 | 人生不學 如冥冥夜行(勤學) |

【주석】 〖冥〗 어둡다 명

【국역】 사람이 태어나서 배우지 않으면, 어두운 밤길을 가는 것과
같다.

| 38 | 黃金滿籯 不如敎子一經 賜子千金 不如敎子一藝(訓子) |

【주석】 〖籯〗 바구니 영 〖不如(불여)〗 ~만 못하다 〖經〗 경서 경
〖賜〗 주다 사 〖藝〗 재주 예

【국역】 황금이 바구니에 가득 찬 것이 자식에게 하나의 경전을 가
르치는 것만 못하고, 자식에게 천금을 물려주는 것이 자식
에게 하나의 재주를 가르치는 것만 못하다.

| 39 | 至樂 莫如讀書 至要 莫如教子(訓子) |

【주석】 〖至〗지극하다 지 〖莫如(막여)〗~만 한 것이 없다 〖要〗
중요하다 요

【국역】 지극한 즐거움은 독서만 한 것이 없고, 지극히 중요한 것은
자식을 가르치는 것만 한 것이 없다.


| 40 | 嚴父出孝子 嚴母出孝女(訓子) |

【주석】 〖嚴〗엄하다 엄

【국역】 엄한 아버지는 효자를 낳고, 엄한 어머니는 효녀를 낳는다.


| 41 | 憐兒多與棒 憎兒多與食(訓子) |

【주석】 〖憐〗사랑하다 련 〖兒〗아이 아 〖與〗주다 여 〖棒〗몽둥
이 봉 〖憎〗미워하다 증

【국역】 아이를 사랑하면 매를 많이 주고, 아이를 미워하면 먹을 것
을 많이 주어라.


| 42 | 明鏡所以察形 往古所以知今(省心) |

【주석】 〖鏡〗거울 경 〖所以(소이)〗도구 〖察〗살피다 찰 〖形〗형
상 형

【국역】 밝은 거울은 모양을 살필 수 있는 도구요, 지나간 과거는
오늘을 알 수 있는 도구이다.

 水至淸則無魚 人至察則無徒(省心)

【주석】 〚至〛지극하다 지 〚察〛살피다 찰 〚徒〛무리 도

【국역】 물이 지극히 맑으면 고기가 없고, 사람이 지극히 살피면 친
구가 없다.


44 凡人不可逆相 海水不可斗量(省心)

【주석】 〚凡〛무릇 범 〚逆〛미리 헤아리다 역 〚相〛보다 상 〚斗〛
말 두 〚量〛헤아리다 량

【국역】 무릇 사람은 (앞일을) 미리 헤아려 볼 수 없고, 바닷물은 말
로 헤아릴 수 없다.


45 爽口勿多 能作疾 快心事 過必有殃(省心)

【주석】 〚爽〛맞다 상 〚勿〛말라 물 〚作〛되다 작 〚快〛상쾌하다
쾌 〚過〛지나치다 과 〚有〛생기다 유 〚殃〛재앙 앙

【국역】 입에 맞는다고 많이 (먹지) 말라. 병이 될 수 있다. 마음에
맞는 일이라도, 지나치면 반드시 재앙이 생길 것이다.


46 大廈千間 夜臥八尺 良田萬頃 日食二升(省心)

【주석】 〚廈〛큰집 하 〚間〛칸 간 〚臥〛눕다 와 〚良〛좋다 량
〚頃〛이랑 경 〚升〛되 승

【국역】 큰 집이 천 칸이라도 밤에 눕는 곳은 8자뿐이요, 좋은 밭이

만 이랑이라도 하루에 먹는 것은 2되뿐이다.



【주석】〖住〗머무르다 주 〖令〗아름답다 령 〖頻〗자주 빈 〖也〗
어조사 야(쉼표의 역할) 〖疎〗＝疏 성글다 소 〖看〗보다 간
〖不如(불여)〗〜만 못하다

【국역】오래 머무르면 좋은 사람도 천해지고, 자주 오면 친한 사람
도 멀어지게 된다. 다만 3, 5일에 보아야지, 서로 만나는 것
이 처음만 못하다.



【주석】〖醉〗취하다 취 〖色〗＝女 〖迷〗미혹하게 하다 미

【국역】술이 사람을 취하게 하는 것이 아니라 사람이 스스로 취하
는 것이요, 여자가 사람을 미혹시키는 것이 아니라 사람이
스스로 미혹되는 것이다.



【주석】〖麝〗사향 사 〖當〗대하다 당

【국역】사향이 있으면 저절로 향기를 풍기는데, 어찌 반드시 바람
을 마주하여 서 있을 필요가 있겠는가?

## 50　人生驕與侈 有始多無終(省心)

【주석】〖驕〗교만하다 교 〖侈〗사치하다 치 〖始〗처음 시

【국역】인생에 있어서 교만과 사치는, 시작은 있으나 끝이 없는 경우가 많다.


## 51　巧者拙之奴 苦者樂之母(省心)

【주석】〖巧〗공교롭다 교 〖拙〗서툴다 졸 〖奴〗종 노 〖苦〗괴롭다 고 〖樂〗즐겁다 락

【국역】재주 있는 자는 재주 없는 자의 종이요, 괴로움은 즐거움의 어머니이다.


## 52　小船難堪重載 深逕不宜獨行(省心)

【주석】〖船〗배 선 〖堪〗견디다 감 〖載〗싣다 재 〖逕〗좁은 길 경 〖宜〗마땅하다 의

【국역】작은 배는 무거운 짐을 견디기 어렵고, 으슥한 좁은 길은 마땅히 혼자 가서는 안 된다.


## 53　在家 不會邀賓客 出外 方知少主人(省心)

【주석】〖會〗이해하다 회 〖邀〗맞이하다 요 〖方〗바야흐로 방

【국역】집에 있으면서 손님을 맞이할 줄 모르면, 밖에 나가서 바야흐로 주인이 적음을 알 것이다(나를 손님으로 맞이하는 사

람이 적다는 뜻).

## 54 貧居鬧市無相識 富住深山有遠親(省心)

【주석】 〖鬧〗 시끄럽다 뇨 〖識〗 알다 식 〖住〗 머무르다 주
【국역】 가난하면 시끄러운 시장에 살아도 서로 아는 사람이 적을
　　　 것이요, 부유하면 깊은 산에 살아도 먼 친한 이가 (찾아오
　　　 는 일이) 있을 것이다.

## 55 寧塞無底缸 難塞鼻下橫(省心)

【주석】 〖寧〗 차라리 녕 〖塞〗 막다 색 〖底〗 밑 저 〖缸〗 항아리 항
　　　 〖橫〗 가로지르다 횡
【국역】 차라리 밑이 없는 항아리를 막을지언정, 코 밑에 가로지르
　　　 는 것(입)을 막기는 어렵다.

## 56 人情 皆爲窘中疎(省心)

【주석】 〖窘〗 곤궁하다 군 〖疎〗 =疏 멀어지다 소
【국역】 사람의 정은 모두 곤궁한 가운데에서 멀어지게 된다.

## 57 天不生無祿之人 地不長無名之草(省心)

【주석】 〖祿〗 봉록 록 〖長〗 자라다 장
【국역】 하늘은 녹이 없는 사람을 낳지 않고, 땅은 이름 없는 풀을

자라게 하지 않는다.


## 58 大富由天 小富由勤(省心)

【주석】 〖由〗 말미암다 유 〖勤〗 부지런하다 근

【국역】 큰 부자는 하늘에 말미암고, 작은 부자는 부지런함에 말미암는다.


## 59 無故而得千金 不有大福 必有大禍(省心)

【주석】 〖故〗 까닭 고 〖有〗 생기다 유

【국역】 까닭 없이 천금을 얻으면, 큰 복이 생기는 것이 아니라, 반드시 큰 재앙이 생길 것이다.


## 60 欲知其君 先視其臣 欲識其人 先視其友 欲知其父 先視其子(省心)

【주석】 〖欲〗 ~하고 싶다 욕 〖識〗 알다 식

【국역】 그 임금을 알고 싶으면 먼저 그 신하를 보고, 그 사람을 알고 싶으면 먼저 그 친구를 보고, 그 부모를 알고 싶으면 먼저 그 자식을 보아라.

**61**　春雨如膏 行人惡其泥濘 秋月揚輝 盜者憎其照鑑(省心)

【주석】〖膏〗기름 고 〖惡〗싫어하다 오 〖泥〗진흙 니 〖濘〗진창 녕 〖輝〗빛 휘 〖盜〗도둑 도 〖憎〗미워하다 증 〖照〗비추다 조 〖鑑〗비추다 감

【국역】봄비가 기름 같으나 길 가는 사람은 그 진창을 싫어하고, 가을 달이 빛을 밝히지만 도둑은 그 비추는 것을 싫어한다.


**62**　德微而位尊 智小而謀大 無禍者鮮矣(省心)

【주석】〖微〗미미하다 미 〖尊〗높다 존 〖謀〗꾀 모 〖鮮〗드물다 선

【국역】덕은 미미한데 지위는 높고, 지혜는 작은데 꾀가 크면, 재앙이 없을 경우가 드물 것이다.


**63**　得寵思辱 居安慮危(省心)

【주석】〖寵〗총애하다 총 〖辱〗욕되다 욕 〖慮〗생각하다 려

【국역】총애를 받으면 욕됨을 생각하고, 편안함에 있으면 위험을 생각해라.


**64**　榮輕辱淺 利重害深(省心)

【주석】〖榮〗영화 영 〖淺〗얕다 천 〖利〗이익 리

【국역】영화가 가벼우면 모욕도 얕고, 이익이 많으면 손해도 깊다.

| 65 | 天有不測風雨 人有朝夕禍福(省心) |

【주석】 〖測〗 헤아리다 측 〖朝〗 아침 조

【국역】 하늘에는 예측하지 못할 비바람이 있고, 사람에게는 아침저녁으로 재앙과 복이 있다.


| 66 | 未歸三尺土 難保百年身 已歸三尺土 難保百年墳(省心) |

【주석】 〖尺〗 자 척 〖保〗 보전하다 보 〖墳〗 무덤 분

【국역】 아직 석 자 흙으로 돌아가기 전에는 백 년의 몸을 보전하기 어렵고, 이미 석 자 흙으로 돌아가고 나서는 백 년 동안 무덤을 보전하기 어렵다.


| 67 | 疑人莫用 用人勿疑(省心) |

【주석】 〖疑〗 의심하다 의 〖莫〗 말라 막

【국역】 사람이 의심스러우면 쓰지 말고, 사람을 썼다면 의심하지 말라.


| 68 | 若聽一面說 便見相離別(省心) |

【주석】 〖若〗 만약 약 〖面〗 면 면 〖便〗 곧 변 〖離〗 이별하다 리 〖別〗 이별하다 별

【국역】 만약 한쪽 말만 들으면, 곧 서로 이별함을 보게 될 것이다.

【주석】〖飽〗배부르다　포〖煖〗따뜻하다　난〖淫〗음탕하다　음
　　　　〖飢〗주리다 기〖道心(도심)〗도덕의 마음

【국역】배부르고 따뜻함에서 음욕을 생각하게 되고, 배고프고 추운
　　　　데에서 道心이 싹튼다.




【주석】〖經〗지나다 경〖背〗등 배〖足〗~할 만하다 족

【국역】눈으로 본 일도 모두 다 참이 아닐까 두려운데, 등 뒤에서
　　　　한 말을 어찌 깊이 믿을 만하겠는가?




【주석】〖恨〗한하다 한〖汲〗물 기르다 급〖繩〗노끈 승〖苦〗힘
　　　　들이다 고

【국역】자기 집 물 긷는 끈이 짧음을 한하지 않고, 다만 다른 집에
　　　　서 힘들여 우물을 깊이 팠다고 탓한다.




【주석】〖若〗만약 약〖風〗바람불다 풍〖雨〗비오다 우

【국역】하늘이 만약 항상 됨을 바꾸면 바람이 불지 않으면 비가 오
　　　　고, 사람이 만약 항상 됨을 바꾸면 병들지 않으면 죽는다.

73 水底魚天邊雁 高可射兮低可釣 惟有人心咫尺間 咫尺人心不可料(省心)

【주석】〚底〛밑 저 〚雁〛＝鴈 기러기 안 〚射〛쏘아 맞추다 석 〚兮〛어조사 혜 〚低〛낮다 저 〚釣〛낚시하다 조 〚咫〛8치 지 〚料〛헤아리다 료

【국역】물 밑의 물고기와 하늘가의 기러기는 아무리 높아도 쏠 수 있고 아무리 낮아도 낚을 수 있다. 그러나 오직 사람의 마음은 지척 간에 있으나, 지척의 사람 마음은 헤아릴 수가 없다.


74 畫虎畫皮難畫骨 知人知面不知心(省心)

【주석】〚畫〛그리다 화 〚皮〛가죽 피

【국역】호랑이를 그리는데 가죽은 그리지만 뼈를 그리기는 어렵고, 사람은 아는데 얼굴은 알지만 마음을 알지는 못한다.


75 海枯終見底 人死不知心(省心)

【주석】〚枯〛마르다 고 〚終〛마침내 종 〚底〛밑 저

【국역】바다가 마르면 끝내 바닥을 볼 수 있으나, 사람은 죽어도 마음을 알지 못한다.

【국역】 하루라도 (마음이) 맑고 한가로우면, 그 하루는 신선이 되는 것이다.




【주석】 〖官〗 벼슬 관 〖怠〗 게으르다 태 〖宦成(환성)〗 높은 지위에 오르는 것 〖愈〗 낫다 유 〖懈〗 게으르다 해 〖惰〗 게으르다 타 〖衰〗 쇠하다 쇠

【국역】 벼슬은 지위가 높아짐에서 게을러지고, 병은 조금 낫는 데서 더 악화되고, 재앙은 게으른 데서 생기며, 효도는 처자식에게서 시들어진다.




【주석】 〖溢〗 넘치다 일 〖喪〗 잃다 상

【국역】 그릇은 가득 차면 넘치고, 사람은 가득 차면 잃게 된다.




【주석】 〖羹〗 국 갱 〖雖〗 비록 수 〖美〗 맛있다 미 〖調〗 적합하다 조

【국역】 양으로 끓인 국이 비록 맛있지만, 여러 사람의 입을 맞추기는 어렵다.

80 　尺璧非寶 寸陰是競(省心)

【주석】 〖尺〗자 척 〖璧〗옥 벽 〖寸陰(촌음)〗짧은 시간 〖競〗다투
다 경
【국역】 한 자 되는 옥이 보배가 아니라, 짧은 시간을 다투어라.


81 　遠水不救近火 遠親不如近隣(省心)

【주석】 〖救〗막다 구 〖親〗친척 친 〖不如(불여)〗~만 못하다
〖隣〗이웃 린
【국역】 멀리 있는 물은 가까이 난 불을 끄지 못하고, 멀리 있는 친
척은 가까운 이웃만 못하다.


82 　不經一事 不長一智(省心)

【주석】 〖經〗지나다 경 〖長〗자라다 장
【국역】 한 가지 일을 경험해 보지 않으면, 한 가지 지혜가 자라지
않는다.


83 　是非終日有 不聽自然無(省心)

【주석】 〖非〗그르다 비 〖自然(자연)〗저절로
【국역】 시비가 하루 종일 있어도, 듣지 않으면 저절로 없어진다.

【주석】〔便〕곧 변〔是〕∼이다 시

【국역】와서 시비를 이야기하는 자는 곧 시비하는 사람이다.



【주석】〔云〕이르다 운〔幼〕어리다 유〔寅〕오전 3시∼5시 인
　　　〔若〕만약 약〔望〕바라다 망〔辦〕힘쓰다 판

【국역】공자의 〈삼계도〉에 이르기를 "일생의 계획은 어릴 때 있고,
　　　일 년의 계획은 봄에 있으며, 하루의 계획은 새벽에 있다.
　　　어려서 배우지 않으면 늙어서 아는 것이 없고, 봄에 만약
　　　밭을 갈지 않으면 가을에 바랄 것이 없으며, 새벽에 만약
　　　일어나지 않으면 그날 힘쓸 것이 없다."



【주석】〔事〕섬기다 사〔烈女(렬녀)〕貞操를 굳게 지키는 여자
　　　〔更〕바꾸다 경

【국역】충성스런 신하는 두 임금을 섬기지 않고, 열녀는 두 지아비
　　　를 섬기지 않는다.

## 87 治官莫若平 臨財莫若廉(立敎)

【주석】〖官〗관청 관 〖莫若(막약)〗∼만 한 것이 없다 〖平〗공평
하다 평 〖廉〗청렴하다 렴

【국역】관청을 다스림에 공평함만 한 것이 없고, 재물에 임하여서
는 청렴함만 한 것이 없다.


## 88 飮食必愼節 字畵必楷正 作事必謀始 出言必顧行 然諾必重應(立敎)

【주석】〖愼〗삼가다 신 〖節〗조절하다 절 〖畵〗＝劃 획 획 〖楷〗
바르다 해 〖作〗시작하다 작 〖謀〗꾀하다 모 〖顧〗돌아보다
고 〖然〗허락하다 연 〖諾〗승낙하다 낙 〖重〗중히 여기다
중 〖應〗응하다 응

【국역】음식은 반드시 삼가고 조절하며, 글자의 획은 반드시 바르
게 하며, 일을 시작할 때는 반드시 계획하여 시작하며, 말을
낼 때는 반드시 그 실행을 돌아보며, 허락할 때는 반드시
신중히 응하라.


## 89 人付書信 不可開坼沈滯 與人幷坐 不可窺人私書 凡入人家 不可看人文字(立敎)

【주석】〖付〗주다 부 〖書信(서신)〗편지 〖可〗∼해야 한다 가
〖坼〗터지다 탁 〖滯〗머물다 체 〖幷〗나란하다 병 〖窺〗

엿보다 규 〖看〗 보다 간

【국역】 남이 부쳐 온 편지는 열어서 지체시켜서는 안 되며, 남과 나
란히 앉아 있을 때 남의 개인적인 글을 엿보아서는 안 되며,
무릇 남의 집에 들어갔을 때 남의 글을 보아서는 안 된다.

## 90　爲政之要 曰公與淸 成家之道 曰儉與勤(立敎)

【주석】 〖要〗요체 요 〖公〗공정하다 공 〖儉〗검소하다 검 〖勤〗
부지런하다 근

【국역】 정치를 하는 요체는 공정과 청렴이요, 집안을 이루는 도는
검소와 근면이다.

## 91　讀書起家之本 循理保家之本 勤儉治家之本
和順齊家之本(立敎)

【주석】 〖循〗따르다 순 〖保〗보전하다 보 〖和〗화목하다 화 〖齊〗
가지런하다 제

【국역】 독서는 집안을 일으키는 근본이요, 이치를 따르는 것은 집
안을 보전하는 근본이요, 근면과 검소는 집안을 다스리는
근본이요, 화목과 순종은 집안을 가지런히 하는 근본이다.

## 92　爾俸爾祿 民膏民脂 下民易虐 上天難欺(治政)

【주석】 〖爾〗너 이 〖俸〗녹 봉 〖祿〗녹 록 〖膏〗기름 고 〖脂〗기

름 지 〖易〗 쉽다 이 〖虐〗 학대하다 학 〖欺〗 속이다 기
【국역】 너의 봉록은 백성들의 기름이다. 아래 있는 백성은 학대하
기 쉬우나, 위에 있는 하늘은 속이기 어렵다.


## 93  癡人畏婦 賢女敬夫(治家)

【주석】 〖癡〗 어리석다 치 〖畏〗 두려워하다 외 〖敬〗 공경하다 경
【국역】 어리석은 사람은 아내를 두려워하고, 현명한 여자는 남편을
공경한다.


## 94  凡使奴僕 先念飢寒(治家)

【주석】 〖凡〗 무릇 범 〖使〗 부리다 사 〖奴〗 종 노 〖僕〗 종 복
〖飢〗 주리다 기
【국역】 무릇 노비를 부릴 때는 먼저 (그들의) 굶주림과 추위를 생
각해야 한다.


## 95  時時防火發 夜夜備賊來(治家)

【주석】 〖防〗 막다 방 〖賊〗 도적 적
【국역】 때때로 불이 나는 것을 막고, 밤마다 도적이 오는 것을 방
비하라.

96 婚娶而論財 夷虜之道也(治家)

【주석】 〖婚〗결혼하다 혼 〖娶〗장가들다 취 〖夷〗오랑캐 이 〖虜〗오랑캐 로

【국역】 결혼을 하는 데 있어서 재물은 논하는 것은 오랑캐의 도이다.


97 凡諸卑幼 事無大小 毋得專行 必咨稟於家長(治家)

【주석】 〖諸〗모두 제 〖卑幼(비유)〗나이가 어린 사람 〖毋〗말라 무 〖專〗오로지하다 전 〖咨〗묻다 자 〖稟〗묻다 품

【국역】 무릇 모든 어린 사람들은 일의 크고 작음에 관계없이 멋대로 행하지 말고, 반드시 가장에게 여쭈어야 한다.


98 待客不得不豊 治家不得不儉(治家)

【주석】 〖待〗접대하다 대 〖得〗＝可 ～할 수 있다 〖豊〗풍성하다 풍 〖儉〗검소하다 검

【국역】 손님을 접대하는 데는 풍성하지 않을 수 없으며, 집안을 다스림에는 검소하지 않을 수 없다.


99 觀朝夕之早晏 可以卜人家之興替(治家)

【주석】 〖早〗이르다 조 〖晏〗늦다 안 〖可以(가이)〗＝可 〖卜〗점치다 복 〖替〗멸하다 체

【국역】 아침저녁이 이르고 늦음을 보면, 그 사람 집의 흥하고 망함

을 점칠 수 있다.

---

**100** 兄弟爲手足 夫婦爲衣服 衣服破時 更得新 手足斷時
難可續(安義)

【주석】 〖服〗옷 복 〖更〗다시 갱 〖得〗=可 〖斷〗끊다 단 〖續〗
잇다 속

【국역】 형제는 손과 발이고, 부부는 의복이다. 의복이 떨어졌을 때
다시 새롭게 할 수 있으나, 손과 발이 끊어졌을 때 잇기는
어렵다.

---

**101** 富不親兮貧不疎 此是人間大丈夫 富則進兮貧則退
此是人間眞小輩(安義)

【주석】 〖兮〗어조사 혜 〖疎〗=疏 멀리하다 소 〖是〗ㅡ이다 시
〖眞〗진실로 진

【국역】 부유하다고 친하지 않으며 가난하다고 멀리하지 않는, 이
사람이 사람 중의 대장부다. 부유하면 나아가고 가난하면
물러나는, 이 사람이 사람 중의 진짜 소인배이다.

---

**102** 若要人重我 無過我重人(遵禮)

【주석】 〖若〗만약 약 〖要〗구하다 요 〖重〗중히 여기다 중 〖過〗
지나다 과

【국역】 만약 남이 나를 소중히 여기기를 구한다면, 내가 남을 중히
여기는 것보다 더 좋은 것은 없다.




【주석】　〚不〛＝勿　〚過〛 허물 과
【국역】 부모는 자식의 덕을 말하지 말고, 자식은 부모의 잘못을 말
하지 말라.




【주석】　〚中〛 맞다 중
【국역】 한 마디 말이 (이치에) 맞지 않으면, 천 마디 말이 쓸모없다.




【주석】　〚舌〛 혀 설　〚滅〛 멸하다 멸　〚斧〛 도끼 부
【국역】 입과 혀는 재앙과 근심의 문이요, 몸을 죽게 하는 도끼이다.




【주석】　〚逢〛 만나다 봉　〚且〛 장차　차　〚三分(삼분)〛 삼분의　일
〚可〛 ～해야 한다 가　〚抛〛 던지다 포　〚片〛 조각 편　〚怕〛
두렵다 파　〚個〛 낱 개　〚樣〛 모양 양

【국역】 사람을 만나면 장차 삼분의 일만 말하고, 한 조각의 마음을
전부 드러내어서는 안 된다. 호랑이에게 세 개의 입이 생기
는 것이 두려운 것이 아니라, 다만 인정에 있어 두 가지 마
음을 두려워한다.

## 107　酒逢知己千鍾少　話不投機一句多(言語)

【주석】 〖逢〗 만나다 봉 〖鍾〗 잔 종 〖投機(투기)〗 두 사람이 서로
뜻이 맞는 것

【국역】 술은 자기를 알아주는 사람을 만나면 천 잔도 적고, 말은
뜻이 맞지 않으면 한 마디도 많다.

## 108　相識滿天下　知心能幾人(交友)

【주석】 〖識〗 알다 식 〖幾〗 몇 기

【국역】 서로 아는 사람은 천하에 가득한데, 마음을 알아주는 사람
은 몇 사람일 수 있겠는가?

## 109　酒食兄弟千個有　急難之朋一個無(交友)

【주석】 〖個〗 낱 개 〖急〗 위급하다 급 〖朋〗 벗 붕

【국역】 술 먹고 밥 먹는 형제는 천 명이나 있으나, 위급하고 어려
울 때의 친구는 한 명도 없구나.

<table><tr><td>110</td><td>與好學人同行 如霧中行 雖不濕衣 時時有潤 與無識人同<br>行 如厠中坐 雖不汚衣 時時聞臭(交友)</td></tr></table>

【주석】 〚霧〛안개 무 〚濕〛젖다 습 〚潤〛적시다 윤 〚識〛알다 식
〚厠〛＝厠 측간 측 〚汚〛더럽히다 오 〚聞〛맡다 문 〚臭〛
냄새 취

【국역】 학문을 좋아하는 사람과 동행하면 안개 속을 가는 것과 같
아서, 비록 옷을 적시지는 않더라도 때때로 적시는 것이 있
고, 무식한 사람과 동행하면 화장실에 앉아 있는 것과 같아
서, 비록 옷을 더럽히지는 않더라도 때때로 냄새를 맡는다.

<table><tr><td>111</td><td>婦人之禮 語必細(婦行)</td></tr></table>

【국역】 부인의 예절은 말이 반드시 가늘어야 한다.

<table><tr><td>112</td><td>家有賢妻 夫不遭橫禍(婦行)</td></tr></table>

【주석】 〚遭〛만나다 조 〚橫〛뜻밖의 횡

【국역】 집에 어진 아내가 있으면, 남편은 뜻밖의 재앙을 만나지 않
는다.

# ≪菜根譚≫[5]

---

5) 이 책은 明나라 洪自誠의 저서로, 宋나라 王信民의 ≪見聞錄≫에 나오
   는 "咬得菜根 則百事可做"에서 제목을 얻은 것으로, 늘 검소한 생활을
   하고 物慾에 마음이 움직이지 않으면 모든 일이 성사된다는 뜻이다.

# 菜根譚

**1** 覺人之詐 不形於言 受人之侮 不動於色 此中有無窮意味
亦有無窮受用(前集, 126)

【주석】 〖覺〗깨닫다 각 〖詐〗속이다 사 〖形〗나타내다 형 〖侮〗
모욕 모 〖窮〗다하다 궁

【국역】 남의 속임을 깨닫더라도 말로 나타내지 않으며, 남의 모욕
을 받더라도 얼굴에 변화가 없으면, 이 속에 무궁한 의미가
있고 또한 무궁한 수용이 있다(일생 동안 다 수용 못 한 오
묘함이 있다).

**2** 善人未能急親 不宜預揚 恐來讒譖之奸 惡人未能輕去
不宜先發 恐招媒蘗之禍(前集, 131)

【주석】 〖不〗＝勿 〖預〗미리 예 〖揚〗칭찬하다 양 〖讒〗참소하다
참 〖譖〗참언하다 참 〖去〗제거하다 거 〖招〗부르다 초 〖媒
蘗(매얼)〗죄를 양성하여 모해함(媒 빚다 매 蘗 빚다 얼)

【국역】 착한 사람을 급히 친할 수 없으면 마땅히 미리 칭찬하지 말
라. 참소하는 간사함이 올까 두렵다. 나쁜 사람을 가볍게 내

칠 수 없으면 마땅히 먼저 드러내지 말라. 죄를 양성하여
해치는 재앙을 부를까 두렵다.

3 有姸 必有醜 爲之對 我不誇姸 誰能醜我 有潔 必有汚
爲之仇 我不好潔 誰能汚我(前集, 134)

【주석】 〖姸〗곱다 연 〖醜〗못생기다 추 〖對〗짝 대 〖誇〗자랑하
다 과 〖潔〗깨끗하다 결 〖汚〗더럽다 오 〖仇〗짝 구 〖好〗
즐기다 호

【국역】 고움이 있으면 반드시 추함이 있어서 그것의 짝이 되니, 내
가 고움을 자랑하지 않는다면 누가 나를 추하다 할 수 있겠
는가? 깨끗함이 있으면 반드시 더러움이 있어서 그것의 짝
이 되니, 내가 깨끗함을 자랑하지 않으면 누가 나를 더럽다
고 할 수 있겠는가?

4 炎凉之態 富貴更甚於貧賤 妬忌之心 骨肉尤狠於外人 此處
若不當以冷腸 御以平氣 鮮不日坐煩惱障中矣(前集, 135)

【주석】 〖炎凉之態(염량지태)〗세력이 있을 때에는 따르고, 세력을
잃으면 끊어 버리는 태도 〖更〗더욱 갱 〖甚〗심하다 심
〖妬〗질투하다 투 〖忌〗시기하다 기 〖骨肉(골육)〗＝兄弟
〖尤〗더욱 우 〖狠〗사납다 한 〖當〗대하다 당 〖腸〗마음 장
〖御〗거느리다 어 〖鮮〗드물다 선 〖煩〗번거롭다 번
〖惱〗뇌 뇌 〖障〗장애 장

【국역】 염량의 태도는 부귀한 사람이 빈천한 사람보다 더 심하며, 질투하고 시기하는 마음은 형제간이 남보다 더 사납다. 이런 곳에서 만약 냉철한 마음으로 대하고 담담한 기운으로 조절하지 않는다면, 날마다 번뇌의 장애 속에 앉아 있지 않을 날이 드물 것이다.

**5** 爵位不宜太盛 太盛則危 能事不宜盡畢 盡畢則衰 行誼不宜過高 過高則謗興而毁來(前集, 137)

【주석】 〖爵〗벼슬 작 〖畢〗마치다 필 〖行誼(행의)〗올바른 행위(誼 옳다 의) 〖高〗고상하다 고 〖謗〗비방하다 방 〖毁〗상하다 훼

【국역】 벼슬자리는 마땅히 너무 성대하지 않아야 한다. 너무 성대하면 위험해지기 때문이다. 능한 일은 마땅히 다 하지 않아야 한다. 다 하면 쇠퇴해지기 때문이다. 행실은 마땅히 지나치게 고상하지 않아야 한다. 지나치게 고상하면, 비방이 일어나고 해침이 오기 때문이다.

**6** 德者才之主 才者德之奴 有才無德 如家無主而奴用事矣 幾何不魍魎而猖狂(前集, 139)

【주석】 〖奴〗종 노 〖用事(용사)〗권세를 마음대로 부림 〖幾何(기하)〗어찌하여 〖魍魎(망량)〗도깨비 〖猖〗미치다 창 〖狂〗미치다 광

【국역】 덕은 재주의 주인이요, 재주는 덕의 종이다. 재주만 있고 덕이 없는 것은 집에 주인이 없어 종이 마음대로 하는 것과 같으니, 어찌 도깨비처럼 미쳐 날뛰지 않겠는가?

> **7** 當與人同過 不當與人同功 同功則相忌 可與人共患難 不可與人共安樂 安樂則相仇(前集, 141)

【주석】 〖過〗허물 과 〖忌〗시기하다 기 〖難〗재난 난 〖仇〗원수로 여기다 구

【국역】 마땅히 남과 허물을 함께 할지언정, 마땅히 남과 공을 함께 해서는 안 된다. 공을 함께하면 서로 시기하기 때문이다. 남과 환난을 함께 할 수 있을지언정, 남과 안락을 함께할 수는 없다. 안락하면 서로 원수가 되기 때문이다.

> **8** 饑則附 飽則颺 燠則趨 寒則棄 人情通患也(前集, 143)

【주석】 〖饑〗굶주리다 기 〖附〗붙다 부 〖飽〗배부르다 포 〖颺〗날다 양 〖燠〗따뜻하다 욱 〖趨〗향하다 추 〖棄〗버리다 기

【국역】 굶주리면 붙고, 배부르면 떠나며, 따뜻하면 모여들고, 추우면 버리니, (이것이) 인정의 공통된 걱정이다.

> **9** 反己者 觸事皆成藥石 尤人者 動念卽是戈矛 一以闢衆善之路 一以濬諸惡之源 相去霄壤矣(前集, 147)

【주석】 〖反〗돌이키다 반 〖觸〗부딪치다 촉 〖石〗침 석 〖尤〗탓
하다 우 〖戈〗창 과 〖矛〗창 모 〖闢〗열다 벽 〖濬〗깊다
준 〖去〗거리 거 〖霄〗하늘 소 〖壤〗땅 양

【국역】 자기를 반성하는 자는 일을 대할 때마다 모두 약과 침이 되
지만, 남을 탓하는 자는 생각을 할 때마다 곧 (남을 해치는)
창이다. 하나는 (이것)으로써 여러 선한 길을 열고, 하나는
(이것)으로써 여러 악의 근원을 깊게 만드니, 서로의 거리가
하늘과 땅이다.


10 　魚網之設　鴻則罹其中　螳螂之貪　雀又乘其後　機裡藏機<br>變外生變　智巧何足恃哉(前集, 149)

【주석】 〖網〗그물 망 〖鴻〗큰기러기 홍 〖罹〗걸리다 리 〖螳螂(당
랑)〗사마귀 〖雀〗참새 작 〖機〗기틀 기 〖裡〗속 리 〖恃〗
믿다 시 〖足〗~할 수 있다, ~할 만하다

【국역】 고기를 잡으려고 설치한 그물에 큰 기러기가 그 속에 걸리
고, 사마귀의 탐욕에 참새가 또 그 뒤를 타고 있으니(잡아
먹으려고 기회를 엿보니), 기틀 속에 기틀이 감춰져 있고,
변화 밖에 또 변화가 생긴다. 그러니 (사람의) 지혜와 기교
를 어찌 믿을 수가 있겠는가?


11 　水不波則自定　鑑不翳則自明　故心無可清　去其混之者而<br>清自現　樂不必尋　去其苦之者而樂自存(前集, 151)

【주석】 〖鑑〗 거울 감 〖翳〗 흐리다 예 〖去〗 제거하다 거 〖混〗 흐리다 혼 〖尋〗 찾다 심

【국역】 물은 물결만 일지 않으면 저절로 안정되고, 거울은 흐리지 않으면 저절로 밝다. 그러므로 마음은 깨끗해지기를 (요구함이) 없이도 그 흐린 것만 제거하면 맑음이 저절로 나타날 것이요, 즐거움은 반드시 찾지 않아도 그 괴로움만 제거하면 즐거움은 저절로 존재한다.

<table><tr><td>12</td><td>事有急之不白者 寬之或自明 毋躁急以速其忿 人有操之<br>不從者 縱之或自化 毋操切以益其頑(前集, 153)</td></tr></table>

【주석】 〖白〗 명백하다 백 〖寬〗 너그럽다 관 〖毋〗 말라 무 〖躁〗 급하다 조 〖速〗 부르다 속 〖忿〗 성내다 분 〖操〗 부리다 조 〖縱〗 놓아두다 종 〖化〗 교화되다 화 〖切〗 절실하다 절 〖頑〗 완고하다 완

【국역】 일은 그것을 급하게 하면 명백해지지 않은 것이 있으므로, 그것을 너그럽게 하면 간혹 저절로 명백해지니, 조급하게 하여서 그 노여움을 불러들이지 말라. 사람은 그를 부리면 따르지 않은 자가 있으므로, 그를 놓아두면 간혹 저절로 교화되니, 지나치게 부려서 그 완고함을 더하지 말라.

<table><tr><td>13</td><td>謝事 當謝於正盛之時 居身 宜居於獨後之地(前集, 155)</td></tr></table>

【주석】 〖謝〗 사양하다 사 〖居身(거신)〗 =處身

【국역】 일을 사양할 때는 마땅히 가장 전성기에 사양해야 하고, 처
신할 때는 마땅히 홀로 뒤처진 곳에 거처해야 한다(남과 다
툼이 없는 곳에 있는 것이 진정한 자기 수양이다).

 謹德 須謹於至微之事 施恩 務施於不報之人(前集, 156)

【주석】 〚謹〛 삼가다 근 〚至〛 지극하다 지 〚微〛 작다 미 〚施〛 베
풀다 시 〚報〛 갚다 보
【국역】 덕을 삼가려거든 모름지기 지극히 작은 일에서 삼갈 것이
요, 은혜를 베풀려거든 갚지 않을 사람에게 힘써 베풀어라.

 德者事業之基 未有基不固而棟宇堅久者(前集, 158)

【주석】 〚基〛 토대 기 〚棟宇(동우)〛 집(棟 마룻대 동 宇 처마 우)
【국역】 덕은 사업의 기초이다. 기초가 견고하지 않고서 집이 견고
하게 오래갈 수 있는 것은 없다.

 信人者 人未必盡誠 己則獨誠矣 疑人者 人未必皆詐
己則先詐矣(前集, 162)

【주석】 〚未必(미필)〛 반드시 ㅡ한 것만은 아니다(부분 부정) 〚盡〛
다 진 〚詐〛 속이다 사
【국역】 남을 믿는 사람은 남이 반드시 모두 성실한 것만은 아닐지
라도 자기가 곧 홀로 성실하기 때문이요, 남을 의심하는 사

람은 남이 반드시 모두 속이는 것만은 아닐지라도 자기가 곧 먼저 남을 속이기 때문이다.

**17** 人之過誤宜恕 而在己則不可恕 己之困辱當忍 而在人則不可忍(前集, 168)

【주석】 〖誤〗잘못 오 〖可〗~해야 한다 가 〖辱〗욕되다 욕

【국역】 남의 과오는 마땅히 용서해야 하나 자기(의 과오)에 있어서는 용서해서는 안 되고, 자기의 곤욕은 마땅히 참아야 하지만 남(의 곤욕)에 있어서는 참아서는 안 된다.

**18** 心虛則性現 不息心而求見性 如撥波覓月 意淨則心淸 不了意而求明心 如索鏡增塵(前集, 171)

【주석】 〖息〗쉬다 식 〖撥〗헤치다 발 〖覓〗구하다 멱 〖淨〗깨끗하다 정 〖了〗분명하다 료 〖索〗찾다 색 〖增〗더하다 증 〖塵〗티끌 진

【국역】 마음이 비면 본성이 드러나니, 마음을 쉬지 않고 본성 보기를 구하는 것은 물결을 헤치고 달을 찾는 것과 같다. 뜻이 깨끗하면 마음은 맑아지니, 뜻을 명료하게 하지 않고(物慾을 제거하지 않음을 의미) 마음을 밝게 하기를 구하는 것은 티끌이 끼인 거울에서 (자신을) 찾는 것과 같다.

19 　爲鼠常留飯　憐蛾不點燈(前集, 173)

【주석】〚爲〛위하다 위 〚鼠〛쥐 서 〚飯〛밥 반 〚憐〛불쌍히 여기
다 련 〚蛾〛나방 아 〚不〛＝勿 〚點〛켜다 점

【국역】쥐를 위해 항상 밥을 남겨 두고, 나방을 불쌍히 여겨 등잔
에 불을 켜지 말라.


20 　無事時　心易昏冥　宜寂寂而照以惺惺　有事時　心易奔逸
宜惺惺而主以寂寂(前集, 175)

【주석】〚昏〛어둡다 혼 〚冥〛어둡다 명 〚寂〛고요하다 적 〚照〛
비추다 조 〚惺〛밝다 성 〚奔逸(분일)〛매우 빨리 달림
〚主〛주장하다 주

【국역】일이 없을 때는 마음이 어두워지기 쉬우니, 마땅히 고요한
가운데 밝음으로써 비추어라. 일이 있을 때는 마음이 빨라
지기 쉬우니, 마땅히 밝은 가운데 고요함으로써 주장을 삼
아라.


21 　磨礪者　當如百煉之金　急就者　非邃養　施爲者　宜似千鈞
之弩　輕發者　無宏功(前集, 191)

【주석】〚磨〛갈다 마 〚礪〛갈다 려 〚煉〛달구다 련 〚邃〛깊다 수
〚似〛비슷하다 사 〚鈞〛30근 균 〚弩〛쇠뇌 노 〚發〛쏘다
발 〚宏〛크다 굉

【국역】 수양은 마땅히 백 번 달군 쇠와 같아야지, 급하게 이룬 것
은 깊은 수양이 아니다. 시행은 마땅히 천균의 쇠뇌와 같이
해야지, 가볍게 쏘는 것은 큰 공에 이르지 못한다.

## 22   建功立業者 多虛圓之士 僨事失機者 必執拗之人(前集, 197)

【주석】 〖圓〗둥글다 원 〖僨〗그르치다 분 〖機〗기회 기 〖拗〗꺾
다 요
【국역】 공을 세우고 일을 이루는 사람 중에는 겸허하고 원만한 사
람이 많고, 일을 그르치고 기회를 잃은 사람은 반드시 고집
하거나 (남을) 꺾으려는 사람이다.

## 23   處世 不宜與俗同 亦不宜與俗異 作事 不宜令人厭 亦不宜令人喜(前集, 198)

【주석】 〖處〗처하다 처 〖不〗＝勿 〖作〗하다 작 〖令〗＝使 〖厭〗
싫어하다 염
【국역】 세상에 처해서 마땅히 세속과 같지도 말고, 또한 마땅히 세
속과 다르게 하지도 말라. 일을 할 때에도 마땅히 남으로
하여금 싫어하게 하지도 말고, 또한 마땅히 남으로 하여금
좋아하게도 하지 말라.

| 24 | 日旣暮而猶烟霞絢爛　歲將晚而更橙橘芳馨　故末路晚年<br>君子更宜精神百倍(前集, 199) |

【주석】 〖猶〗 여전히 유 〖煙霞(연하)〗 노을 〖絢爛(현란)〗 눈이 부시
도록 고움(絢 곱다 현 爛 곱다 란) 〖更〗 더욱 갱 〖橙橘(등
귤)〗 귤(橙 등자나무 등 橘 귤 귤) 〖芳〗 향기롭다 방 〖馨〗
향기롭다 형 〖神〗 정신 신 〖倍〗 곱 배

【국역】 해는 이미 저물어도 여전히 노을은 현란하고, 해는 장차 저
물어 가나 더욱 귤은 향기롭다. 그러므로 말로인 만년은 군
자가 더욱 마땅히 정신을 백배해야 할 때이다.


| 25 | 都來眼前事 知足者仙境 不知足者凡境 總出世上因 善用<br>者生機 不善用者殺機(後集, 21) |

【주석】 〖都來(도래)〗 모두 〖眼〗 눈 안 〖足〗 만족 족 〖境〗 지경 경
〖凡〗 속계 범 〖因〗 인연 인 〖殺〗 없애다 살 〖機〗 기회 기

【국역】 모든 눈앞의 일은 만족을 알면 신선의 경지요, 만족을 모르
면 속세의 경지이다. 모든 세상으로 나온 인연은 잘 사용하
면 기회가 생기고, 잘 사용하지 못하면 기회는 사라진다.


| 26 | 孤雲出岫 去留一無所係 朗鏡懸空 靜躁兩不相干(後集, 33) |

【주석】 〖岫〗 산봉우리 수 〖係〗 매이다 계 〖朗〗 밝다 랑 〖懸〗 매
달다 현 〖躁〗 시끄럽다 조 〖干〗 간여하다 간

【국역】 외로운 구름은 산봉우리에서 나와, 가고 머무름에 전혀 매임이 없고, 밝은 달은 하늘에 매달려, 고요하고 시끄러움 둘 다 서로 상관하지 않는다.

<table><tr><td>27</td><td>水流而境無聲 得處喧見寂之趣 山高而雲不碍 悟出有入無之機(後集, 36)</td></tr></table>

【주석】 〚境〛경계 경 〚得〛터득하다 득 〚喧〛시끄럽다 훤 〚趣〛운치 취 〚碍〛막다 애 〚悟〛깨닫다 오 〚機〛기틀 기

【국역】 물은 흘러가도 물 가는 소리가 없으니, 시끄러운 곳에 처하면서도 고요함을 보는 운치를 터득해야 하고, 산이 높아도 구름은 막히지 않으니, 유에서 나와 무로 들어가는 기틀을 깨달아야 한다.

<table><tr><td>28</td><td>欲其中者 波沸寒潭 山林不見其寂 虛其中者 冷生酷暑朝市不知其喧(後集, 52)</td></tr></table>

【주석】 〚沸〛끓다 비 〚潭〛못 담 〚寂〛고요하다 적 〚冷〛차다 랭 〚酷〛혹독하다 혹 〚暑〛더위 서 〚朝市(조시)〛조정과 시장으로, 名利의 경쟁이 심한 곳 〚喧〛시끄럽다 훤

【국역】 그 마음이 욕심으로 가득 찬 사람은 물결이 차가운 연못에 끓어오르는 듯하여 산림 속에서도 그 고요함을 보지 못한다. 그 마음이 빈 사람은 서늘함이 무더위 속에서 생기는 듯하여 조정과 시장에 있어도 그 시끄러움을 모른다.

**29** 多藏者厚亡 故知富不如貧之無慮 高步者疾顚 故知貴不如賤之常安(後集, 53)

【주석】 〖藏〗감추다 장 〖厚〗두텁다 후 〖不如(불여)〗～만 못하다 〖慮〗근심 려 〖疾〗근심하다 질 〖顚〗넘어지다 전

【국역】 많이 감추어 둔 자는 잃는 것도 많다. 그러므로 부유함이 가난하나 근심이 없는 것만 못한 것임을 알겠다. 높이 걷는 자는 넘어질 것을 걱정한다. 그러므로 귀함이 천하나 항상 편안함만 못한 것임을 알겠다.


**30** 自老視少 可以消奔馳角逐之心 自瘁視榮 可以絶紛華靡麗之念(後集, 57)

【주석】 〖自〗～부터 자 〖視〗견주다 시 〖可以(가이)〗＝可 〖消〗녹이다 소 〖奔馳(분치)〗바삐 달림 〖角逐(각축)〗서로 다툼 (角　겨루다 각) 〖瘁〗고달프다 췌 〖紛華(분화)〗번화함 〖靡〗화려하다 미 〖麗〗화려하다 려

【국역】 늙음으로부터 젊음을 견주어 보면 바삐 달리고 다투고자 하던 마음을 녹일 수 있고, 영락함으로부터 영화를 견주어 보면 번화하고 화려하고자 하는 생각을 끊을 수 있다.

31 | 知成之必敗 則求成之心 不必太堅 知生之必死 則保生之
道 不必過勞(後集, 62)

【주석】 〖不必(불필)〗반드시 ~만은 아니다(부분 부정) 〖保〗보전
하다 보 〖過〗지나치다 과

【국역】 이루어진 것은 반드시 무너진다는 것을 알면 이루고자 하는
마음이 반드시 너무 견고하지만은 않을 것이요, 살아 있는
것은 반드시 죽는다는 것을 알면 삶을 보전하고자 하는 도
에 반드시 지나치게 애쓰지만은 않을 것이다.

32 | 古德云 竹影掃階塵不動 月輪穿沼水無痕 吾儒云 水流任
急境常靜 花落雖頻意自閑 人常持此意 以應事接物 身心
何等自在(後集, 63)

【주석】 〖影〗그림자 영 〖掃〗쓸다 소 〖階〗섬돌 계 〖塵〗티끌 진
〖月輪(월륜)〗달 〖穿〗뚫다 천 〖沼〗못 소 〖痕〗흔적 흔
〖境〗지경 경 〖頻〗자주 빈 〖應〗응하다 응 〖接〗접하다
접 〖何等(하등)〗얼마나 〖自在(자재)〗＝自由自在

【국역】 옛날 덕(이 높은 스님)이 말하기를, "대나무 그림자가 섬돌
을 쓸어도 티끌이 일지 않고, 달이 연못을 뚫어도 물에는
흔적이 없네."라 하였고, 우리 유가에서도 (어떤 선비가) 말
하기를, "물 흐름이 아무리 빨라도 주위는 항상 고요하고,
꽃이 짐은 비록 자주이지만 마음은 저절로 한가롭네."라 했
으니, 사람이 항상 이러한 뜻을 가지고서 사물에 응한다면

몸과 마음이 얼마나 자유롭겠는가? (즉 外物에 동요되지 말고 평정한 마음으로 사람을 대하면 매우 자유로운 삶을 살 수 있다는 뜻)

<table>
<tr><td>33</td><td>魚得水游 而相忘乎水 鳥乘風飛 而不知有風 識此 可以 超物累 可以樂天機(後集, 68)</td></tr>
</table>

【주석】 〖游〗헤엄치다 유 〖乘〗타다 승 〖識〗알다 식 〖可以(가이)〗~할 수 있다 〖超〗뛰어넘다 초 〖累〗묶다 루 〖天機(천기)〗천지조화의 심오한 비밀, 천성, 조화의 작용

【국역】 물고기는 물을 얻어 헤엄치나 물을 잊고 있으며, 새는 바람을 타고 날지만 바람이 있음을 모른다. 이러한 이치를 알면 물질의 속박에서 벗어날 수 있어, 천성을 누릴 수 있을 것이다.

<table>
<tr><td>34</td><td>權貴龍驤 英雄虎戰 以冷眼視之 如蟻聚羶 如蠅競血 是非 蜂起 得失蝟興 以冷情當之 如冶化金 如湯消雪(後集, 72)</td></tr>
</table>

【주석】 〖驤〗날뛰다 양 〖冷〗차다 랭 〖眼〗눈 안 〖蟻〗개미 의 〖聚〗모으다 취 〖羶〗누린내 전 〖蠅〗파리 승 〖競〗다투다 경 〖非〗그르다 비 〖蜂〗벌 봉 〖蝟〗고슴도치 위 〖當〗대하다 당 〖冶〗대장간 야 〖湯〗끓는 물 탕 〖消〗녹이다 소

【국역】 권세와 부귀를 지닌 자들이 용처럼 날뛰고 영웅들이 호랑이처럼 싸우니, 냉정한 눈으로 그것을 살펴보면 개미가 누린

내를 따라 모이는 것과 같고 파리가 피를 다투는 것과 같다. 시비(를 따지는 소리)가 벌처럼 일어나고 득실(을 따지는 무리)이 고슴도치처럼 (털이) 일어나니, 냉정한 마음으로 그것을 대하여 보면 대장간에서 금을 녹이는 것과 같고 끓는 물이 눈을 녹이는 것과 같다.

**35** 伏久者 飛必高 開先者 謝獨早 知此 可以免蹭蹬之憂 可以消躁急之念(後集, 76)

【주석】 〖開〗 피다 개 〖謝〗 시들다 사 〖早〗 일찍 조 〖可以(가이)〗 ~할 수 있다 〖蹭蹬(층등)〗 헛디디는 모양 〖消〗 사라지다 소 〖躁〗 급하다 조

【국역】 오래 엎드렸던 새는 반드시 높이 날고, 먼저 핀 꽃은 홀로 빨리 시든다. 이것을 알면 헛디딜 근심을 면할 수 있고, 조급한 생각을 없앨 수 있다.

**36** 樹木至歸根 而後知花萼枝葉之徒榮 人事至蓋棺 而後知子女玉帛之無益(後集, 77)

【주석】 〖萼〗 꽃받침 악 〖徒〗 헛되이 도 〖蓋〗 덮다 개 〖棺〗 관 관 〖帛〗 비단 백

【국역】 나무는 (잎이) 뿌리로 돌아간 뒤에야 꽃과 가지와 잎이 헛되이 무성했음(한때 번영했음)을 알게 되고, 사람의 일은 관을 덮은 뒤에야 자손과 옥과 비단이 무익하다는 것을 알게 된다.

 徇欲是苦 絶欲亦是苦(後集, 78)

【주석】 〚徇〛따르다 순 〚欲〛=慾 욕심 욕 〚是〛~이다 시

【국역】 욕심을 따르는 것이 괴로움이요, 욕심을 끊는 것도 괴로움이다.


38 今人專求無念 而終不可無 只是前念不滯 後念不迎 但將
現在的隨緣 打發得去 自然漸漸入無(後集, 81)

【주석】 〚專〛오로지 전 〚終〛끝내 종 〚只是(지시)〛단지 〚滯〛머무르다 체 〚迎〛맞이하다 영 〚的〛~의 적 〚隨〛따르다 수 〚緣〛따르다 연 〚打〛치다 타 〚得〛~할 수 있다 득 〚去〛제거하다 거 〚漸〛점차 점

【국역】 지금 사람은 오로지 잡념이 없기를 구하지만 끝내 없앨 수가 없다. 단지 이전의 생각을 남겨 두지 않고, 이후의 생각을 맞이하지 않으며, 다만 장차 현재의 수시로 일어나는 것을 쳐서 제거할 수 있다면, 자연히 점점 無念(의 경지)로 들어가게 될 것이다.

39 　遇病而後　思强之爲寶　處亂而後　思平之爲福　非蚤智也
倖福而先知其爲禍之本　貪生而先知其爲死之因　其卓見
乎(後集, 98)

【주석】〖處〗처하다 처〖平〗평화롭다 평〖蚤〗일찍 조〖倖〗바라다 행〖因〗원인 인〖卓〗뛰어나다 탁〖見〗견해 견〖其 ～乎〗아마 ～일 것이다

【국역】병을 만난 뒤에야 건강이 보배인 줄을 알고, 난세에 처한 뒤에야 태평이 복인 줄 아는 것은 일찍 아는 것이 아니다. 복을 바랄 때 먼저 그것이 재앙의 근본이 됨을 알고, 삶을 탐할 때 그것이 죽음의 원인이 됨을 아는 것이 아마 탁월한 견해일 것이다.

40 　風花之瀟洒　雪月之空淸　唯靜者爲之主　水木之榮枯　竹
石之消長　獨閑者操其權(後集, 100)

【주석】〖瀟洒(소쇄)〗맑고 깨끗함(瀟 맑다 소 洒 씻다 쇄)〖唯〗오직 유〖枯〗마르다 고〖消〗사라지다 소〖長〗자라다 장〖操〗잡다 조〖權〗권세 권

【국역】바람과 꽃의 깨끗함과 눈과 달의 맑음은 오직 (마음이) 고요한 자가 그것의 주인이요, 물과 나무의 무성하고 마름과 대나무와 돌의 사라지고 자람은 다만 한가한 자가 그 권리를 가진다.

 人生福境禍區 皆念想造成(後集, 108)

【주석】 〚境〛 지경 경 〚區〛 장소 구

【국역】 인생의 복의 경계와 재앙의 구역은 모두 생각에서 만들어진다.


42 登高 使人心曠 臨流 使人意遠 讀書於雨雪之夜 使人神
清 舒嘯於丘阜之巓 使人興邁(後集, 113)

【주석】 〚曠〛 넓다 광 〚遠〛 원대하다 원 〚舒嘯(서소)〛 조용히 풍월
을 즐김(舒 조용하다 서 嘯 휘파람 소) 〚阜〛 언덕 부 〚巓〛
꼭대기 전 〚邁〛 가다 매

【국역】 높은 데 오르면 사람의 마음을 넓어지게 하고, 물에 임하면
사람의 포부를 원대하게 한다. 눈비 오는 밤에 독서를 하면
사람의 정신을 맑게 하고, 언덕 꼭대기에서 휘파람을 불면
사람의 흥을 일어나게 한다.


43 非分之福 無故之獲 非造物之釣餌 卽人世之機阱 此處
著眼不高 鮮不墮彼術中矣(後集, 126)

【주석】 〚分〛 분수 분 〚故〛 까닭 고 〚獲〛 얻다 획 〚釣〛 낚시 조
〚餌〛 미끼 이 〚機阱(기정)〛 함정 〚著〛 두다 착 〚鮮〛 드물
다 선 〚墮〛 떨어지다 타 〚術〛 꾀 술

【국역】 분수가 아닌 복과 까닭 없는 획득은 조물주의 미끼가 아니
면, 바로 인간 세상의 함정이다. 이곳에서 눈을 높지 않은

곳에 두면, 그 꾀 속에 떨어지지 않을 자는 드물 것이다.

## 44  淫奔之婦 矯而爲尼(後集, 129)

【주석】〖淫〗음란하다 음 〖奔〗예를 갖추지 않고 혼인하다 분
〖矯〗바로잡다 교 〖尼〗여승 니

【국역】음란한 부인도 (잘못을) 바로잡으면 여승이 될 수 있다.

## 45  人生減省一分 便超脫一分 如交遊減 便免紛擾 言語減 便寡愆尤 思慮減 則精神不耗 聰明減 則混沌可完 彼不求日減而求日增者 眞桎梏此生哉(後集, 131)

【주석】〖省〗덜다 생 〖便〗곧 변 〖超〗뛰어넘다 초 〖紛〗어지럽
다 분 〖擾〗어지럽다 요 〖愆〗허물 건 〖尤〗허물 우 〖耗〗
소모하다 모 〖混〗흐리다 혼 〖沌〗막히다 돈 〖眞〗진실로
진 〖桎〗차꼬 질 〖梏〗수갑 곡

【국역】인생은 일부분을 줄이면 곧 일부분을 초탈하게 된다. 만약
사귐을 줄이면 곧 시끄러움을 면하고, 말을 줄이면 곧 허물
이 적어지고, 생각을 줄이면 정신을 소모하지 않고, 총명을
줄이면 혼돈이 완전해질 수 있다. 저 날마다 줄임을 구하지
않고 날마다 늘어남을 구한다면 진실로 이 삶은 구속될 것
이다.

## 46

天運之寒暑易避　人生之炎凉難除　人生之炎凉易除　吾心
之氷炭難去　去得此中之氷炭　則滿腔皆和氣　自隨地有春
風矣(後集, 132)

【주석】〖易〗쉽다 이 〖避〗피하다 피 〖炎凉(염량)〗권세가 있을
때는 아첨하여 좇고, 권세가 없어지면 푸대접하는 세속의
상태 〖除〗덜다 제 〖炭〗숯 탄 〖去〗제거하다 거 〖得〗〜
할 수 있다 〖腔〗가슴 강 〖自〗〜부터 자

【국역】하늘 운행의 추위와 더위는 피하기 쉬워도, 인생의 염량세
태는 제거하기가 어렵다. 인생의 염량세태는 제거하기가 쉬
워도, 내 마음의 얼음과 숯(얼음처럼 얼었다가 숯처럼 뜨거
워짐을 의미)은 제거하기가 어렵다. 이 마음속의 얼음과 숯
을 제거할 수 있다면 가슴은 다 온화한 기운으로 가득 차
서, 가는 곳마다 봄바람이 불게 될 것이다.



釋氏隨緣　吾儒素位四字　是渡海的浮囊　蓋世路茫茫　一念
求全　則萬緒紛起　隨寓而安　則無入不得矣(後集, 134)

【주석】〖釋氏(석씨)〗＝佛敎 〖緣〗인연 연 〖素位(소위)〗현재 처
한 지위(素 현재 소−≪중용≫에 "군자는 현재의 지위에 따
라 행하고 그 밖의 것을 원하지 않는다: 君子素其位而行
不願乎其外"라는 말이 나옴) 〖渡〗건너다 도 〖的〗〜의 적
〖囊〗주머니 낭 〖蓋〗대개 개 〖茫〗아득하다 망 〖緒〗실
마리 서 〖紛〗어지럽다 분 〖寓〗맡기다 우

【국역】 불교의 '인연을 따르다'와 우리 유교의 '현재의 지위에 따라 행하다.'라는 4자는 바다를 건너는 구명조끼이다. 대개 세상은 아득해서 일념으로 완전함을 구하면, 많은 실마리들이 어지럽게 일어난다. (그러나 인연에) 맡기고 따라야 편안하다면 어디를 가든 얻지 못함이 없을 것이다.

≪**大學**≫6)

---

6) 이 책은 원래 ≪禮記≫의 한 편이었는데, 유교의 重要經傳으로 인식되어 단행본으로 만들어지기 시작하였다. 子思가 이 책의 대부분을 記述하였을 것이라 추측하고 있다. 子思(BC 483〜402)는 중국의 철학자로, 孔伋이며, 공자의 손자이다.

# 大學

1 大學之道 在明明德 在親民 在止於至善

【주석】 〖親〗親은 新으로 해석함(註－程子曰　親當作新) 〖止〗머무르다 지 〖至〗지극하다 지

【국역】 ≪대학≫의 도는 밝은 덕을 밝힘에 있으며, 백성을 새롭게 함에 있으며, 지극한 선에 그침에 있다.

2 知止而后有定 定而后能靜 靜而后能安 安而后能慮 慮而后能得

【주석】 〖后〗뒤 후 〖定〗정하다 정(그칠 곳을 안다면 뜻이 정한 방향이 있음: 註－知之 則志有定向) 〖靜〗고요하다 정(마음이 망령되게 움직이지 않음: 註－靜謂心不妄動) 〖慮〗생각하다 려(일을 처리하기를 정밀하고 상세히 함: 註－慮謂處事精詳) 〖得〗얻다 득(그 그칠 곳을 얻음: 註－得謂得其所止)

【국역】 그칠 데를 안 뒤에 定함이 있으니, 定한 뒤에 고요할 수 있고, 고요한 뒤에 편안할 수 있고, 편안한 뒤에 생각할 수 있고, 생각한 뒤에 얻을 수 있다.

| 3 | 物有本末 事有終始 知所先後 則近道矣 |

【국역】 물건에는 본과 말이 있고 일에는 끝과 시작이 있으니, 먼저
하고 뒤에 할 것을 알면 도에 가까울 것이다.

| 4 | 古之欲明明德於天下者 先治其國 欲治其國者 先齊其家<br>欲齊其家者 先修其身 欲修其身者 先正其心 欲正其心<br>者 先誠其意 欲誠其意者 先致其知 致知在格物 |

【주석】 〖齊〗 가지런하다 제 〖致〗 이르다 치(미루어 극진한 데까지
이름: 致 推極也) 〖格〗 이르다 극(격물은 사물의 이치를 궁
구하여 그 극처에 이르지 않음이 없고자 하는 것: 註－格物
窮至事物之理 欲其極處無不到也)

【국역】 옛날 밝은 덕을 천하에 밝히고자 하는 자는 먼저 그 나라를
다스리고, 그 나라를 다스리고자 하는 자는 먼저 그 집안을
가지런히 하고, 그 집안을 가지런히 하고자 하는 자는 먼저
그 몸을 닦고, 그 몸을 닦고자 하는 자는 먼저 그 마음을
바르게 하고, 그 마음을 바르게 하고자 하는 자는 먼저 그
뜻을 성실히 하고, 그 뜻을 성실히 하고자 하는 자는 먼저
그 지식을 지극히 하였으니, 지식을 지극히 함은 사물의 이
치를 궁구함에 있다.

| 5 | 苟日新 日日新 又日新 |

**【주석】** 〚苟〛 진실로 구

**【국역】** 진실로 어느 날에 새로워졌거든 나날이 새롭게 하고 또 날
로 새롭게 하라.


| 6 | 詩云 緡蠻黃鳥 止于丘隅 子曰 於止 知其所止 可以人<br>而不如鳥乎 |

**【주석】** 〚詩〛 ≪詩經≫으로, 上古의 詩를 모은 책으로, 본래 3천여
수인 것을 孔子가 311편으로 刪定함 〚云〛 이르다 운 〚緡〛
새우는 소리 면 〚蠻〛 새소리 만 〚丘〛 언덕 구 〚隅〛 모퉁이
우 〚不如(불여)〛 ~만 못하다

**【국역】** ≪시경≫에 이르기를 "짹짹 우는 황조여, 언덕에 멈춰 있다."
하였는데, 공자께서 말씀하시기를 "그침에 있어 그 그칠 곳
을 아니, 사람으로서 새만 못해서야 되겠는가?" 하셨다.


| 7 | 小人閒居 爲不善 無所不至 見君子而后 厭然揜其不善<br>而著其善 人之視己 如見其肺肝然 則何益矣 此謂誠於<br>中 形於外 故君子 必愼其獨也 |

**【주석】** 〚閒居(한거)〛 ＝獨處 〚厭〛 가리다 염 〚揜〛 가리다 엄 〚著〛
드러나다 저 〚如~然〛 ~인 듯하다 〚肺〛 허파 폐 〚肝〛 간 간
〚愼〛 삼가다 신

【국역】소인이 홀로 거처할 때에 不善한 짓을 하는데 이르지 못하는 짓이 없다가, 군자를 본 뒤에 그 不善함을 가리고 그 善함을 드러내니, 남들이 자기를 보기를 자신의 폐와 간을 보듯이 할 것이니, 그렇다면 무슨 유익함이 있겠는가? 이것을 일러 '중심에 성실하면 밖으로 나타난다.'고 하는 것이다. 그러므로 군자는 반드시 그 홀로 있을 때를 삼가는 것이다.

8    富潤屋 德潤身 心廣體胖

【주석】 〖潤〗윤택하다 윤 〖屋〗집 옥 〖廣〗넓다 광 〖胖〗펴지다 반(註－胖 安舒也)

【국역】 부는 집을 윤택하게 하고, 덕은 몸을 윤택하게 하니, (善이 있으면) 마음이 넓어지고 몸이 펴진다.

9    身有所忿懥 則不得其正 有所恐懼 則不得其正 有所好樂 則不得其正 有所憂患 則不得其正

【주석】 〖身〗身은 心이 되어야 함(註－身當作心) 〖忿〗성내다 분 〖懥〗성내다 치 〖懼〗두려워하다 구 〖樂〗좋아하다 요

【국역】 마음에 성내는 것이 있으면 그 바름을 얻지 못하고, 두려워하는 것이 있으면 그 바름을 얻지 못하고, 좋아하는 것이 있으면 그 바름을 얻지 못하고, 근심하는 것이 있으면 그 바름을 얻지 못한다.

| 10 | 心不在焉 視而不見 聽而不聞 食而不知其味 |

【국역】 마음이 있지 않으면 보아도 보이지 않으며, 들어도 들리지 않으며, 먹어도 그 맛을 알지 못한다.

| 11 | 好而知其惡 惡而知其美者 天下鮮矣 |

【주석】 〚惡〛 미워하다 오 〚鮮〛 드물다 선

【국역】 좋아하면서도 그의 나쁨을 알며, 미워하면서도 그의 아름다움을 아는 자는 천하에 드물다.

| 12 | 心誠求之 雖不中 不遠矣 |

【주석】 〚誠〛 진실로 성 〚中〛 맞다 중

【국역】 마음속으로 진실로 그것을 구하면, 비록 꼭 맞지는 않아도 멀지 않을 것이다.

| 13 | 一言僨事 一人定國 |

【주석】 〚僨〛 그르치다 분 〚定〛 안정시키다 정

【국역】 한 마디 말이 일을 그르치며, 한 사람이 나라를 안정시킨다.

| 14 | 君子 有諸己而後 求諸人 無諸己而後 非諸人 |

【주석】 〚諸〛 之於의 준말 저 〚非〛 비방하다 비

【국역】 군자는 자기에게 善이 있은 뒤에 남에게 善을 요구하며, 자기에게 惡이 없은 뒤에 남에게 惡을 비난한다.



【국역】 대중을 얻으면 나라를 얻고, 대중을 잃으면 나라를 잃는다.



【주석】 〚爭〛 다투다 쟁 〚施〛 베풀다 시 〚奪〛 빼앗다 탈
【국역】 덕은 근본이요 재물은 말단이니, 근본을 밖으로 하고 말단을 안으로 하면 백성을 다투게 하여 빼앗음을 베푸는 것이다.



【주석】 〚財〛 재물 재 〚聚〛 모이다 취 〚散〛 흩어지다 산
【국역】 재물이 모이면 백성이 흩어지고, 재물이 흩어지면 백성이 모인다.



【주석】 〚悖〛 어그러지다 패 〚貨〛 재화 화
【국역】 말이 어긋나게 나간 것은 또한 어긋나게 들어오고, 재물이 어긋나게 들어온 것은 또한 어긋나게 나가는 것이다.

**19**　見賢而不能擧 擧而不能先 命也 見不善而不能退 退而不
能遠 過也

【주석】 〖能〗 ~할 수 있다 능 〖擧〗 기용하다 거 〖命〗命은 慢이
되어야 함(註－命當作慢) 〖退〗 물리치다 퇴

【국역】 어진 이를 보고도 기용할 수 없으며 기용하기는 하나 먼저
할 수 없음이 태만함이요, 不善한 자를 보고도 물리칠 수
없으며 물리치기는 하나 멀리할 수 없음이 잘못이다.

**20**　好人之惡 惡人之好 是謂拂人之性 菑必逮夫身

【주석】 〖拂〗 거스르다 불 〖菑〗＝災 재앙 재 〖逮〗 미치다 태
〖夫〗 저 부

【국역】 남이 미워하는 것을 좋아하며 남이 좋아하는 것을 미워하는
것을 사람의 성품을 거스른다고 하는 것이니, (이러한 자는)
재앙이 반드시 그 몸에 미칠 것이다.

**21**　君子有大道 必忠信以得之 驕泰以失之

【주석】 〖驕〗 교만하다 교 〖泰〗 교만하다 태(註－泰者侈肆也)

【국역】 군자는 큰 도가 있으니, 반드시 忠과 信으로써 그것을 얻고
교만함과 방자함으로써 그것을 잃는다.

【주석】 〚財〛 재물 재 〚發〛 일으키다 발

【국역】 仁者는 재물로써 몸을 일으키고, 不仁者는 몸으로써 재물을
일으킨다.

≪論語≫7)

---

7) 이 책은 孔子의 언행을 기록한 책으로, 공자의 제자인 曾子나 有子나
그의 제자들에 의해 편집된 것으로 추정하고 있다. 孔子는 중국 춘추시
대의 교육자·철학자·정치사상가요, 유교의 開祖이다. 본명은 孔丘, 자
는 仲尼, 노나라에서 태어났다.

# 論語

**1** 子曰 學而時習之 不亦說乎 有朋自遠方來 不亦樂乎
人不知而不慍 不亦君子乎(學而)

【주석】 〖說〗기쁘다 열 〖自〗～부터 자 〖方〗지역 방 〖樂〗즐겁
다 락 〖慍〗성내다 온

【국역】 공자께서 말씀하기길 "배워서 때때로 그것을 익히면 또한
기쁘지 않겠는가? 친구가 있어 먼 지방으로부터 찾아온다면
또한 즐겁지 않겠는가? 남이 알아주기 않아도 성내지 않는
다면 또한 군자가 아니겠는가?" 하셨다.

**2** 巧言令色 鮮矣仁(學而)

【주석】 〖巧〗＝好 〖令〗좋다 령 〖鮮〗드물다 선

【국역】 말을 좋게 하고 얼굴빛을 곱게 하는 사람 중에 仁한 이가
드물다.

**3** 曾子曰 吾日三省吾身 爲人謀而不忠乎 與朋友交而不信
乎 傳不習乎(學而)

【주석】〖曾子(증자)〗孔子의 제자로 이름은 參, 字는 子興. 효행으로 유명함 〖省〗살피다 성 〖爲〗위하다 위 〖謀〗도모하다 모 〖忠〗충성하다 충(註－盡己之謂忠) 〖信〗성실하다 신(註－以實之謂信) 〖傳〗스승에게 전수받다 전(註－謂受之於師)

【국역】증가가 말씀하시길 "나는 날마다 세 가지로 내 몸을 살핀다. 남을 위하여 일을 도모하는 데 충성스럽지 못한가? 친구와 더불어 사귀는 데 성실하지 못한가? 전수받은 것을 복습하지 않는가?" 하셨다.

**4** 　子曰 弟子入則孝 出則弟 謹而信 汎愛衆而親仁 行有餘力 則以學文(學而)

【주석】〖弟子(제자)〗나이 어린 사람 〖弟〗＝悌 공경하다 제 〖謹〗삼가다 근 〖汎〗넓다 범 〖以〗＝用

【국역】공자께서 말씀하시길 "제자가 들어가면 효도하고 나오면 공경하며, (행실을) 삼가고 (말을) 성실히 하며, 널리 사람들을 사랑하는데 仁한 이를 가까이 해야 하니, 이것을 행하고 남은 힘이 있으면 글을 배워야 한다." 하셨다.

**5** 　主忠信 無友不如己者 過則勿憚改(學而)

【주석】〖主〗주로 하다 주 〖無〗＝勿 〖友〗벗하다 우 〖不如(불여)〗〜만 못하다 〖憚〗꺼리다 탄

【국역】충과 신을 주로 하며, 자기만 못한 자를 벗하지 말고, 잘못

이 있으면 고치기를 꺼려하지 말라.

---

**6**　曾子曰 愼終追遠 民德歸厚矣(學而)

【주석】〖愼〗삼가다 신 〖愼終(신종)〗상에 그 예를 다하는 것(註
－喪盡其禮) 〖追遠(추원)〗제사에 그 정성을 다함(註－祭盡
其誠) 〖厚〗천박하지 않다 후

【국역】증자께서 말씀하시길 "喪을 삼가고 멀리 가신 분을 추모하
면 백성의 덕이 순박한 데로 돌아갈 것이다." 하셨다.

---

**7**　子曰 君子食無求飽 居無求安 敏於事而愼於言 就有道
　　而正焉 可謂好學也已(學而)

【주석】〖飽〗배부르다 포 〖敏〗민첩하다 민 〖就〗나가다 취 〖已〗
　　＝矣

【국역】공자께서 말씀하시길 "군자는 먹음에 배부름을 구하지 않
고, 거처할 때 편안함을 구하지 않으며, 일에 민첩하고 말을
삼가며, 도가 있는 사람에게 나아가 바르게 된다면 학문을
좋아한다고 말할 만하다." 하셨다.

---

**8**　子貢曰 貧而無諂 富而無驕 何如 子曰 可也 未若貧而
　　樂 富而好禮者也(學而)

【주석】〖子貢(자공)〗孔子의 제자로, 성은 端木, 이름은 賜, 자공

은 그의 字이다. 말재주가 뛰어나고 재물을 모으는 데 능하
여 매우 부자였다고 함 〖諂〗아첨하다 첨 〖驕〗교만하다 교
〖何如(하여)〗어떠한가? 〖可〗괜찮다 가

【국역】 자공이 말하기를 "가난하나 아첨함이 없으며, 부유하나 교만
함이 없으면 어떻습니까?" 하니, 공자께서 말씀하시길 "괜찮
으나 가난하면서도 즐거워하고, 부유하면서도 예를 좋아하는
사람만 못하다." 하셨다.


9   子曰 不患人之不己知 患不知人也(學而)

【주석】 〖不〗＝勿 〖己〗자기 기
【국역】 공자께서 말씀하시길 "남이 자기를 알아주지 않음을 걱정하
지 말고, (내가) 남을 알아주지 못함을 걱정해야 한다." 하
셨다.


10   詩三百 一言以蔽之曰 思無邪(爲政)

【주석】 〖詩〗詩는《詩經》으로 311편인데, 3백 편이라 한 것은 큰
수를 든 것임 〖蔽〗가리다 폐 〖邪〗간사하다 사
【국역】 《시경》 3백 편을 한마디의 말로 대표할 수 있으니, "생각
에 간사함이 없다."라는 말이다.


11   子曰 吾十有五而志于學 三十而立 四十而不惑 五十而知
天命 六十而耳順 七十而從心所欲 不踰矩(爲政)

【주석】 〖而〗 시간＋而: ~에 〖志〗 뜻 두다 지 〖惑〗 의혹되다 혹
〖天命(천명)〗 천명은 天道가 流行하여 사물에 부여한 것(註
－天命 卽天道之流行而賦於物者) 〖踰〗 넘다 유 〖矩〗 법 구

【국역】 공자께서 말씀하시길 "나는 15살에 학문에 뜻을 두었고, 30
살에 自立하였고, 40살에 미혹되지 않았고, 50살에 천명을
알았고, 60살에 귀가 순해졌으며(귀로 들으면 그대로 이해
되다), 70살에 마음이 하고자 하는 것을 따라도 법도를 넘
지 않았다." 하셨다.

> **12** 子游問孝 子曰 今之孝者 是謂能養 至於犬馬 皆能有養
> 不敬 何以別乎(爲政)

【주석】 〖子游(자유)〗 성은 言, 이름은 偃, 자유는 字임. 孔子의 제
자로 문학에 뛰어났음 〖至於(지어)〗 접속사로 다른 화제를
제시함을 나타냄 〖何以(하이)〗 어떻게 〖別〗 분별하다 별

【국역】 자유가 효를 묻자, 공자께서 말씀하시길 "지금의 효라는 것
은 봉양할 수 있음을 말한다. 그러나 개나 말도 모두 길러
줌이 있을 수 있으니, 공경하지 않으면 어떻게 구별하겠는
가?" 하셨다.

> **13** 子夏問孝 子曰 色難 有事 弟子服其勞 有酒食 先生饌
> 曾是以爲孝乎(爲政)

【주석】 〖子夏(자하)〗 성은 卜, 이름은 商, 자하는 字임. 孔子의 제

자로 문학에 뛰어남 〖服〗 행하다 복 〖食〗 밥 사 〖先生(선
생)〗 =父兄 〖饌〗 먹다 찬 〖曾〗 일찍 증

【국역】 자하가 효를 묻자, 공자께서 말씀하시길 "얼굴빛을 (온화하
게 하는 것이) 어려우니, (父兄에게) 일이 있으면 弟子가 그
일을 대신하고, 술과 밥이 있으면 父兄을 드시게 하는 것을
일찍이 효라고 할 수 있겠는가?" 하셨다.


## 14  子曰 溫故而知新 可以爲師矣(爲政)

【주석】 〖溫〗 익히다 온 〖可以(가이)〗 =可 〖爲〗 되다 위

【국역】 공자께서 말씀하시길 "옛것을 익히고 새것을 알면 스승이
될 수 있다." 하셨다.


## 15  子曰 君子不器(爲政)

【국역】 공자께서 말씀하시길 "군자는 그릇처럼 (국한되지) 않는다."
하셨다.


## 16  子曰 君子周而不比 小人比而不周(爲政)

【주석】 〖周〗 두루 미치다 주(註-周 普偏也) 〖比〗 친하다 비(註-
比 偏黨也)

【국역】 공자께서 말씀하시길 "군자는 보편적이고 편당 짓지 않으
며, 소인은 편당 짓고 보편적이지 않다." 하셨다.

 子曰 學而不思則罔 思而不學則殆(爲政)

【주석】 〖罔〗없다 망 〖殆〗위태롭다 태

【국역】 공자께서 말씀하시길 "배우기만 하고 생각하지 않으면 (터득함이) 없고, 생각만 하고 배우지 않으면 위태로워진다." 하셨다.


 子曰 由 誨女知之乎 知之爲知之 不知爲不知 是知也(爲政)

【주석】 〖由〗성은 仲, 이름은 由, 字는 子路, 季路라고도 함. 孔子의 제자로 政事에 뛰어남 〖誨〗가르치다 회 〖是〗이 시

【국역】 공자께서 말씀하시길 "유야! 너에게 아는 것을 가르쳐 줄까? 아는 것은 안다고 하고, 모르는 것은 모른다고 하는 것, 이것이 아는 것이다." 하셨다.


 子曰 非其鬼而祭之 諂也 見義不爲 無勇也(爲政)

【주석】 〖其〗자기 기 〖諂〗아첨하다 첨 〖勇〗용감하다 용

【국역】 공자께서 말씀하시길 "자기 귀신이 아닌데 그를 제사 지내는 것은 아첨하는 것이요, 의를 보고도 하지 않는 것은 용맹이 없는 것이다." 하셨다.


 獲罪於天 無所禱也(八佾)

【주석】 〖獲〗얻다 획 〖禱〗빌다 도

【국역】하늘에 죄를 얻으면 빌 곳이 없다.

 子曰 居上不寬 爲禮不敬 臨喪不哀 吾何以觀之哉(八佾)

【주석】〖寬〗너그럽다 관 〖何以(하이)〗무엇으로

【국역】공자께서 말씀하시길 “윗자리에 있으면서 너그럽지 않고, 예를 행하는 데 공경하지 않으며, 초상에 임하여 슬퍼하지 않는다면 내가 무엇으로 그를 관찰하겠는가? (이미 근본이 없다면 무엇으로 그 행하는 것의 잘잘못을 관찰하겠는가: 註－旣無其本 則以何者而觀其所行之得失哉)” 하셨다.

 唯仁者能好人 能惡人(里仁)

【주석】〖唯〗오직 유 〖惡〗미워하다 오

【주석】오직 仁者만이 사람을 좋아할 수 있으며, 사람을 미워할 수 있다.

 人之過也 各於其黨 觀過 斯知仁矣(里仁)

【주석】〖各〗각기 다르다 각 〖黨〗＝類 무리 당 〖斯〗＝則 그러면 사

【국역】사람의 잘못은 그 무리에 따라 각각 다르니, 잘못을 보면 인을 알 수 있다.

24　子曰 朝聞道 夕死可矣(里仁)

【주석】 〖朝〗 아침 조 〖可〗 괜찮다 가
【국역】 공자께서 말씀하시길 "아침에 도를 들으면 저녁에 죽어도
괜찮다." 하셨다.


25　子曰 士志於道 而恥惡衣惡食者 未足與議也(里仁)

【주석】 〖志〗 뜻 두다 지 〖恥〗 부끄럽다 치 〖足〗 ~할 수 있다, ~
할 만하다 족 〖議〗 의논하다 의
【국역】 공자께서 말씀하시길 "선비가 도에 뜻을 두고서 나쁜 옷과
나쁜 음식을 부끄러워하는 자는 더불어 의논할 수 없다."
하셨다.


26　子曰 放於利而行 多怨(里仁)

【주석】 〖放〗 의지하다 방 〖怨〗 원망하다 원
【국역】 공자께서 말씀하시길 "이익에 의지하여 행동하면 원망이 많
아진다." 하셨다.


27　子曰 不患無位 患所以立 不患莫己知 求爲可知也(里仁)

【주석】 〖不〗 =勿 〖所以(소이)〗 방법 〖可〗 ~할 만하다 가
【국역】 공자께서 말씀하시길 "자리가 없음을 걱정하지 말고 자리에
설 방법을 걱정하며, 자신을 알아주지 않음을 걱정하지 말

고 알려질 만하게 되기를 구해야 한다." 하셨다.




【주석】 〖喩〗 깨닫다 유
【국역】 공자께서 말씀하시길 "군자는 의에 깨닫고, 소인은 이익에
　　　　깨닫는다." 하셨다.




【주석】 〖齊〗 같다 제 〖省〗 살피다 성
【국역】 공자께서 말씀하시길 "어진 이를 보고 같기를 생각하고, 어
　　　　질지 못한 이를 보고 안으로 스스로 반성해야 한다." 하셨다.




【주석】 〖不〗 =勿 〖遊〗 놀다 유 〖方〗 지역 방
【국역】 공자께서 말씀하시길 "부모가 생존해 계시면 먼 곳에서 놀
　　　　지 말며, 놀더라도 반드시 일정한 장소가 있어야 한다." 하
　　　　셨다.




【주석】 〖年〗 나이 년 〖可〗 ~해야 한다 가 〖喜〗 기쁘다 희 〖以〗
　　　　때문 이 〖懼〗 두려워하다 구

【국역】 공자께서 말씀하시길 "부모님의 나이는 알지 않으면 안 된
다. 하나는 기쁨 때문이요(장수한 것을 기뻐함: 註-旣喜其
壽), 다른 하나는 두려움 때문이다(노쇠한 것이 두려움: 註
-又懼其衰)." 하셨다(여기에서 부모님의 생신날을 喜懼日
이라 함. 자신의 생일은 ≪시경≫ "生我劬勞"에서 나를 낳
는 데 힘드셨다는 데에서 劬勞日이라 함).

**32**　子曰 古者 言之不出 恥躬之不逮也(里仁)

【주석】 【者】 시간＋者: 의미 없음 〚躬〛 몸 궁 〚逮〛 미치다 태
【국역】 공자께서 말씀하시길 "옛날 말을 함부로 내지 않은 것은 몸
이 미치지 못할까 부끄러워해서였다." 하셨다.

**33**　子曰 君子欲訥於言而敏於行(里仁)

【주석】 〚欲〛 ㅡ하고자 하다 욕 〚訥〛 어눌하다 눌 〚敏〛 민첩하다 민
【국역】 공자께서 말씀하시길 "군자는 말을 어눌하게 하고 행동에
민첩하고자 한다." 하셨다.

**34**　子游曰 事君數 斯辱矣 朋友數 斯疏矣(里仁)

【주석】 〚事〛 섬기다 사 〚數〛 자주 삭 〚斯〛 ＝則 그러면 사 〚辱〛
욕보다 욕 〚疏〛 소원하다 소
【국역】 자유가 말하기를 "임금을 섬기는 데 자주 (간)하면 욕을 당

하고, 친구 간에 자주 (충고)하면 소원해진다." 하였다.



【국역】 하나를 듣고서 열을 안다.



【주석】 〖也〗 문장 중간에서 잠깐의 休止 야 〖行〗 행하다 행
〖事〗 섬기다 사 〖惠〗 은혜롭다 혜 〖使〗 부리다 사

【국역】 군자의 도가 네 가지 있으니, 자기를 행함이 공손하며, 윗사
람을 섬김이 공경스러우며, 백성을 기름이 은혜로우며, 백성
을 부림이 의로운 것이다.



【주석】 〖晏平仲(안평중)〗春秋時代 齊나라의 名臣으로, 이름은 嬰,
字는 平仲. 恭儉力行으로 유명함 〖善〗 잘하다 선 〖久〗 오
래다 구

【국역】 공자께서 말씀하시길 "안평중은 남과 잘 사귀었다. 오래되
어도 그를 공경하였다." 하셨다.

| 38 | 季文子三思而後行 子聞之 曰 再斯可矣(公冶長) |

**【주석】** 〖季文子(계문자)〗魯나라 大夫로, 매사를 반드시 세 번 생각한 뒤에 행하였다고 함 〖再〗두 번 재 〖斯〗그러면 사 〖可〗괜찮다 가

**【국역】** 계문자가 세 번 생각한 뒤에야 행하였다. 공자께서 그것을 들으시고 말씀하시길 "두 번이면 괜찮다." 하셨다.


| 39 | 顔淵曰 願無伐善 無施勞(公冶長) |

**【주석】** 〖顔淵(안연)〗字는 子淵. 孔子의 제자로 十哲의 으뜸으로 꼽힘. 安貧樂道하여 덕행으로 이름이 높았음 〖伐〗자랑하다 벌 〖善〗잘하다 선 〖施〗자랑하다 시

**【국역】** 안연이 말하기를 "잘하는 것을 자랑하지 않고, 공로를 과시함이 없고자 합니다." 하였다.


| 40 | 子曰 已矣乎 吾未見能見其過而內自訟者也(公冶長) |

**【주석】** 〖已〗끝나다 이 〖乎〗감탄의 의미 호 〖其〗자기 기 〖訟〗꾸짖다 송

**【국역】** 공자께서 말씀하시길 "끝났구나! 나는 아직 자신의 잘못을 보고서 안으로 스스로 자책할 수 있는 자를 보지 못했다." 하셨다.

| 41 | 不遷怒 不貳過(雍也) |

【주석】 〖遷〗 옮기다 천 〖貳〗 다시 하다 이

【국역】 (안회는) 노여움을 (남에게) 옮기지 않았고, 잘못을 두 번
저지르지 않았다.


| 42 | 冉求曰 非不說子之道 力不足也 子曰 力不足者 中道而
廢 今女畫(雍也) |

【주석】 〖冉求(염구)〗 字는 子有, 冉有 또는 有子라고도 함. 孔門
十哲의 한 사람으로, 政事에 뛰어났음(冉 늘어지다 염)
〖說〗 기쁘다 열 〖廢〗 중지하다 폐 〖女〗 =汝 〖畫〗 긋다 획

【국역】 염구가 말하기를 "선생님의 도를 좋아하지 않는 것은 아니
나, 힘이 부족합니다." 하니, 공자께서 말씀하시길 "힘이 부
족한 자는 중도에서 그만두는 것이니, 지금 너는 (스스로
한계를) 긋는다." 하셨다.


| 43 | 子謂子夏曰 女爲君子儒 無爲小人儒(雍也) |

【주석】 〖女〗 =汝 〖儒〗 선비 유(학자의 칭호: 註－儒 學者之稱)
〖無〗 =勿

【국역】 공자께서 자하에게 말씀하시길 "너는 군자의 학자(자기를
위해 공부함: 註－君子儒 爲己)가 되고, 소인의 학자(남을
위해 공부함: 註－小人儒 爲人)가 되지 말라." 하셨다.

| 44 | 行不由徑(雍也) |

【주석】 〖由〗 따르다 유 〖徑〗 지름길 경

【국역】 다닐 때 지름길을 따르지 않는다.


| 45 | 子曰 質勝文則野 文勝質則史 文質彬彬 然後君子(雍也) |

【주석】 〖質〗 바탕 질 〖文〗 꾸미다 문(아름다운 외관) 〖史〗 성실이
부족함 사(겉치레만 잘 함) 〖彬〗 찬란하다 빈

【국역】 공자께서 말씀하시길 "본바탕이 아름다운 외관을 이기면 촌
스럽고, 아름다운 외관이 본바탕을 이기면 겉치레만 잘 하
니, 아름다운 외관과 본바탕이 찬란한 뒤에야 군자이다." 하
셨다.


| 46 | 子曰 人之生也直 罔之生也幸而免(雍也) |

【주석】 〖A之B也〗 A가 B하는 것은 〖罔〗 속이다 망(註-罔 不直
也) 〖幸〗 요행 행 〖免〗 벗어나다 면

【국역】 공자께서 말씀하시길 "사람이 살아가는 이치는 정직하니,
정직하지 않으면서도 살아가는 것은 (죽음을) 요행히 벗어
난 것이다." 하셨다.


| 47 | 子曰 知之者不如好之者 好之者不如樂之者(雍也) |

【국역】 공자께서 말씀하시길 "그것(道)을 아는 자는 그것을 좋아하

는 자만 못하고, 그것을 좋아하는 자는 그것을 즐기는 자만
못하다.” 하셨다.

<table><tr><td>48</td><td>敬鬼神而遠之 可謂知矣(雍也)</td></tr></table>

【국역】 귀신을 공경하지만 멀리한다면 지혜롭다 말할 수 있을 것이다.

<table><tr><td>49</td><td>子曰 知者樂水 仁者樂山 知者動 仁者靜 知者樂<br>仁者壽(雍也)</td></tr></table>

【주석】 〖知〗＝智 〖樂〗 좋아하다 요 〖靜〗 고요하다 정 〖壽〗 장수 수
【국역】 공자께서 말씀하시길 “智者는 물을 좋아하고 仁者는 산을
　　　　좋아하며, 智者는 動的이고 仁者는 靜的이며, 智者는 낙천
　　　　적이며 仁者는 장수한다.” 하셨다(여기서 樂山樂水라는 고
　　　　사가 나옴).

<table><tr><td>50</td><td>夫仁者 己欲立而立人 己欲達而達人(雍也)</td></tr></table>

【주석】 〖夫〗 발어사 부 〖達〗 통달하다 달
【국역】 인자는 자신이 서고자 함에 남도 서게 하고, 자신이 통달하
　　　　고자 함에 남도 통달하게 하는 것이다.

| 51 | 子曰 不憤不啓 不悱不發 擧一隅 不以三隅反 則不復也 (述而) |

【주석】〖憤〗 발분하다 분 〖啓〗 열다 계 〖悱〗 말 나오지 아니하다 비 〖隅〗 모퉁이 우 〖反〗 돌이키다 반

【국역】 공자께서 말씀하시길 "발분해하지 않으면 열어 주지 않으며, 애태워하지 않으면 말해 주지 않는다. 한 모퉁이를 들어 주었는데, 세 모퉁이를 돌이키지 못하면 다시 (더 일러 주지) 않아야 한다." 하셨다.


| 52 | 子食於有喪者之側 未嘗飽也 子於是日哭 則不歌(述而) |

【주석】〖側〗 곁 측 〖嘗〗 일찍이 상 〖飽〗 배부르다 포 〖是〗 이 시

【국역】 공자께서는 상이 난 사람의 곁에서 먹을 때 일찍이 배부르게 먹은 적이 없으셨고, 공자께서는 이날에 곡하시면 노래를 부르지 않으셨다(하루 안에는 남은 슬픔이 가시지 않기 때문이다: 註－一日之內 餘哀未忘).


| 53 | 暴虎馮河(述而) |

【주석】〖暴〗 맨손으로 치다 포 〖馮〗 맨몸으로 건너다 빙

【국역】 호랑이를 맨손으로 잡고 맨몸으로 강을 건너다(무모하게 위험한 짓을 함을 이름).

| 54 | 子曰 富而可求也 雖執鞭之士 吾亦爲之 如不可求 從吾<br>所好(述而) |

【주석】 〖而〗만약 이 〖雖〗비록 수 〖執〗잡다 집 〖鞭〗채찍 편
〖如〗만약 여

【국역】 공자께서 말씀하시길 "부를 만약 구할 수 있다면, 채찍을
잡는 자의 일이라도 나는 또한 그것을 하겠다. 만약 구할
수 없다면, 내가 좋아하는 것을 따르겠다." 하셨다.


| 55 | 子曰 飯疏食飮水 曲肱而枕之 樂亦在其中矣 不義而富且<br>貴 於我如浮雲(述而) |

【주석】 〖飯〗밥 먹다 반 〖疏〗거칠다 소 〖食〗밥 사 〖飮〗마시다
음 〖肱〗팔뚝 굉 〖枕〗베다 침 〖浮〗뜨다 부

【국역】 공자께서 말씀하시길 "거친 밥을 먹고 물을 마시며, 팔뚝을
구부려 그것을 베더라도 즐거움은 또한 그 가운데 있으니,
의롭지 못하면서 부하고 또 귀함은 나에게 뜬구름과 같다."
하셨다.


| 56 | 子曰 三人行 必有我師焉 擇其善者而從之 其不善者而改<br>之(述而) |

【주석】 〖焉〗於＋之의 준말 언 〖擇〗가리다 택

【국역】 공자께서 말씀하시길 "세 사람이 갈 때 반드시 그곳에 내

스승이 있으니, 그중에 착한 자를 가려서 그를 따르고, 선하
지 못한 자를 가려서 그것을 고쳐야 한다." 하셨다.




【주석】 〖亡〗 없다 망 〖約〗 적다 약 〖泰〗 넉넉하다 태 〖恒〗 항상
하다 항

【국역】 없으면서 있는 체하며, 비었으면서 가득한 체하며, 적으면서
많은 체하면 항상 (된 마음을) 보존하기가 어려울 것이다.




【주석】 〖哉〗 의문어조사 재 〖斯〗 =則 그러면 사

【국역】 공자께서 말씀하시길 "仁이 멀리 있는가? 내가 仁하고자 하
면 仁은 곧 이를 것이다." 하셨다.




【주석】 〖奢〗 사치하다 사 〖孫〗 공손하다 손 〖固〗 고루하다 고 〖與
其(여기)A寧(녕)B〗 A하느니 차라리 B하겠다.

【국역】 공자께서 말씀하시길 "사치하면 공손하지 못하고 검소하면
고루하니, 공손하지 못하느니 차라리 고루하겠다." 하셨다
(사치와 검소는 모두 中道를 잃었으나 사치의 해가 더 큼:
註 – 奢儉俱失中 而奢之害大).

## 60　子曰 君子坦蕩蕩 小人長戚戚(述而)

【주석】〖坦〗평평하다 탄 〖蕩〗넓다 탕 〖戚〗근심하다 척

【국역】공자께서 말씀하시길 “군자는 평탄하여 여유롭고, 소인은
늘 걱정스러워한다.” 하셨다.

## 61　曾子曰 以能問於不能 以多問於寡 有若無 實若虛 犯而 不校(泰伯)

【주석】〖犯〗침범하다 범 〖實〗가득 차다 실 〖若〗같다 약 〖校〗
계산하다 교

【국역】증자가 말하기를 “능한 것으로써 능하지 못한 이에게 묻고,
많은 (학식)으로써 적은 이에게 물으며, 있어도 없는 것처럼
하며, 가득해도 빈 것처럼 하며, 침범하여도 따지지 않는
다.” 하였다.

## 62　子曰 不在其位 不謀其政(泰伯)

【국역】공자께서 말씀하시길 “그 지위에 있지 않으면, 그 政事를
도모하지 않아야 한다.” 하셨다.

| 63 | 子曰 學如不及 猶恐失之(泰伯) |

**【주석】** 〖及〗미치다 급 〖猶〗오히려 유

**【국역】** 공자께서 말씀하시길 "학문은 미치지 못하는 듯이 하면서도 오히려 그것을 잃을까 두려워해야 하는 것이다." 하셨다.

| 64 | 子絶四 毋意 毋必 毋固 毋我(子罕) |

**【주석】** 〖毋〗=無 〖意〗=私意 〖必〗=期必 〖固〗=執滯 〖我〗= 私己

**【국역】** 공자는 네 가지를 끊으셨으니, 사사로운 뜻이 없으셨으며, 기필하는 마음이 없으셨으며, 집착하는 마음이 없으셨으며, 개인만을 생각하는 마음이 없으셨다.

| 65 | 子在川上日 逝者如斯夫 不舍晝夜(子罕) |

**【주석】** 〖上〗가 상 〖逝〗가다 서 〖斯〗이 사 〖夫〗문장 끝에 놓이면 감탄의 의미 〖舍〗정지하다 사 〖晝〗낮 주

**【국역】** 공자께서 시냇가에 계시면서 말씀하시길 "가는 것이 이 물과 같구나! 밤낮을 그치지 않는구나(천지의 조화가 그침이 없음을 의미)." 하셨다.

| 66 | 子曰 譬如爲山 未成一簣 止 吾止也 譬如平地 雖覆一簣 進 吾往也(子罕) |

**【주석】** 〖譬〗비유하다 비 〖爲〗만들다 위 〖覆〗엎다 복 〖簣〗삼태기 궤

**【국역】** 공자께서 말씀하시길, “(학문을) 비유하면 산을 만드는 데 한 삼태기를 (붓지 않아 산을) 못 이루고서 그치는 것도 내가 그치는 것과 같으며, 비유하자면 땅을 평평하게 만드는 데 비록 한 삼태기를 부었더라도 나아감은 내가 나아가는 것과 같다.” 하셨다.

| 67 | 子曰 後生可畏(子罕) |

**【주석】** 〖後生(후생)〗후배나 젊은이 〖可〗~해야 한다 가

**【국역】** 공자께서 말씀하시길 “후배는 두려워해야 한다.” 하셨다.

| 68 | 子曰 歲寒然後 知松柏之後彫也(子罕) |

**【주석】** 〖柏〗잣나무 백 〖之〗주격조사 지 〖彫〗시들다 조

**【국역】** 공자께서 말씀하시길 “해가 추워진 뒤에야 소나무와 잣나무가 뒤늦게 시든다는 것을 알 수 있는 것이다.” 하셨다.

| 69 | 子曰 知者不惑 仁者不憂 勇者不懼(子罕) |

【주석】 〚知〛＝智 〚惑〛 미혹되다 혹 〚懼〛 두려워하다 구
【국역】 공자께서 말씀하시길 "지혜로운 자는 의혹되지 않고, 仁한
자는 근심하지 않으며, 용맹한 자는 두려워하지 않는다." 하
셨다.

| 70 | 立不中門 行不履閾(鄕黨) |

【주석】 〚履〛 밟다 리 〚閾〛 문지방 역
【국역】 (공자께서는) 서 있을 때는 문 가운데 서지 않으시고, 다니
실 때는 문지방을 밟지 않으셨다(설 때 문의 한가운데에 서
면 높은 곳을 차지하고, 문지방을 밟으면 조심스럽지 않는
것임: 註－立中門則當尊 行履閾則不恪).

| 71 | 席不正 不坐(鄕黨) |

【국역】 (공자께서는) 자리가 바르지 않으면 앉지 않으셨다.

| 72 | 廏焚 子退朝曰 傷人乎 不問馬(鄕黨) |

【주석】 〚廏〛 마구간 구 〚焚〛 타다 분 〚朝〛 조정 조 〚傷〛 다치다 상
【국역】 마구간이 불탔는데, 공자께서 조정에서 물러나시어 "사람이
다쳤는가?" 하시고, 말을 묻지는 않으셨다.

| 73 | 有盛饌 必變色而作 迅雷風烈 必變(鄕黨) |

**【주석】** 〖饌〗음식 찬 〖變〗변하다 변 〖作〗일어나다 작 〖迅〗빠르다 신 〖雷〗천둥(우뢰) 뢰 〖烈〗거세다 렬

**【국역】** (공자께서는) 성대한 음식이 있으면 반드시 낯빛을 변하시고 일어나셨다(주인의 예우를 공경한 것: 註－敬主人之禮). 빠른 우뢰와 바람이 세차게 일면 반드시 낯빛이 변하시었다(하늘의 진노에 공경하는 것: 註－必變者 所以敬天之怒).


| 74 | 升車 必正立執綏 車中 不內顧 不疾言 不親指(鄕黨) |

**【주석】** 〖升〗오르다 승 〖綏〗끈 수(붙잡고 수레에 오르는 끈: 註－綏 挽以上車之索也) 〖顧〗돌아보다 고 〖疾〗빠르다 질 〖親〗몸소 친 〖指〗가리키다 지

**【국역】** (공자께서는) 수레에 오르실 때 반드시 바르게 서서 끈을 잡으셨고, 수레 안에서 안쪽을 돌아보지 않으시며, 빨리 말하지 않으시며, 친히 가리키지 않으셨다.


| 75 | 季路問事鬼神 子曰 未能事人 焉能事鬼 敢問死 曰 未知生 焉知死(先進) |

**【주석】** 〖事〗섬기다 다 〖焉〗어찌 언

**【국역】** 계로가 귀신을 섬기는 것에 대해 묻자, 공자께서 말씀하시길 "아직 사람을 섬길 수도 없는데, 어떻게 귀신을 섬길 수

있겠는가?" 하셨다. (자로가 다시) "감히 죽음에 대해 묻겠습니다."라고 하자, 공자께서 말씀하시길 "아직 삶도 알지 못하는데, 어떻게 죽음을 알겠는가?" 하셨다.


## 76 ＆ 過猶不及(先進)

【주석】 〖過〗 지나치다 과 〖猶〗 같다 유
【국역】 지나침은 미치지 못함과 같다.


## 77 ＆ 克己復禮爲仁(顏淵)

【주석】 〖克〗 이기다 극 〖己〗 ＝私欲 〖復〗 돌아가다 복 〖爲〗 〜이다 위
【국역】 자기의 사욕을 이기고 예로 돌아가는 것이 仁이다.


## 78 ＆ 死生有命 富貴在天(顏淵)

【주석】 〖命〗 명은 태어나는 초기에 받는 것이니, 지금 옮길 수 없는 것임(註－命 禀於有生之初 非今所能移) 〖天〗 하늘은 그것을 그렇게 만드는 이가 없는데도 저절로 그렇게 되니 내가 기필 할 수 없는 것임(註－天 莫之爲而爲 非我所能必)
【국역】 죽음과 삶은 명에 달려 있고, 부와 귀는 하늘에 달려 있다.

| 79 | 齊景公問政於孔子 孔子對曰 君君 臣臣 父父 子子(顔淵) |

【국역】 제나라 경공이 공자에게 정치를 묻자, 공자께서 대답하시길
"임금은 임금답고, 신하는 신하다우며, 아버지는 아버지답
고, 자식은 자식다운 것입니다." 하셨다.


| 80 | 君子之德風 小人之德草 草上之風 必偃(顔淵) |

【주석】 〖偃〗 쓰러지다 언 〖上〗 上이 어떤 책에는 尙이라고도 되
어 있음(더하다 상)

【국역】 군자의 덕은 바람이요, 소인의 덕은 풀이다. 풀은 그 위에
바람을 더하면 반드시 쓰러진다.


| 81 | 子貢問友 子曰 忠告而善道之 不可則止 無自辱焉(顔淵) |

【주석】 〖善〗 잘하다 선 〖道〗 =導 인도하다 도 〖無〗 =勿 〖辱〗
욕되다 욕

【국역】 자공이 친구에 대해 묻자, 공자께서 말씀하시길 "충심으로
말해 주고 잘 그를 인도하는데, 불가능하면 그만두어서 자
신을 모욕되게 하지 말라." 하셨다.


| 82 | 子曰 其身正 不令而行 其不正 雖令 不從(子路) |

【국역】 공자께서 말씀하시길 "그 자신이 바르면 명령하지 않아도
행해지고, 그 자신이 바르지 않으면 비록 명령한다 하더라

도 따르지 않는다." 하셨다.



【주석】 〖無〗＝勿 〖欲〗〜하고자 하다 욕 〖速〗빠르다 속 〖達〗
　　　　이루다 달
【국역】 빨리 하려고 하지 말고, 조그만 이익을 보지 말라. 빨리 하
　　　　려고 하면 이루어지지 않고, 조그만 이익을 보면 큰일이 이
　　　　루어지지 않는다.



【주석】 〖爲〗〜위하여 위 〖隱〗숨기다 은
【국역】 아버지는 자식을 위하여 (허물을) 숨겨 주고, 자식은 아버지
　　　　를 위하여 (허물을) 숨겨 준다.



【주석】 〖和〗맹목적으로 附和하지 않고 異見이나 異議를 적절히
　　　　조화하다 화 〖同〗맹목적으로 남의 의견에 附和雷同하다 동
【국역】 공자께서 말씀하시길 "군자는 조화롭고 부화뇌동하지 않으
　　　　며, 소인은 부화뇌동하고 조화롭지 않는다." 하셨다.

 子曰 君子泰而不驕 小人驕而不泰(子路)

【주석】 〖泰〗 편안하다 태 〖驕〗 교만하다 교

【국역】 공자께서 말씀하시길 "군자는 편안하나 교만하지 않고, 소인은 교만하나 편안하지 못하다." 하셨다.


87 子曰 剛毅木訥 近仁(子路)

【주석】 〖剛〗 굳세다 강 〖毅〗 굳세다 의 〖木〗 순박하다 목 〖訥〗 어눌하다 눌

【국역】 공자께서 말씀하시길, "강하고 굳세며 순박하고 어눌한 것이 인에 가깝다." 하셨다.


88 子曰 有德者必有言 有言者不必有德 仁者必有勇 勇者不必有仁(憲問)

【주석】 〖不必(불필)〗 (부분 부정) 반드시 ~한 것은 아니다

【국역】 공자께서 말씀하시길 "덕이 있는 자는 반드시 (훌륭한) 말이 있으나, 말을 하는 자는 반드시 덕이 있는 것만은 아니다. 仁者는 반드시 용기가 있으나, 용감한 자는 반드시 인이 있는 것만은 아니다." 하셨다.

| 89 | 子曰 貧而無怨難 富而無驕易(憲問) |
|---|---|

【주석】 〖驕〗교만하다 교 〖易〗쉽다 이

【국역】 공자께서 말씀하시길 "가난하면서 원망이 없기는 어렵고,
부유하면서 교만이 없기는 쉽다." 하셨다.


| 90 | 子曰 其言之不怍 則爲之也難(憲問) |
|---|---|

【주석】 〖怍〗부끄러워하다 작 〖也〗문장 중간에서 쉼표의 역할

【국역】 공자께서 말씀하시길 "그 말하는 것이 부끄러워하지 않으면
그것을 행하기는 어렵다(실천하기 어렵다)." 하셨다.


| 91 | 子曰 古之學者爲己 今之學者爲人(憲問) |
|---|---|

【주석】 〖爲己(위기)〗자기 몸에 얻으려고 하는 것(註-爲己 欲得
於己也) 〖爲人(위인)〗남에게 알려지려는 것(註-爲人 欲見
知於人也)

【국역】 공자께서 말씀하시길 "옛날에 배우는 자는 자신을 위해 (학
문을 하였는데), 지금 배우는 자는 남을 위한 (학문을 한
다)." 하셨다.


| 92 | 仁者不憂 知者不惑 勇者不懼(憲問) |
|---|---|

【주석】 〖知〗＝智 〖惑〗미혹되다 혹 〖懼〗두려워하다 구

【국역】 仁者는 근심하지 않고, 지혜로운 자는 미혹되지 않으며, 용

기 있는 자는 두려워하지 않는다.



原壤夷俟 子曰 幼而不孫弟 長而無述焉 老而不死 是爲
賊 以杖叩其脛(憲問)

【주석】 〖原壤(원양)〗 孔子의 친구로, 어머니가 죽자 노래를 불렀으
니, 老子의 무리로 스스로 禮法의 밖에 방탕한 사람임 〖夷〗
걸터앉다 이 〖俟〗 기다리다 사 〖孫〗 공손하다 손 〖弟〗 =悌
공경하다 제 〖述〗 칭찬하다 술 〖杖〗 지팡이 장 〖叩〗 두드리
다 고 〖脛〗 정강이 경

【국역】 원양이 걸터앉아 (공자를) 기다리자, 공자께서 말씀하시길
"어려서 공손하지 않고 커서 칭찬할 만한 일이 없으며, 늙
어서도 죽지 않는 것이 바로 적이다." 하시고, 지팡이로 그
의 정강이를 때렸다.



子曰 可與言而不與之言 失人 不可與言而與之言 失言
知者不失人 亦不失言(衛靈公)

【주석】 〖可〗 ~할 만하다, ~해야 한다 가 〖知〗 =智
【국역】 공자가 말씀하시길 "더불어 말할 만한데도 그와 더불어 말하
지 않으면 사람을 잃는 것이요, 더불어 말할 만하지 않은데도
그와 더불어 말을 한다면 말을 잃는 것이다. 지혜로운 자는
사람을 잃지 않으며, 또한 말을 잃지도 않는다." 하셨다.

## 95　人無遠慮 必有近憂(衛靈公)

【주석】〖遠〗원대하다 원 〖慮〗생각 려 〖有〗생기다 유
【국역】사람이 원대한 생각이 없으면 반드시 가까운 근심이 생긴다.


## 96　躬自厚而薄責於人 則遠怨矣(衛靈公)

【주석】〖躬〗몸소 궁 〖厚〗두텁다 후 〖薄〗엷다 박 〖責〗꾸짖다 책
【국역】몸소 스스로 (자책하기를) 두터이 하고, 남을 책망하기를 적
　　　게 한다면 원망이 멀어질 것이다.


## 97　子曰 不曰 如之何如之何者 吾末如之何也已矣(衛靈公)

【주석】〖如之何(여지하)〗어찌할까? (익숙히 생각하고 살펴서 처한
　　　다는 말: 註－如之何如之何者 熟思而審處之辭也) 〖末〗＝無
【국역】공자께서 말씀하시길 "'어찌할까? 어찌할까?' 하고 말하지
　　　않는 자는 나도 어찌할 수 없다." 하셨다.


## 98　子曰 君子求諸己 小人求諸人(衛靈公)

【주석】〖諸〗之＋於의 준말 저
【국역】공자께서 말씀하시길 "군자는 자기에게서 그것을 찾고, 소
　　　인은 남에게서 그것을 찾는다." 하셨다.

## 99　子曰 君子不以言擧人 不以人廢言(衛靈公)

【주석】〖以〗때문 이 〖擧〗기용하다 거 〖廢〗폐하다 폐

【국역】공자가 말씀하시길 "군자는 말 때문에 사람을 기용하지 않고, 사람 때문에 말을 버리지 않는다." 하셨다.


## 100　巧言亂德 小不忍則亂大謀(衛靈公)

【주석】〖巧〗공교롭다 교 〖忍〗참다 인 〖謀〗꾀 모

【국역】공교한 말은 덕을 어지럽히고, 작은 것을 참지 못하면 큰 계책을 어지럽힌다.


## 101　衆惡之 必察焉 衆好之 必察焉(衛靈公)

【주석】〖惡〗미워하다 오 〖察〗살피다 찰 〖焉〗於＋之의 준말 언

【국역】여러 사람들이 그를 미워하더라도 반드시 살펴보며, 여러 사람들이 그를 좋아하더라도 반드시 살펴보아야 한다.


## 102　人能弘道 非道弘人(衛靈公)

【주석】〖能〗～할 수 있다 능 〖弘〗넓히다 홍

【국역】사람이 도를 넓힐 수 있는 것이요, 도가 사람을 넓히는 것은 아니다.

## 103　過而不改 是謂過矣(衛靈公)

【주석】 〚是〛이 시 〚謂〛이르다 위

【국역】 잘못하여도 고치지 않는 것, 이것을 (진짜) 잘못이라고 한다.


## 104　當仁 不讓於師(衛靈公)

【주석】 〚當〛당하다 당 〚讓〛양보하다 양

【국역】 仁에 있어서는 스승에게도 양보하지 않는다.


## 105　道不同 不相爲謀(衛靈公)

【국역】 도가 같지 않으면, 서로 도모하지 말아야 한다.


## 106　有國有家者 不患寡而患不均 不患貧而患不安(季氏)

【주석】 〚寡〛적다 과 〚均〛고르다 균

【국역】 나라를 소유하고 집을 소유한 자는 (백성이) 적은 것을 근심하지 않고 고르지 못함을 근심해야 하며, 가난을 근심하지 않고 편안하지 못함을 근심해야 한다.


## 107　孔子曰 益者三友 損者三友 友直 友諒 友多聞 益矣 友便辟 友善柔 友便佞 損矣(季氏)

【주석】 〚損〛덜다 손 〚諒〛성실하다 량 〚便〛잘하다 편 〚辟〛치

우치다 벽〚善〛잘하다 선〚佞〛말재주 있다 녕

【국역】 공자께서 말씀하시길 "이익 되는 벗이 세 가지요, 손해되는 벗이 세 가지이다. 벗이 곧으며 벗이 성실하며 벗이 들은 것이 많으면 유익하고, 벗이 한쪽(외모)만을 잘하며 벗이 유순하기를 잘하며 벗이 말을 잘하면 손해된다." 하셨다.

---

**108** 孔子曰 侍於君子有三愆 言未及之而言謂之躁 言及之而不言謂之隱 未見顔色而言謂之瞽(季氏)

【주석】 〚侍〛모시다 시 〚愆〛허물 건 〚躁〛조급하다 조 〚顔〛얼굴 안 〚瞽〛소경 고

【국역】 공자께서 말씀하시길 "군자를 모심에 세 가지 잘못이 있다. 말씀을 마치지 않았는데 말하는 것을 조급함이라 하고, 말씀이 미쳤는데 말하지 않는 것을 숨김이라 하고, 안색을 살피지 않고 말하는 것을 눈치 없음이라 한다." 하셨다.

---

**109** 孔子曰 生而知之者 上也 學而知之者 次也 困而學之 又其次也 困而不學 民斯爲下矣(季氏)

【주석】 〚次〛다음 차 〚困〛통하지 못하다 곤(註－困 謂有所不通) 〚斯〛＝此 이 사 또는 어조사 사

【국역】 공자께서 말씀하시길 "태어나면서 아는 자가 최상이요, 배워서 아는 자가 다음이요, 통하지 못하여 배우는 자가 또 그다음이요, 통하지 못하는데도 배우지 않으면 백성으로서

下等이 된다." 하셨다.


## 110 性相近也 習相遠也(陽貨)

【주석】 〚性〛 성품 성 〚習〛 습관 습
【국역】 성품은 서로 비슷하나, 습관이 서로 멀어지게 한다.


## 111 恭則不侮 寬則得衆 信則人任焉 敏則有功 惠則足以使人 (陽貨)

【주석】 〚侮〛 업신여기다 모 〚寬〛 너그럽다 관 〚任〛 의지하다 임 〚敏〛 민첩하다 민 〚足以(족이)〛 〜할 수 있다 〚使〛 부리다 사
【국역】 공손하면 업신여김을 받지 않고, 너그러우면 대중을 얻게 되고, 믿음이 있으면 남들이 의지하고, 민첩하면 공이 있고, 은혜로우면 남들을 부릴 수 있다.


## 112 道聽而塗說 德之棄也(陽貨)

【주석】 〚塗〛 길 도 〚棄〛 버리다 기
【국역】 길에서 듣고 길에서 말하면 덕을 버리는 것이다(비록 좋은 말을 들었더라도 자기의 소유로 삼지 않으면 이는 스스로 그 덕을 버리는 것이다: 註－雖聞善言 不爲己有 是自棄其德也).

| 113 | 鄙夫可與事君也與哉 其未得之也 患得之 旣得之 患失之 苟患失之 無所不至矣(陽貨) |

【주석】 〖鄙〗비루하다 비 〖夫〗사내 부 〖事〗섬기다 사 〖苟〗만약 구

【국역】 비루한 사람과 함께 임금을 섬길 수 있겠는가? 그가 그것(부귀)을 얻기 전에는 그것을 얻을 것을 걱정하고, 이미 그것을 얻고 나서는 그것을 잃을 것을 걱정한다. 만약 그것을 잃을 것을 걱정한다면 이르지 않을 곳이 없을 것이다(못하는 짓이 없을 것이다).

| 114 | 子曰 飽食終日 無所用心 難矣哉 不有博奕者乎 爲之猶賢乎已(陽貨) |

【주석】 〖飽〗배부르다 포 〖博〗장기 박 〖奕〗바둑 혁 〖猶〗오히려 유 〖賢〗낫다 현 〖已〗그만두다 이

【국역】 공자께서 말씀하시길 "배부르게 먹고 하루를 마치면서 마음을 쓰는 곳이 없다면 (덕을 이루기가) 어렵다. 장기와 바둑이라는 것이 있지 않는가? 그것을 하는 것이 오히려 그만두는 것(아무 일도 하지 않는 것)보다는 나을 것이다." 하셨다.

### 115 君子義以爲上 君子有勇而無義爲亂 小人有勇而無義爲盜 (陽貨)

【주석】 〖爲〗삼다, 만들다, 되다 위 〖盜〗도적 도

【국역】 군자는 義를 으뜸으로 삼는다. 군자가 용맹만 있고 義가 없으면 난을 만들고, 소인이 용맹만 있고 義가 없으면 도적이 된다.

### 116 惡稱人之惡者 惡居下流而訕上者 惡勇而無禮者 惡果敢而窒者(陽貨)

【주석】 〖惡〗미워하다 오 〖下流(하류)〗낮은 지위 〖訕〗헐뜯다 산 〖果〗과단성 있다 과 〖敢〗용감하다 감 〖窒〗막히다 질

【국역】 남의 나쁜 점을 말하는 자를 미워하며, 하류에 있으면서 윗사람을 헐뜯는 자를 미워하며, 용맹하기만 하고 예가 없는 자를 미워하며, 과감하기만 하고 융통성이 없는 자를 미워한다.

### 117 唯女子與小人爲難養也 近之則不孫 遠之則怨(陽貨)

【주석】 〖唯〗오직 유 〖孫〗공손하다 손

【국역】 오직 여자와 소인은 기르기가 어렵다. 그들을 가까이하면 공손하지 않고, 그들을 멀리하면 원망한다.

| 118 | 周公謂魯公曰 君子不施其親 不使大臣怨乎不以 故舊無<br>大故 則不棄也 無求備於一人(微子) |

【주석】 〖周公(주공)〗 성은 姬, 이름은 旦으로 文王의 아들이요 武
王의 동생이며 成王의 숙부임. 무왕을 도와 殷을 멸함 〖魯公
(노공)〗 주공의 아들 伯禽 〖施〗 버리다 시 〖以〗 =用 〖舊〗
친구 구 〖故〗 까닭 고

【국역】 주공이 노공에게 말씀하시길 "군자는 그 친척을 버리지 않
으며, 대신으로 하여금 써 주지 않음을 원망하게 하지 않으
며, 옛 친구가 큰 연고가 없으면 버리지 않으며, 한 사람에
게 완비됨을 요구하지 않는다." 하셨다.


| 119 | 子夏曰 博學而篤志 切問而近思 仁在其中矣(子張) |

【주석】 〖博〗 넓다 박 〖篤〗 돈독하다 독 〖切〗 절실하다 절

【국역】 자하가 말하기를 "배우기를 널리 하고 뜻을 독실하게 하며,
절실히 묻고 가까이 (현실에 필요한 것) 생각하면 仁이 그
가운데 있을 것이다." 하였다.


| 120 | 子夏曰 小人之過也必文(子張) |

【주석】 〖A之B也〗 A가 B할 때 〖文〗 꾸미다 문

【국역】 자하가 말하기를 "소인은 잘못했을 때, 반드시 꾸민다(변명
한다)." 하였다.

| 121 | 子夏曰 大德不踰閑 小德出入 可也(子張) |

【주석】 〖大德(대덕)〗=大節 큰일 〖踰〗넘다 유 〖閑〗울타리 한
〖小德(소덕)〗=小節 작은 일 〖可〗괜찮다 가

【국역】 자하가 말하기를 "큰 덕이 한계를 넘지 않으면 작은 덕은
출입하더라도 괜찮다." 하였다.

| 122 | 曾子曰 吾聞諸夫子 人未有自致者也 必也親喪乎(子張) |

【주석】 〖夫子(부자)〗선생님 〖諸〗之＋於의 준말 저 〖致〗지극하
다 치 〖必也A乎〗(다른 것은 그렇지 않고) A뿐이다.

【국역】 증자가 말하기를 "내가 선생님께 그것을 들으니, '사람이 스
스로 정성을 극진히 하는 것이 없지만, 반드시 어버이 상에
는 정성을 다해야 한다.'" 하였다.

| 123 | 君子惡居下流 天下之惡皆歸焉(子張) |

【주석】 〖惡〗싫어하다 오 〖焉〗於＋之의 준말 언

【국역】 군자는 하류에 있는 것을 싫어한다. 천하의 나쁜 것이 모두
그곳에 모여들기 때문이다.

| 124 | 子曰 不知命 無以爲君子也 不知禮 無以立也 不知言 無以知人也(堯曰) |

**【주석】** 『知命(지명)』命이 있음을 알고서 믿는 것(註－知命者 知有命而信之也) 『無以(무이)』～할 수 없다 『知言(지언)』말의 잘잘못에 따라 사람의 간사함과 올바름을 알 수 있음(註－言之得失 可以知人之邪正)

**【국역】** 공자께서 말씀하시길 "命을 알지 못하면 군자가 될 수 없으며, 예를 알지 못하면 설 수 없으며(수족을 둘 곳이 없다), 말을 알지 못하면 사람을 알 수 없다." 하셨다.

≪孟子≫[8]

---

8) 이 책은 戰國時代 鄒나라에서 태어난 孟子가 은퇴 후 제자인 萬章 등
   과 7편을 지었다고 하나, 맹자의 사후 제자인 만장과 공손추가 맹자의
   말을 적은 것으로 보고 있다.

# 孟子

<table>
<tr><td>1</td><td>不遠千里(梁惠王 上)</td></tr>
</table>

【국역】 천 리를 멀다고 여기지 않다.

<table>
<tr><td>2</td><td>以五十步笑百步(梁惠王 上)</td></tr>
</table>

【주석】 〖步〗 걸음 보 〖笑〗 비웃다 소

【국역】 오십 보로서 백 보를 비웃다(여기서 五十步百步라는 고사가
나옴).

<table>
<tr><td>3</td><td>養生喪死無憾 王道之始也(梁惠王 上)</td></tr>
</table>

【주석】 〖憾〗 섭섭하다 감 〖王道(왕도)〗 王道政治로, 힘이 아닌 德
으로 하는 정치

【국역】 산 사람을 봉양하고 죽은 사람을 장사 지내는데 유감이 없
게 하는 것이 왕도정치의 시작이다.

## 4 　仁者無敵(梁惠王 上)

【국역】仁者는 적이 없다.


## 5 　君子之於禽獸也　見其生　不忍見其死　聞其聲　不忍食其肉　是以君子遠庖廚也(梁惠王 上)

【주석】〖禽〗날짐승 금 〖獸〗길짐승 수 〖忍〗차마 ～하다 인 〖庖〗부엌 포 〖廚〗부엌 주

【국역】군자는 짐승에 있어서 그 산 것을 보고 차마 그 죽는 것을 보지 못하며, 그 (죽는) 소리를 듣고 차마 그 고기를 먹지 못한다. 그러므로 군자는 푸줏간을 멀리한다.


## 6 　老吾老　以及人之老　幼吾幼　以及人之幼　天下可運於掌(梁惠王 上)

【주석】〖老〗어른 로 〖幼〗어리다 유 〖運〗움직이다 운 〖掌〗손바닥 장

【국역】내 어른을 어른으로 대접하여 남의 어른에게까지 미치며, 내 아이를 아이로 사랑하여 남의 집 아이에게까지 미치면 천하는 손바닥에서 움직일 수 있을 것이다.


## 7 　緣木求魚(梁惠王 上)

【주석】〖緣〗좇다 연 〖求〗구하다 구

【국역】 나무에 올라가서 물고기를 구한다(절대로 불가능함을 이름).

<table>
<tr><td>8</td><td>無恒産而有恒心者 惟士爲能 若民則無恒産 因無恒心<br>苟無恒心 放辟邪侈 無不爲已(梁惠王 上)</td></tr>
</table>

【주석】 〖恒〗항상 항 〖惟〗오직 유 〖若〗같다 약 〖苟〗만약 구
〖放〗방탕하다 방 〖辟〗편벽되다 벽 〖邪〗간사하다 사
〖侈〗사치하다 치 〖已〗＝也 단정을 나타냄 이

【국역】 항상 된 생산이 없으면서 항상 된 마음을 가지는 자는 오직
선비만이 할 수 있는 일이다. 백성과 같은 사람은 항상 된
생산이 없으면 항상 된 마음도 없다. 만약 항상 된 마음이
없으면 방탕하고 편벽하고 간사하고 사치스러움을 하지 아
니하는 것이 없을 것이다.

<table>
<tr><td>9</td><td>惟仁者 爲能以大事小 惟智者 爲能以小事大(梁惠王 下)</td></tr>
</table>

【주석】 〖惟〗오직 유 〖爲〗〜이다 위 〖事〗섬기다 사

【국역】 오직 인자라야 큰 것으로 작은 것을 섬길 수 있는 것이요,
오직 지혜로운 자라야 작은 것으로 큰 것을 섬길 수 있는
것이다.

<table>
<tr><td>10</td><td>人不得 則非其上矣(梁惠王 下)</td></tr>
</table>

【주석】 〖非〗비방하다 비

【국역】사람이 (즐거움을) 얻지 못하면 그 윗사람을 비방한다.

11  老而無妻曰鰥 老而無夫曰寡 老而無子曰獨 幼而無父曰孤 此四者 天下之窮民而無告者 文王發政施仁 必先斯四者 詩云 哿矣富人 哀此煢獨(梁惠王 下)

【주석】〖鰥〗홀아비 환 〖寡〗과부 과 〖獨〗자식 없는 부모 독 〖孤〗고아 고 〖文王(문왕)〗周나라를 세운 武王의 아버지 〖施〗베풀다 시 〖斯〗이 사 〖哿〗괜찮다 가 〖煢〗외롭다 경

【국역】늙어서 아내가 없는 것을 환이라 하고, 늙어서 남편이 없는 것을 과라 하며, 늙어서 자식이 없는 것을 독이라 하고, 어려서 부모가 없는 것을 고라고 한다. 이 네 사람은 천하의 궁한 백성으로 알릴 데가 없는 자들이다. 문왕께서 정치를 하여 인정을 베푸실 때, 반드시 이 네 사람을 우선하였다. ≪시경≫에 이르길 "부자들은 괜찮다, 이 외롭고 고독한 이들이 애처롭다." 하였다.

12  國君進賢 如不得已 將使卑踰尊 疏踰戚 可不愼與(梁惠王 下)

【주석】〖進〗올리다 진 〖如〗같다 여 〖得〗￢할 수 있다 득 〖已〗그치다 이 〖踰〗넘다 유 〖疏〗성글다 소 〖戚〗친척 척 〖愼〗삼가다 신 〖與〗＝歟 어조사 여

【국역】나라의 임금이 어진 이를 진급시킬 때 어쩔 수 없는 것같이

해야 하는 것이다. 장차 낮은 사람으로 하여금 높은 사람을 넘어서게 하고, 생소한 사람으로 하여금 친근한 사람을 넘어서게 하는 것이니, 신중하지 않을 수 있겠는가?

## 13  曾子曰 戒之戒之 出乎爾者 反乎爾者也(梁惠王 下)

【주석】 〚曾子(증자)〛孔子의 제자로, 이름은 參, 字는 子興. 孝行으로 유명함 〚戒〛경계하다 계 〚爾〛너 이 〚反〛돌아가다 반

【국역】 증자께서 말씀하시길 "경계하고 경계하라! 너에게서 나온 것은 너에게로 돌아간다." 하셨다.

## 14  齊人有言曰 雖有智慧 不如乘勢 雖有鎡基 不如待時(公孫丑 上)

【주석】 〚齊〛제나라 제 〚不如(불여)〛~만 못하다 〚乘〛타다 승 〚勢〛형세 세 〚鎡〛호미 자 〚基〛호미 기 〚待〛기다리다 대

【국역】 제나라 사람 말 중에 "비록 지혜가 있더라도 형세를 타는 것만 못하고, 비록 호미가 있더라도 때를 기다리는 것만 못하다."라는 말이 있다.

## 15  飢者易爲食 渴者易爲飮(公孫丑 上)

【주석】 〚飢〛굶주리다 기 〚易〛쉽다 이 〚渴〛목마르다 갈

【국역】 굶주린 자는 먹을 것을 주기가 쉽고, 목마른 자는 마실 것

을 주기가 쉽다.

 助長(公孫丑 上)

【주석】〖長〗자라다 장
【국역】자라는 것을 도와주다(빨리 이루기를 바라서 서두르다 도리어 일을 해침을 뜻함).


17  可以仕則仕 可以止則止 可以久則久 可以速則速 孔子也
(公孫丑 上)

【주석】〖可以(가이)〗＝可 〜할 만하다 〖仕〗벼슬하다 사 〖速〗빠르다 속
【국역】벼슬할 만하면 벼슬하고, 그쳐야 할 만하면 그치고, 오래 있을 만하면 오래 있고, 빨리할 만하면 빨리하는 사람이 공자이다.


18  以力服人者 非心服也 力不贍也 以德服人者 中心悅而誠
服也(公孫丑 上)

【주석】〖服〗복종하다 복 〖贍〗넉넉하다 섬 〖悅〗기쁘다 열
　　　　〖誠〗진실로 성
【국역】힘으로 남을 복종시킨다는 것은 마음으로 복종하는 것이 아니라 힘이 부족하기 때문이며, 덕으로 남을 복종시킨다는

것은 마음으로 기뻐하여 진실로 복종하는 것이다.

**19** 禍福 無不自己求之者(公孫丑 上)

【국역】 화와 복은 자기가 그것을 구하지 않은 것이 없다.

**20** 太甲曰 天作孼 猶可違 自作孼 不可活(公孫丑 上)

【주석】 〖太甲(태갑)〗 ≪書經≫의 편명 〖孼〗 재앙 얼 〖猶〗 오히려
유 〖違〗 피하다 위
【국역】 〈태갑〉에 이르기를 "하늘이 지은 재앙은 오히려 피할 수
있으나, 스스로 지은 재앙은 살 수 없다." 하였다.

**21** 人皆有不忍人之心 無惻隱之心 非人也 無羞惡之心 非人
也 無辭讓之心 非人也 無是非之心 非人也(公孫丑 上)

【주석】 〖忍〗 차마 ~하다 인 〖惻〗 불쌍히 여기다 측 〖隱〗 불쌍히
여기다 은 〖羞〗 부끄러워하다 수 〖辭〗 사양하다 사 〖讓〗 사
양하다 양 〖非〗 그르다 비
【국역】 사람은 모두 차마 하지 못하는 마음이 있다. 측은한 마음이
없으면 사람이 아니며, 부끄러워하고 미워하는 마음이 없으
면 사람이 아니며, 사양하는 마음이 없으면 사람이 아니며,
옳고 그름을 분별하는 마음이 없으면 사람이 아니다.

> **22** 術不可不愼也(公孫丑 上)

【주석】〖術〗일 술 〖愼〗삼가다 신

【국역】일은 삼가지 않을 수 없다(직업은 신중히 선택해야 한다).


> **23** 仁者如射 射者正己而後發 發而不中 不怨勝己者 反求諸
> 己而已矣(公孫丑 上)

【주석】〖射〗쏘다 사 〖中〗맞다 중 〖發〗쏘다 발 〖反〗돌이키다
반 〖諸〗之＋於의 준말 저 〖而已矣(이이의)〗﹀뿐이다

【국역】仁者는 활 쏘는 것과 같다. 쏘는 자는 자기를 바르게 하고
난 뒤에 쏜다. 쏘아서 맞지 않아도 자기를 이긴 자를 원망
하지 않고 돌이켜 자기에게서 그것(원인)을 찾을 뿐이다.


> **24** 舍己從人(公孫丑 上)

【주석】〖舍〗＝捨 버리다 사 〖己〗자기 기

【국역】자기를 버리고 남을 따르다.


> **25** 孟子曰 天時不如地利 地利不如人和(公孫丑 下)

【주석】〖不如(불여)〗﹀만 못하다

【국역】맹자께서 말씀하시길 "하늘의 때(를 얻는 것)는 땅의 이로
움(을 얻는 것)만 못하고, 땅의 이로움(을 얻는 것)은 사람

이 화합하는 것만 못하다." 하셨다.

## 26 君子有不戰 戰必勝矣(公孫丑 下)

【국역】 군자는 싸우지 않지만, 싸우면 반드시 이긴다.

## 27 禮曰 父召 無諾 君命召 不俟駕(公孫丑 下)

【주석】 〘召〙부르다 소 〘諾〙공손하지 않은 대답 낙 〘俟〙기다리다 사 〘駕〙멍에 씌우다 가

【국역】 ≪예기≫에 이르기를 "아버지가 부르면 느리게 대답하지 않고, 임금이 명령으로 부르면 멍에 매는 것을 기다리지 않는다." 하였다.

## 28 天下有達尊三 爵一 齒一 德一 朝廷莫如爵 鄕黨莫如齒 輔世長民莫如德(公孫丑 下)

【주석】 〘達尊(달존)〙천하를 통하여 어떠한 시대라도 존중해야 할 것 〘爵〙벼슬 작 〘齒〙나이 치 〘朝〙조정 조 〘莫如(막여)〙~만 한 것이 없다 〘鄕黨(향당)〙마을 〘輔〙돕다 보 〘長〙기르다 장

【국역】 천하에 어느 때라도 존중해야 할 것이 세 가지가 있는데, 벼슬이 하나요, 나이가 하나요, 덕이 하나다. 조정에서는 벼슬만 한 것이 없고, 마을에서는 나이만 한 것이 없으며, 세

상을 돕고 백성을 기르는 데에는 덕만 한 것이 없다.

## 29  不敢請耳 固所願也(公孫丑 下)

【주석】 〖敢〗감히 감 〖耳〗문장 끝에서는＝也, 矣 〖固〗진실로 고
【국역】 감히 청하지는 못했지만, 진실로 원하던 것입니다.

## 30  龍斷(公孫丑 下)

【주석】 〖龍〗＝壟 언덕 롱 〖斷〗끊어지다 단
【국역】 가파른 언덕(이익을 독점함. 옛날 어떤 사람이 시장 근처의
　　　　가파른 곳에 올라가 좌우를 빙 둘러보고 싼 물건을 사서 비
　　　　싸게 팔아 이익을 독점하였다는 고사에서 나온 말).

## 31  彼一時 此一時也(公孫丑 下)

【국역】 저것도 한때요, 이것도 한때이다.

## 32  顔淵曰 舜何人也 予何人也 有爲者亦若是(滕文公 上)

【주석】 〖顔淵(안연)〗孔子의 제자로, 학덕이 높았음 〖舜〗堯임금
　　　　의 禪讓을 받은 고대의 聖君 〖也〗의문어기사 야 〖予〗나
　　　　여 〖若〗같다 약 〖是〗이 시
【국역】 안연이 말하기를 "순임금은 어떤 사람인가? 나는 어떤 사람
　　　　인가? 할 것이 있는 사람은 또한 이와 같다." 하였다.

## 書曰 若藥不瞑眩 厥疾不瘳(滕文公 上)

【주석】 〖書〗≪書經≫으로, 虞·夏·商·周의 史實·思想 등을
기록하여 100편으로 된 것을 孔子가 刪定하였음 〖若〗만약
약 〖瞑眩(명현)〗현기증이 남 〖厥〗그 궐 〖瘳〗낫다 추

【국역】 ≪서경≫에 이르기를 "만약 약이 눈을 어지럽게 만들지 않
는다면 그 병은 낫지 않는다." 하였다.


## 34 或勞心 或勞力 勞心者治人 勞力者治於人 治於人者食人 治人者食於人 天下之通義也(滕文公 上)

【주석】 〖或〗어떤 사람 혹 〖治於人(치어인)〗타동사＋於(전치사): 피동

【국역】 어떤 사람은 마음을 수고롭게 하고, 어떤 사람은 힘을 수고
롭게 한다. 마음을 수고롭게 하는 자는 남을 다스리고, 힘을
수고롭게 하는 자는 남에게 다스림을 받는다. 남에게 다스
림을 받는 자는 남을 먹여 주고, 남을 다스리는 자는 남에
게서 먹는 것이 천하의 통용되는 의리이다.


## 35 人之有道也 飽食煖衣 逸居而無敎 則近於禽獸(滕文公 上)

【주석】 〖飽〗배부르다 포 〖煖〗따뜻하다 난 〖逸〗편안하다 일
〖禽〗날짐승 금 〖獸〗길짐승 수

【국역】 사람은 도에 있어서, 배불리 먹고 따뜻하게 입고 편안하게
살면서 가르침이 없다면 금수에 가까운 것이다.

## 36　以天下與人易 爲天下得人難(滕文公 上)

【주석】〚以〛을/를(목적격 조사) 이 〚與〛주다 여 〚爲〛위하다 위

【국역】천하를 남에게 주기는 쉬워도, 천하를 위하여 인재를 얻기는 어렵다.

## 37　吾聞出於幽谷 遷于喬木者 未聞下喬木 而入於幽谷者(滕文公 上)

【주석】〚幽〛심원하다 유 〚遷〛옮기다 천 〚喬〛높다 교 〚下〛내리다 하

【국역】나는 깊은 골짜기에서 나와 높은 나무로 옮겨 갔다는 것은 들었지, 높은 나무에서 내려와 깊은 골짜기로 들어갔다는 것은 아직 듣지 못했다.

## 38　物之不齊 物之情也(滕文公 上)

【주석】〚之〛주격조사 지 〚齊〛가지런하다 제 〚情〛실정 정

【국역】사물이 같지 않는 것이 사물의 실정이다.

## 39　志士不忘在溝壑 勇士不忘喪其元(滕文公 下)

【주석】〚溝〛도랑 구 〚壑〛골짜기 학 〚喪〛잃다 상 〚元〛머리 원

【국역】뜻이 있는 선비는 구렁텅이에 처해질 것을 잊지 않고, 용기 있는 선비는 그 머리를 잃을 것을 잊지 않는다.

## 40

居天下之廣居 立天下之正位 行天下之大道 得志 與民由之 不得志 獨行其道 富貴不能淫 貧賤不能移 威武不能屈 此之謂大丈夫(滕文公 下)

【주석】〖廣〗넓다 광 〖由〗＝行 〖淫〗미혹하다 음 〖威〗위엄 위 〖屈〗굽히다 굴 〖之〗목적격조사 지 〖丈〗어른 장

【국역】천하의 넓은 거처(仁)에 살며, 천하의 바른 자리(禮)에 서며, 천하의 큰 도(義)를 행한다. 뜻을 얻었을 때에도 백성들과 그것을 함께 행하여 나가고, 뜻을 얻지 못했을 때는 홀로 그 도를 행하여, 부귀도 (그의 마음을) 혼란시킬 수 없으며, 빈천도 (그의 마음을) 옮겨 갈 수 없으며, 위세나 무력도 (그의 마음을) 굴복시킬 수 없는 것, 이것을 대장부라고 한다.

## 41

丈夫生而願爲之有室 女子生而願爲之有家 父母之心(滕文公 下)

【주석】〖室〗남편이 아내를 室이라 함(註－夫謂婦曰室) 〖家〗아내가 남편을 家라 함(註－婦謂夫曰家)

【국역】장부가 태어나면 그에게 아내가 있게 되기를 바라고, 여자가 태어나면 그에게 남편이 있게 되기를 바라는 것이 부모의 마음이다.

> **42**　曾子曰 脅肩諂笑 病于夏畦(滕文公 下)

【주석】〖脅肩(협견)〗아첨하느라 어깨를 으쓱거림(脅 으쓱거리다 협 肩 어깨 견) 〖諂〗아첨하다 첨 〖病〗피로하다 병 〖畦〗밭 휴

【국역】증자가 말하기를 “어깨를 으쓱거리며 아첨하고 웃는 것은 여름 밭에서 일하는 것보다 힘들다.” 하였다.

> **43**　惟仁者宜在高位 不仁而在高位 是播其惡於衆也(離婁 上)

【주석】〖宜〗마땅하다 의 〖是〗이 시 〖播〗뿌리다 파

【국역】오직 仁者가 마땅히 높은 자리에 있어야 하는데, 仁하지 않으면서 높은 자리에 있으면 이것은 대중에게 그 악을 뿌리는 것이다.

> **44**　上無道揆也 下無法守也 朝不信道 工不信度 君子犯義 小人犯刑 國之所存者幸也(離婁 上)

【주석】〖揆〗헤아리다 규 〖朝〗조정 조 〖度〗법도 도 〖犯〗범하다 범 〖幸〗다행 행

【국역】윗사람이 도를 헤아림이 없고 아랫사람이 법을 지킴이 없으며, 조정에서는 도를 믿지 않고 공인은 법도를 믿지 않으며, 군자는 의를 침범하고 소인은 형벌을 어기는데, 나라가 존재하는 것은 요행이다.

## 45

孟子曰 規矩 方員之至也 聖人 人倫之至也(離婁 上)

【주석】 〔規〕그림쇠 규(동그라미를 그리는 도구) 〔矩〕곱자 구(네
모를 그리는 도구) 〔員〕둥글다 원 〔至〕=極 표준 지
〔倫〕인륜 륜

【국역】 맹자께서 말씀하시길 "규와 구는 네모와 동그라미를 만드는
표준이요, 성인은 인륜의 표준이다." 하였다.

46

愛人不親 反其仁 治人不治 反其智 禮人不答 反其敬(離
婁 上)

【주석】 〔反〕돌이키다 반 〔其〕자기 기 〔禮〕예우하다 례

【국역】 (내가) 남을 아껴 주었는데 (남이 나에게) 친근하게 해 주지
않으면 나의 仁을 반성하고, (내가) 남을 다스리는데 잘 다
스려지지 않는다면 나의 지혜를 반성해 보고, (내가) 남에게
예를 다 했는데 (남이 나에게) 회답이 없으면 나의 공경을
반성해 보아라.

47

滄浪之水淸兮 可以濯我纓 滄浪之水濁兮 可以濯我足(離
婁 上)

【주석】 〔滄〕푸르다 창 〔兮〕어조사 혜 〔可以(가이)〕〜할 수 있
다 〔濯〕씻다 탁 〔纓〕갓끈 영 〔濁〕흐리다 탁

【국역】 창랑강의 물이 맑으면 내 갓끈을 씻을 수 있고, 창랑강의

물이 흐리면 내 발을 씻을 수 있다.

<blockquote>
48　得天下有道 得其民 斯得天下矣 得其民有道 得其心 斯得民矣 得其心有道 所欲 與之聚之 所惡 勿施爾也(離婁 上)
</blockquote>

【주석】〖斯〗＝則 〖與〗주다 여 〖聚〗모으다 취 〖勿〗＝不 〖施〗베풀다 시 〖爾〗그 이

【국역】천하를 얻는 데 도가 있다. 그 백성을 얻으면 천하를 얻게 된다. 그 백성을 얻는 데 도가 있다. 그들의 마음을 얻으면 백성을 얻게 된다. 그들의 마음을 얻는 데 도가 있다. 바라는 것을 그들에게 모아 주고, 싫어하는 것을 그들에게 시행하지 않는 것이다.

<blockquote>
49　今之欲王者 猶七年之病 求三年之艾也(離婁 上)
</blockquote>

【주석】〖王〗왕 노릇 하다 왕 〖猶〗같다 유 〖艾〗쑥 애

【국역】지금 왕 노릇 하고자 하는 자는 7년 병에 3년 된 쑥을 구하는 것과 같다.

<blockquote>
50　自暴者 不可與有言也 自棄者 不可與有爲也 言非禮義 謂之自暴也 吾身不能居仁由義 謂之自棄也 仁 人之安宅也 義 人之正路也(離婁 上)
</blockquote>

【주석】〖暴〗학대하다 포 〖非〗비난하다 비 〖由〗＝行

【국역】 자신을 학대하는 자는 더불어 이야기할 것이 없으며, 자신을 버리는 자는 더불어 할 것이 없다. 말만 하면 예의를 비난하는 것을 '자신을 학대한다.'라 하고, 내 몸은 인에 살고 의를 행할 수 없다고 말하는 것을 '자신을 버린다.'고 한다. 仁은 사람의 편안한 집이요, 義는 사람의 바른 길이다.

**51**  道在爾而求諸遠 事在易而求之難 人人親其親 長其長 而天下平(離婁 上)

【주석】 〖爾〗 가깝다 이 〖諸〗 之＋於의 준말 저 〖易〗 쉽다 이

【국역】 도는 가까운 곳에 있는데, 그것을 멀리서 구한다. 일은 쉬운 데 있는데, 그것을 어려운 데에서 찾는다. 사람마다 자기 어버이를 어버이로 섬기고, 자기 어른을 어른으로 섬기면 천하는 평화로워질 것이다.

**52**  存乎人者 莫良於眸子 眸子不能掩其惡 胸中正 則眸子瞭焉 胸中不正 則眸子眊焉(離婁 上)

【주석】 〖存〗 살피다 존 〖莫＋형용사, 동사＋於〗 ～보다 더 ～한 것은 없다 〖良〗 좋다 량 〖眸〗 눈동자 모 〖掩〗 가리다 엄 〖胸〗 마음 흉 〖瞭〗 맑다 료 〖眊〗 흐리다 모

【국역】 사람을 살피는 것 중에 눈동자보다 더 좋은 것은 없다. 눈동자는 그 악을 가릴 수 없다. 마음이 바르면 눈동자는 맑고, 마음이 바르지 않으면 눈동자는 흐리다.

| 53 | 恭者不侮人 儉者不奪人(離婁 上) |

【주석】 〖恭〗 공손하다 공 〖侮〗 모욕하다 모 〖儉〗 검소하다 검
　　　　〖奪〗 빼앗다 탈
【국역】 공손한 사람은 남을 모욕하지 않고, 검소한 사람은 남의 것
　　　　을 빼앗지 않는다.


| 54 | 古者 易子而敎之(離婁 上) |

【주석】 〖者〗 시간+者: 의미 없음
【국역】 옛날 자식을 바꾸어서 그를 가르쳤다.


| 55 | 父子之間不責善 責善則離 離則不祥莫大焉(離婁 上) |

【주석】 〖責〗 권하다 책 〖離〗 떨어지다 리 〖祥〗 상서롭다 상
　　　　〖焉〗 於+之의 준말 언
【국역】 부자 지간은 선을 권하지 않는다. 선을 권하면 멀어지고, 멀
　　　　어지면 상서롭지 못한 것 중에 그것보다 더 큰 것은 없다.


| 56 | 事孰爲大 事親爲大 守孰爲大 守身爲大(離婁 上) |

【주석】 〖事〗 섬기다 사 〖孰〗 무엇 숙 〖爲〗 ～이다 위
【국역】 섬기는 것 중에 무엇이 가장 큰 것인가? 어버이를 섬기는
　　　　것이 가장 큰 것이다. 지키는 것 중에 무엇이 가장 큰 것인
　　　　가? 자신을 지키는 것이 가장 큰 것이다.

## 57　有不虞之譽　有求全之毀(離婁 上)

【주석】 〖虞〗 생각하다 우 〖譽〗 칭찬 예 〖毀〗 헐다 훼

【국역】 생각지도 못한 칭찬이 있을 수 있고, 완전함을 구하는 비방
이 있을 수 있다(비방에서 벗어나기를 바랐는데 도리어 비
방을 받는 것을 이름).


## 58　人之易其言也　無責耳矣(離婁 上)

【주석】 〖A之B也〗 A가 B하는 것은 〖責〗 책임 책

【국역】 사람이 그 말을 쉽게 하는 것은 책임(지려는 마음)이 없기
때문이다.


## 59　人之患　在好爲人師(離婁 上)

【국역】 사람의 근심은 남의 스승 되기를 좋아하는 데 있다(남의 앞
에 나서서 아는 체하는 것이 사람의 병폐임을 의미).


## 60　孟子曰　不孝有三　無後爲大(離婁 上)

【주석】 〖三〗 세 가지 불효는 어버이의 생각에 아첨하여 부모를 불
의에 빠뜨리는 것, 집이 가난하고 어버이가 연로한데 봉급
을 받는 벼슬을 하지 않는 것, 장가들지 않아 자식이 없어
조상의 제사를 끊는 것임(註－阿意曲從 陷親不義 一也 家
貧親老 不爲祿仕 二也 不娶無子 絶先祖祀 三也) 〖後〗 자

손 후

【국역】맹자께서 말씀하시길 "불효에는 세 가지가 있는데, 후손이 없는 것이 가장 큰 것이다." 하셨다.


**61** 非禮之禮 非義之義 大人弗爲(離婁 下)

【주석】〖大人(대인)〗큰 덕이 있는 사람 〖弗〗＝不

【국역】예가 아닌 예(예 같으면서도 예가 아닌 것)와 의 아닌 의(의 같으면서 의가 아닌 것)를 대인은 하지 않는다.


**62** 如中也棄不中 才也棄不才 則賢不肖之相去 其間不能以 寸(離婁 下)

【주석】〖如〗만약 여 〖中〗지나치지도 미치지 못함도 없는 것 〖棄〗버리다 기 〖肖〗닮다 초 〖去〗거리 거 〖能以(능이)〗 ~할 수 있다

【국역】만약 중용의 도를 지키는 사람이 중용의 도를 지키지 않는 사람을 버리고, 재능이 있는 사람이 재능이 없는 사람을 버린다면 현명함과 어리석음의 서로 거리는 그 사이가 한 마디도 될 수 없을 것이다.


**63** 言人之不善 當如後患何(離婁 下)

【주석】〖如A何〗A를 어찌하랴

【국역】 남의 착하지 않음을 말하였다가 마땅히 뒷근심을 어떻게 할
것인가?


## 64　大人者 不失其赤子之心者也(離婁 下)

【주석】 〖赤子(적자)〗 핏덩이, 갓난아이
【국역】 대인은 어린아이의 마음을 잃지 않는 자이다.


## 65　聲聞過情 君子恥之(離婁 下)

【주석】 〖聲聞〗 명성 〖情〗 실정 정 〖恥〗 부끄럽게 여기다 치
【국역】 들리는 명성이 실정을 지나치는 것을 군자는 부끄럽게 여긴다.


## 66　禹惡旨酒而好善言 湯執中 立賢無方 文王視民如傷 望道而未之見 武王不泄邇 不忘遠(離婁 下)

【주석】 〖旨〗 맛있다 지 〖執〗 잡다 집 〖方〗 ＝類 〖傷〗 다치다 상
　　　　〖望〗 바라보다 망 〖泄〗 업신여기다 설 〖邇〗 가깝다 이
【국역】 우임금은 맛있는 술을 싫어하고 선한 말을 좋아했으며, 탕
　　　　임금은 중용을 지키시고 현명한 이를 세울 때 출신을 따지
　　　　지 않았으며, 문왕은 백성을 보기를 다친 사람과 같이 하였
　　　　고 (이미 도에 이르렀는데도) 도를 바라보며 아직 그것을
　　　　못 본 듯하였으며, 무왕은 가까이 있는 사람을 업신여기지
　　　　않고 멀리 있는 사람을 잊지 않았다.

| 67 | 可以取 可以無取 取傷廉 可以與 可以無與 與傷惠 可以死 可以無死 死傷勇(離婁 下) |

【주석】 〖可以(가이)〗 ~할 수 있다 〖傷〗 상하다 상 〖廉〗 청렴하다 렴 〖與〗 주다 여

【국역】 취할 수도 있고 취하지 않을 수도 있을 때 취하면 청렴함을 상하는 것이며, 줄 수도 있고 주지 않을 수도 있을 때 주면 은혜를 상하게 하는 것이며, 죽을 수도 있고 죽지 않을 수도 있을 때 죽으면 용기를 상하는 것이다.

| 68 | 西子蒙不潔 則人皆掩鼻而過之 雖有惡人 齊戒沐浴 則可以祀上帝(離婁 下) |

【주석】 〖西子(서자)〗 춘추시대 越나라 미인인 西施 〖蒙〗 뒤집어쓰다 몽 〖潔〗 깨끗하다 결 〖掩〗 가리다 엄 〖齊〗 ＝齋 재계하다 재 〖沐〗 머리 감다 목 〖浴〗 목욕하다 욕 〖祀〗 제사 지내다 사 〖上帝(상제)〗 하늘, 하느님, 天帝

【국역】 서시가 더러운 것을 뒤집어쓰면 사람들이 모두 코를 막고 그를 지나갈 것이요, 비록 나쁜 사람이라도 재계하고 목욕하면 상제를 제사 지낼 수 있을 것이다.

| 69 | 愛人者 人恒愛之 敬人者 人恒敬之(離婁 下) |

【주석】 〖恒〗 항상 항 〖敬〗 공경하다 경

【국역】 남을 사랑하는 자는 남도 항상 그를 사랑하고, 남을 공경하
는 자는 남도 항상 그를 공경한다.

70  君子有終身之憂 無一朝之患也(離婁 下)

【국역】 군자는 죽을 때까지의 근심은 있어도 하루아침의 근심은 없다.

71  世俗所謂不孝者五 惰其四肢 不顧父母之養 一不孝也 博
弈好飮酒 不顧父母之養 二不孝也 好貨財 私妻子 不顧
父母之養 三不孝也 從耳目之欲 以爲父母戮 四不孝也
好勇鬪狠 以危父母 五不孝也(離婁 下)

【주석】 〖惰〗게으르다 타 〖肢〗팔다리 지 〖博〗장기 박 〖奕〗바
둑 혁 〖貨〗재물 화 〖私〗편애하다 사 〖欲〗＝慾 〖戮〗치
욕 륙 〖鬪〗싸우다 투 〖狠〗사납다 한

【국역】 세속에서 말하는 불효가 다섯 가지다. 그 사지를 게을리 하
여 부모의 봉양을 돌보지 않는 것이 첫 번째 불효요, 장기
와 바둑을 두고 술 마시기를 좋아하여 부모의 봉양을 돌보
지 않는 것이 두 번째 불효요, 재물을 좋아하고 처자식을
편애하여 부모의 봉양을 돌보지 않는 것이 세 번째 불효요,
눈과 귀의 욕심을 따라 부모의 치욕이 되게 하는 것이 네
번째 불효요, 용맹을 좋아하여 사납게 싸워 부모를 위험하
게 만드는 것이 다섯 번째 불효다.

| 72 | 孝子之至 莫大乎尊親(萬章 上) |
|---|---|

【주석】 〖至〗지극하다 지 〖莫〗없다 막 〖乎〗=於 〜보다 호
〖親〗어버이 친

【국역】 효자의 지극한 것은 어버이를 높이는 것보다 더 큰 것은 없다.


| 73 | 不挾長 不挾貴 不挾兄弟而友 友也者 友其德也 不可以 有挾也(萬章 下) |
|---|---|

【주석】 〖挾〗끼다 협 〖也〗문장 중간에서는 쉼을 뜻함 〖友〗벗하
다 우 〖可以(가이)〗〜해야 한다

【국역】 어른을 의지하지 않고, 귀함을 의지하지 않으며, 형제를 의
지하지 않고 벗하여야 한다. 벗이란 그 덕을 벗하는 것이지,
의지하는 것이 있어서는 안 된다.


| 74 | 位卑而言高 罪也 立乎人之本朝 而道不行 恥也(萬章 下) |
|---|---|

【주석】 〖卑〗낮다 비 〖本朝(본조)〗군주의 조정

【국역】 지위가 낮으면서 말은 높게 하는 것은 죄요, 남의 조정에
서서 도가 행해지지 않는 것은 부끄러운 것이다.


| 75 | 人性之善也 猶水之就下也 人無有不善 水無有不下(告子 上) |
|---|---|

【주석】 〖A之B也〗A가 B하는 것은 〖猶〗같다 유 〖就〗나아가다

취 〖下〗 내리다 하

【국역】 사람의 성품이 선한 것은 물이 아래로 가는 것과 같다. 사
람은 선하지 않은 이가 없고, 물은 아래로 흘러가지 않는
것이 없다.

 76    告子曰 食色 性也(告子 上) 

【국역】 고자가 말하기를 "식욕과 색욕은 본성이다." 하였다.

 77    孔子曰 操則存 舍則亡 出入無時 莫知其鄕 惟心之謂與 <br> (告子 上) 

【주석】 〖操〗 잡다 조 〖舍〗 놓다 사 〖鄕〗 =嚮 향하다 향 〖惟〗 생
각하다 유 〖之謂(지위)〗 ─을 말하다 〖與〗 =歟 어조사 여

【국역】 공자께서 말씀하시길 "잡아 두면 남아 있고 놓아두면 없어
진다. 드나드는 것이 때가 없어서 그 향할 곳을 알지 못한
다." 하셨는데, 생각건대 마음을 말씀하신 것인가 보다.

 78    一簞食 一豆羹 得之則生 弗得則死 嘑爾而與之 行道之 <br> 人弗受 蹴爾而與之 乞人不屑也(告子 上) 

【주석】 〖簞〗 밥그릇 단 〖食〗 밥 사 〖豆〗 나무그릇 두 〖羹〗 국 갱
〖嘑〗 꾸짖다 호 〖爾〗 의성어나 의태어를 만듦 〖與〗 주다
여 〖蹴〗 차다 축 〖乞〗 빌다 걸 〖屑〗 달갑게 여기다 설

【국역】한 대나무밥그릇의 밥과 한 나무그릇의 국을 얻으면 살고,
　　　　얻지 못하면 죽는다. 그러나 꾸짖으며 그것을 주면 길을 가
　　　　던 사람도 받지 않고, 차면서 그것을 주면 거지도 달갑게
　　　　여기지 않는다.


> **79**　人有雞犬放　則知求之　有放心　而不知求　學問之道　無他
> 　　　　求其放心而已矣(告子　上)

【주석】〖雞〗＝鷄 닭 계 〖放〗놓이다 방 〖而已矣(이이의)〗ㄴ뿐이다
【국역】사람이 닭이나 개를 놓치면 그것을 구할 줄 알지만, 마음을
　　　　놓치면 구할 줄 모른다. 학문의 도는 다른 것이 없고, 그
　　　　놓친 마음을 구할 뿐이다.


> **80**　體有貴賤　有小大　無以小害大　無以賤害貴　養其小者爲小
> 　　　　人　養其大者爲大人(告子　上)

【주석】〖小〗천하면서 작은 것은 입과 배임(註－賤而小者　口腹也)
　　　　〖大〗귀하면서 큰 것은 心志임(註－貴而大者　心志也)
　　　　〖無〗＝勿
【국역】몸에는 귀한 것과 천한 것이 있으며, 작은 것과 큰 것이 있
　　　　다. 작은 것으로 큰 것을 해치지 말아야 하며, 천한 것으로
　　　　귀한 것을 해치지 말아야 한다. 그 작은 것을 기르는 사람
　　　　은 소인이 되고, 그 큰 것을 기르는 사람은 대인이 된다.

## 81　飮食之人 則人賤之矣 爲其養小以失大也(告子 上)

【주석】〖飮〗마시다 음〖賤〗천하게 여기다 천〖爲〗때문 위

【국역】음식을 중히 여기는 사람은 사람들이 그를 천하게 여긴다.
그가 작은 것을 기름으로써 큰 것을 잃었기 때문이다.


## 82　仁之勝不仁也 猶水勝火 今之爲仁者 猶以一杯水 救一車
薪之火也 不熄 則謂之水不勝火 此又與於不仁之甚者也
(告子 上)

【주석】〖猶〗같다 유〖杯〗잔 배〖救〗끄다 구〖薪〗땔나무 신
〖熄〗꺼지다 식〖謂〗말하다 위〖與〗=助〖甚〗심하다 심

【국역】仁이 不仁을 이기는 것은 물이 불을 이기는 것과 같다. 오
늘날 仁을 행하는 자는 한 잔의 물로 한 수레 땔나무의 불
을 끄는 것과 같다. 꺼지지 않으면 물이 불을 이기지 못한
다고 말하니, 이것은 또한 크게 不仁을 돕는 것이다.


## 83　不揣其本而齊其末 方寸之木 可使高於岑樓(告子 下)

【주석】〖揣〗헤아리다 췌〖本〗뿌리 본〖齊〗가지런하다 제〖方
寸(방촌)〗사방 한 치, 근소한 면적〖岑〗높다 잠

【국역】그 뿌리를 헤아리지 않고 그 끝만 가지런히 한다면 사방 한
치의 나무도 높은 누각보다 높게 할 수 있다(사물을 비교하
는 데 표준을 잘못 잡으면 아주 낮을 것을 아주 높은 것보

다 높다고 잘못 판단할 수 있다는 의미).


  夫道若大路然 豈難知哉 人病不求耳(告子 下)

【주석】 〖夫〗대저 부 〖若A然〗A인 듯하다 〖病〗병으로 여기다
병 〖耳〗~뿐이다 이

【국역】 대저 도는 큰 길인 듯하니, 어찌 알기 어려운 것이겠는가?
사람이 구하지 않는 것을 병으로 여겨야 할 따름이다.


  有諸內 必形諸外(告子 下)

【주석】 〖諸〗之＋於의 준말 저 〖形〗나타나다 형
【국역】 안에 그것이 있으면 반드시 밖으로 그것이 나타난다.


  長君之惡 其罪小 逢君之惡 其罪大(告子 下)

【주석】 〖長〗자라다 장 〖逢〗영합하다 봉
【국역】 임금의 잘못을 조장하는 것은 그 죄가 작고, 임금의 잘못에
영합하는 것은 그 죄가 크다.


  天將降大任於是人也 必先苦其心志 勞其筋骨 餓其體膚 空
乏其身 行拂亂其所爲 所以動心忍性 曾益其所不能(告子 下)

【주석】 〖降〗내리다 강 〖任〗책임 임 〖是〗어떤 시 〖筋〗힘줄 근
〖餓〗주리다 아 〖膚〗살갗 부 〖乏〗모자라다 핍 〖拂〗거

스르다 불 〖所以(소이)〗 때문

【국역】 하늘이 장차 어떤 사람에게 큰 임무를 내릴 때, 반드시 먼
저 그들의 마음과 뜻을 괴롭히고, 그들의 힘줄과 뼈를 수고
롭게 하며, 그들의 몸과 살결을 굶주리게 하며, 그들의 몸을
곤궁하게 하여 행함이 그들이 행하는 것과 어긋나게 한다.
그것은 마음을 움직이고(분발시키고) 본성을 참게 하여 일
찍이 그들이 할 수 없었던 것을 더 많이 할 수 있게 해 주
기 위해서이다.

**88** 入則無法家拂士 出則無敵國外患者 國恒亡 然後 知生於
憂患 而死於安樂也(告子 下)

【주석】 〖拂〗 = 弼 돕다 필 〖敵〗 대적하다 적 〖恒〗 항상 항

【주석】 들어가면 법도를 지키는 집이나 도와주는 선비가 없으며,
나오면 대적하는 나라와 밖으로의 근심이 없으면 그 나라는
언제나 망하게 된다. 그런 뒤에야 근심에서 살고 안락에서
죽는다는 것을 알게 되는 것이다.

**89** 教亦多術矣 予不屑之教誨也者 是亦教誨之而已矣(告子 下)

【주석】 〖術〗 방법 술 〖予〗 나 여 〖屑〗 달갑게 여기다 설 〖誨〗 가
르치다 회 〖是〗 이 시 〖而已矣(이이의)〗 ～따름이다

【국역】 가르침도 또한 방법이 많다. 내가 달갑게 여기지 않는 가르
침도 이 또한 그를 가르쳐 주는 것일 따름이다.

90　知命者 不立乎巖墻之下 盡其道而死者 正命也 桎梏死者
非正命也(盡心 上)

【주석】 〖巖〗가파르다 암 〖墻〗담장 장 〖桎〗차꼬 질 〖梏〗수갑 곡
【국역】 天命을 아는 자는 위험한 담장 밑에 서지 않는다. 그 도를
다하고 죽는 것은 올바른 天命이고, 형벌을 받아 죽는 것은
바른 天命이 아니다.


91　萬物 皆備於我矣 反身而誠 樂莫大焉(盡心 上)

【주석】 〖反〗반성하다 반 〖樂〗즐겁다 락 〖莫＋형용사, 동사＋
於〗～보다 더 ～한 것은 없다 〖焉〗於＋之의 준말 언
【국역】 만물(의 이치)은 모두 나에게 갖추어져 있다. 자신을 반성해
서 성실하다면 즐거움 중에 그보다 더 큰 것은 없다.


92　人不可以無恥 無恥之恥 無恥矣(盡心 上)

【주석】 〖可以(가이)〗～해야 한다 〖恥〗부끄럽다 치
【국역】 사람이 부끄러움이 없어서는 안 된다. 부끄러움이 없는 것
을 부끄러워한다면 부끄러울 일이 없을 것이다.


93　士窮不失義 達不離道(盡心 上)

【주석】 〖窮〗곤궁하다 궁 〖達〗영화를 누리다 달 〖離〗떠나다 리

【국역】 선비는 곤궁해도 의를 잃지 않으며, 영달하여도 도를 떠나
지 않는다.


94  窮則獨善其身 達則兼善天下(盡心 上)

【주석】 〚兼〛 겸하다 겸
【국역】 곤궁하면 홀로 그 몸을 착하게 하고, 영달하면 천하 사람들
과 선을 함께한다.


95  孩提之童 無不知愛其親者 及其長也 無不知敬其兄也
(盡心 上)

【주석】 〚孩提(해제)〛 어린 아이(孩 웃다 해 提 들다 제) 〚長〛 자
라다 장
【국역】 어린아이 중에 그 어버이를 사랑할 줄 모르는 자가 없으며, 그
장성함에 이르러서는 그 형을 공경할 줄 모르는 자가 없다.


96  無爲其所不爲 無欲其所不欲 如此而已矣(盡心 上)

【주석】 〚無〛 ＝勿 〚欲〛 바라다 욕 〚而已矣(이이의)〛 ⌒따름이다
【국역】 그 해서는 안 될 것을 하지 말며, 그 욕심내서는 안 될 것
을 욕심내지 말라. (군자는) 이와 같이 할 따름이다.

97　　有大人者 正己而物正者也(盡心 上)

【국역】 대인이라는 것이 있으니, 자기를 바르게 하고 남을 바르게
　　　　하는 것이다(자기를 바르게 하니 남이 바르게 되는 것이다).


98　　君子有三樂 父母俱存 兄弟無故 一樂也 仰不愧於天 俯
　　　　不怍於人 二樂也 得天下英才而敎育之 三樂也(盡心 上)

【주석】 〚樂〛 즐겁다 락 〚俱〛 함께 구 〚故〛 일 고 〚仰〛 우러르다
　　　　앙 〚愧〛 부끄럽다 괴 〚俯〛 숙이다 부 〚怍〛 부끄럽다 작
【국역】 군자에게는 세 가지 즐거움이 있다. 부모님이 다 생존해 계
　　　　시고 형제에게 아무런 일이 없는 것이 첫 번째 즐거움이요,
　　　　우러러 하늘에 부끄러움이 없고 숙여 사람에게 부끄러움이
　　　　없는 것이 두 번째 즐거움이요, 천하의 영재를 얻어서 그들
　　　　을 교육하는 것이 세 번째 즐거움이다.


99　　孔子登東山而小魯 登太山而小天下 故觀於海者 難爲水
　　　　遊於聖人之門者 難爲言(盡心 上)

【주석】 〚小〛 작다고 여기다 소 〚故〛 그러므로 고
【국역】 공자께서 (노나라) 동쪽에 있는 산에 오르시고 노나라가 작
　　　　다고 여기셨으며, 태산에 올라보시고 천하를 작다고 여기셨
　　　　다. 그러므로 바다를 본 사람은 (다른 물은) 물이 되기 어렵
　　　　고, 성인의 문에서 노닌 사람은 (다른 여러 말들은) 말이 되

기 어렵다.




【주석】 〖之爲(지위)〗 ~라는 〖盈〗 차다 영 〖科〗 웅덩이 과
【국역】 흐르는 물이라는 사물은 웅덩이를 채우지 않으면 흘러가지
　　　 않는다.




【주석】 〖辟〗 ＝譬 비유하다 비 〖掘〗 파다 굴 〖軔〗 ＝仞 8척 인
【국역】 할 것이 있는 자는 비유하자면 우물을 파는 것과 같다. 우
　　　 물을 9인이나 팠는데 샘에까지 이르지 못하면(샘에까지 이
　　　 르지 못한 채 그치면 그것은) 우물을 버리는 것과 같은 것
　　　 이다(중도에 그만두어서는 안 된다는 의미).




【주석】 〖居〗 곳 거 〖移〗 옮기다 이
【국역】 거처가 기를 바꾸고, 기르는 것이 몸을 바꾼다.

| 103 | 於不可已而已者　無所不已　於所厚者薄　無所不薄也　其進<br>銳者　其退速(盡心　上) |

【주석】〖可〗~해야 한다 가 〖已〗그만두다 이 〖厚〗두텁다 후
〖薄〗엷다 박 〖銳〗날카롭다 예 〖速〗빠르다 속

【국역】그만두어서는 안 되는데 그만두는 자는 그만두지 않는 것이
없을 것이며, 후하게 할 때 박하게 하는 자는 박하게 하지
않는 것이 없을 것이다. 그 나아가는 것이 빠른 자는 그 물
러나는 것도 빠르다.

| 104 | 盡信書　則不如無書(盡心　下) |

【주석】〖盡〗다 진 〖A不如B〗A는 B만 못하다

【국역】≪書經≫을 다 믿으면 ≪書經≫이 없는 것만 못하다.

| 105 | 梓匠輪輿　能與人規矩　不能使人巧(盡心　下) |

【주석】〖梓匠(재장)〗목수(梓 목수 재　匠 장인 장) 〖輪輿(륜여)〗
수레 만드는 장인 〖與〗주다 여 〖規〗그림쇠 규(동그라미를
그리는 데 쓰는 자) 〖矩〗곱자 구(네모를 그리는 데 쓰는
자) 〖巧〗공교롭다 교

【국역】목수와 수레 만드는 장인이 남에게 그림쇠와 곱자를 (만드
는 법을) 줄 수는 있으나, 남을 기술이 뛰어나도록 만들 수
는 없다.

| 106 | 吾今而後 知殺人親之重也 殺人之父 人亦殺其父 殺人<br>之兄 人亦殺其兄 然則非自殺之也 一間耳(盡心 下) |

【주석】 〖重〗 중요하다 중 〖其〗 나 기 〖一間(일간)〗 약간의 차이

【국역】 나는 오늘 이후에야 남의 어버이를 죽이는 일이 중요하다는
것을 알았다. 남의 아버지를 죽이면 남도 나의 아버지를 죽
일 것이고, 남의 형을 죽이면 남도 나의 형을 죽일 것이다.
그렇게 되면 자신이 그들을 죽인 것은 아니나, 별반 차이가
없는 것이다.


| 107 | 民爲貴 社稷次之 君爲輕(盡心 下) |

【주석】 〖社〗 토지신 사 〖稷〗 곡식신 직 〖次〗 다음 차 〖輕〗 가치
가 적다 경

【국역】 백성이 귀중하고, 사직이 다음이요, 임금의 가치가 가장 적다.


| 108 | 山徑之蹊間 介然用之而成路 爲間不用 則茅塞之矣(盡心 下) |

【주석】 〖徑〗 길 경 〖蹊〗 좁은 길 혜  〖介然(개연)〗＝爲間 잠깐
동안 〖茅〗 띠 모 〖塞〗 막다 색

【국역】 산길의 좁은 길 사이는 잠시 그것을 사용하면 길이 되지만,
잠깐 사용하지 않으면 띠풀이 그것을 막아 버린다.

## 109　寶珠玉者 殃必及身(盡心 下)

【주석】〚寶〛보배로 삼다 보 〚珠〛구슬 주 〚殃〛재앙 앙

【국역】구슬과 옥을 보배로 삼는 자는 재앙이 반드시 그 몸에 이를
　　　것이다.


## 110　言近而指遠者 善言也 守約而施博者 善道也(盡心 下)

【주석】〚近〛알기 쉽다 근 〚指〛뜻 지 〚遠〛원대하다 원 〚善〛좋
　　　다 선 〚約〛간략하다 약

【국역】말은 알기 쉬우면서도 그 뜻은 심원한 것이 좋은 말이요,
　　　지키는 것은 간략하나 베풀어지는 것이 넓은 것은 좋은 도
　　　이다.


## 111　人病 舍其田而芸人之田 所求於人者重 而所以自任者輕　(盡心 下)

【주석】〚舍〛＝捨 놓다 사 〚芸〛김매다 운 〚任〛책임 임

【국역】사람들의 병은 자기 밭은 놓아두고 남의 밭을 김매는 것이
　　　요, 남에게 구하는 것은 무거우면서 자신의 임무는 가볍게
　　　하려는 것이다.

【국역】〖俟〗기다리다 사 〖而已矣(이이의)〗~뿐이다
【국역】군자는 법도를 행하고서 천명을 기다릴 뿐이다.


113　養心莫善於寡欲(盡心　下)

【주석】〖莫〗없다 막 〖善〗좋다 선 〖寡〗적다 과 〖欲〗＝慾 욕심 욕
【국역】마음을 기르는 데는 욕심을 적게 하는 것보다 더 좋은 것은
　　　 없다.


114　孔子曰 惡似而非者(盡心　下)

【주석】〖惡〗미워하다 오 〖似〗비슷하다 사
【국역】공자께서 말씀하시길 "비슷하나 아닌 것을 미워한다." 하셨다.

≪中庸≫9)

---

9) 이 책은 四書의 하나로 ≪禮記≫의 한 편이었으며, 孔子의 손자 子思가
  지었다고 전해진다. 子思의 이름은 伋으로, 孔子의 손자며, 자사는 字이
  고, 曾參에게서 배웠다.

# 中庸

1 **君子 戒愼乎其所不睹 恐懼乎其所不聞**(1장)

【주석】 〚戒〛 경계하다 계 〚乎〛 =於 ~에서 호 〚睹〛 보다 도
〚懼〛 두려워하다 구

【국역】 군자는 그 보지 못하는 곳에서 경계하고 삼가며, 그 듣지
못하는 곳에서 두려워한다.


2 **仲尼曰 君子中庸 小人反中庸**(2장)

【주석】 〚仲尼(중니)〛孔子의 字(仲 버금 중 尼 여승 니) 〚中庸(중
용)〛 중용은 편벽되지 않고 치우치지 아니하여 過와 不及이
없어서 평상적인 이치임(註-中庸者 不偏不倚無過不及 而
平常之理) 〚反〛 반대로 하다 반

【국역】 중니께서 말씀하시길 "군자는 중용을 하고, 소인은 중용에
반대로 한다." 하셨다.


3 **人莫不飮食也 鮮能知味也**(4장)

【주석】 〚莫〛 없다 막 〚鮮〛 드물다 선

【국역】 사람 중에 먹고 마시지 않는 이가 없지만, 맛을 알 수 있는
이는 적다.

 4 　子曰 天下國家可均也 爵祿可辭也 白刃可蹈也 中庸不可
能也(9장) 

【주석】 〖均〗고르다 균(註－均 平治也) 〖爵〗벼슬 작 〖祿〗봉록
록 〖辭〗사양하다 사 〖刃〗칼날 인 〖蹈〗밟다 도

【국역】 공자께서 말씀하시길 "천하와 국가는 평등하게 다스릴 수
있으며, 벼슬과 봉록은 사양할 수 있으며, 흰 칼날은 밟을
수 있으나, 중용은 능할 수 없다." 하셨다.

 5 　君子 和而不流(10장) 

【국역】 군자는 조화로우나 따라 흐르지 않는다.

 6 　詩云 鳶飛戾天 魚躍于淵 言其上下察也(12장) 

【주석】 〖鳶〗솔개 연 〖戾〗이르다 려 〖躍〗뛰다 약 〖淵〗못 연
〖察〗＝著 드러나다 찰

【국역】 ≪시경≫에 이르기를 "솔개는 날아 하늘에 이르는데 물고기
는 연못에서 뛰어논다." 하였으니, 상하에 이치가 드러남을
말한 것이다.

【주석】 공자께서 말씀하시길 "도는 사람에게서 멀리 있지 않다." 하셨다.

8　君子之道四 丘未能一焉 所求乎子以事父 未能也 所求乎臣以事君 未能也 所求乎弟以事兄 未能也 所求乎朋友先施之 未能也(13장)

【주석】 〚丘〛孔子의 이름 〚焉〛於＋之의 준말 언 〚求〛바라다 구 〚施〛베풀다 시

【국역】 군자의 도가 네 가지인데, 나는 그중에 한 가지도 능하지 못하다. 자식에게 바라는 것으로써 부모를 섬김에 능하지 못하며, 신하에게 바라는 것으로써 군주를 섬김에 능하지 못하며, 동생에게 바라는 것으로써 형을 섬김에 능하지 못하며, 친구에게 바라는 것을 내가 먼저 베풂에 능하지 못하다.

9　在上位 不陵下 在下位 不援上 正己而不求於人 則無怨 上不怨天 下不尤人(14장)

【주석】 〚陵〛능멸하다 릉 〚援〛당기다 원 〚尤〛탓하다 우

【국역】 (군자는) 윗자리에 있으면서 아랫사람을 능멸하지 않으며, 아랫자리에 있으면서 윗사람을 잡아당기지 않고, 자기를 바르게 하고 남에게 요구하지 않으면 원망하는 이가 없을 것

이니, 위로는 하늘을 원망하지 않으며, 아래로는 사람을 탓
하지 않는다.


## 10   君子 居易以俟命 小人 行險以徼幸(14장)

【주석】 〖易〗평이하다 이(居易: 현재의 위치에 따라 행함: 註-居
易 素位而行也) 〖俟〗기다리다 사 〖險〗위험 험 〖徼〗구하
다 요 〖幸〗요행 행
【국역】 군자는 평이함에 있으면서 천명을 기다리고, 소인은 위험한
것을 행하면서 요행을 바란다.


## 11   君子之道 辟如行遠必自邇 辟如登高必自卑(15장)

【주석】 〖辟〗비유하다 비 〖自〗〜부터 자 〖邇〗가깝다 이 〖卑〗
낮다 비
【국역】 군자의 도는 비유하자면 먼 곳에 가려면 반드시 가까운 곳
으로부터 함과 같고, 비유하자면 높은 곳에 오르려면 반드
시 낮은 곳으로부터 함과 같다.


## 12   大德必得其位 必得其祿 必得其名 必得其壽(17장)

【주석】 〖祿〗봉록 록 〖壽〗장수 수(註-舜年百有十歲)
【국역】 큰 덕은 반드시 그 지위를 얻으며, 반드시 그 녹을 얻으며,
반드시 그 이름을 얻으며, 반드시 그 장수를 얻는다.

| 13 | 人道敏政 地道敏樹 夫政也者 蒲盧也(20장) |

**【주석】** 〖敏〗민첩하다 민 〖蒲盧(포로)〗갈대(蒲 부들 포 盧 갈대 로:
註-蒲葦 又易生之物 其成尤速也 言人存政擧 其易如此)

**【국역】** 사람의 도는 정사에 빠르게 나타나고, 땅의 도는 나무에 빠
르게 나타나니, 政事(의 신속한 효험)는 (쉽게 자라는) 갈대
와 같다(훌륭한 사람이 있으면 政事가 거행됨이 이처럼 쉽
다는 의미).


| 14 | 天下之達道五 所以行之者三 曰君臣也 父子也 夫婦也<br>昆弟也 朋友之交也 五者天下之達道也 知仁勇三者 天<br>下之達德也 所以行之者一也(20장) |

**【주석】** 〖達道(달도)〗공통된 道 〖所以(소이)〗방법 〖昆〗형 곤 〖達
德(달덕)〗공통된 덕 〖一〗註-一 則誠而已矣

**【국역】** 천하의 공통된 도가 다섯인데, 이것을 시행하는 방법은 셋
이다. 군신 간과 부자간과 부부간과 형제간과 붕우 간의 사
귐 이 다섯 가지는 천하의 달도요, 지·인·용 이 세 가지
는 천하의 공통된 덕이니, 이것을 시행하는 방법은 하나(즉
誠)이다.


| 15 | 好學近乎知 力行近乎仁 知恥近乎勇(20장) |

**【국역】** 학문을 좋아함은 智에 가깝고, 힘써 행함은 仁에 가깝고,

부끄러움을 앎은 勇에 가깝다.

16

凡爲天下國家有九經 曰 修身也 尊賢也 親親也 敬大臣
也 體群臣也 子庶民也 來百工也 柔遠人也 懷諸侯也(20장)

**【주석】** 〖爲〗다스리다 위 〖經〗법 경 〖體〗체득하다 체(註-體 謂
設以身處其地而察其心也) 〖子〗사랑하다 자 〖庶〗여러 서
〖柔〗편안히 하다 유 〖懷〗품다 회

**【국역】** 무릇 천하와 국가를 다스림에 아홉 가지 떳떳한 법이 있으
니, 몸을 닦음과 어진 이를 높임과 친척을 가까이함과 대신
을 공경함과 여러 신하들의 마음을 體察함과 여러 백성들
을 자식처럼 사랑함과 여러 공인들을 오게 함과 먼 곳의 사
람을 편안히 함과 제후들을 품어 주는 것이다.

17

凡事豫則立 不豫則廢 言前定則不跲 事前定則不困 行前
定則不疚 道前定則不窮(20장)

**【주석】** 〖豫〗미리 예 〖廢〗폐하다 폐 〖跲〗착오가 생기다 겁
〖疚〗꺼림하다 구

**【국역】** 무릇 일은 미리 하면 성립되고, 미리 하지 않으면 폐해진다.
말을 미리 정하면 차질이 없고, 일을 미리 정하면 곤란함이
없고, 행동을 미리 정하면 결함이 없고, 도를 미리 정하면
궁하지 않다.

18 　誠者 天之道也 誠之者 人之道也 誠者 不勉而中 不思而
得 從容中道 聖人也 誠之者 擇善而固執之者也(20장)

【주석】 〖勉〗힘쓰다 면 〖中〗맞다 중 〖從容(종용)〗조용한 모양
〖擇〗가리다 택 〖執〗보존하다 집

【국역】 성실한 자는 하늘의 도요, 성실히 하려는 자는 사람의 도이
다. 성실한 자는 힘쓰지 않고도 (도에) 맞으며 생각하지 않
고도 얻어서 從容히 도에 맞으니 성인이요, 성실히 하려는
자는 선을 택하여 그것을 굳게 지키는 자이다.


19 　有弗學 學之 弗能 弗措也 有弗問 問之 弗知 弗措也
有弗思 思之 弗得 弗措也 有弗辨 辨之 弗明 弗措也
有弗行 行之 弗篤 弗措也 人一能之 己百之 人十能之
己千之(20장)

【주석】 〖弗〗＝不＝勿 〖措〗버려두다 조 〖得〗터득하다 득 〖辨〗
분별하다 변 〖篤〗견실하다 독

【국역】 배우지 않음이 있을지언정 그것(성실히 하는 조목: 註－誠
之目)을 배웠을 때 능하지 못하면 놓아두지 말며, 묻지 않
음이 있을지언정 그것을 물었을 때 알지 못하면 놓아두지
말며, 생각하지 않음이 있을지언정 그것을 생각했을 때 터
득하지 못하면 놓아두지 말며, 분별하지 않음이 있을지언정
그것을 분별했을 때 분명하지 못하면 놓아두지 말며, 행하
지 않음이 있을지언정 그것을 행할 때 견실하지 못하면 놓

지 말아서, 남이 한 번에 그것에 능하면 나는 그것을 백 번을 하며, 남이 열 번에 그것에 능하면 나는 그것을 천 번을 하여야 한다.

## 20 居上不驕 爲下不倍(27장)

【주석】 〖驕〗 교만하다 교 〖倍〗 =背 등지다 배

【국역】 윗자리에 있으면서 교만하지 않고, 아랫사람이 되어서는 배반하지 않는다.

## 21 子曰 愚而好自用 賤而好自專 生乎今之世 反古之道 如此者 烖及其身者也(28장)

【주석】 〖專〗 오로지 하다 전 〖反〗 돌아가다 반 〖烖〗 =災 재앙 재

【국역】 공자께서 말씀하시길 "어리석으면서 자신이 쓰이기를 좋아하며, 천하면서 자기 마음대로 하기를 좋아하고, 지금 세상에 태어나서 옛 도로 돌아가려고 하면 이와 같은 자는 재앙이 그 몸에 미친다." 하셨다.

## 22 詩曰 衣錦尙絅 惡其文之著也 故君子之道 闇然而日章 小人之道 的然而日亡(33장)

【주석】 〖錦〗 비단 금 〖尙〗 더하다 상 〖絅〗 홑옷 경 〖文〗 문채 문 〖著〗 드러나다 저 〖闇〗 어둡다 암 〖章〗 밝다 장 〖的〗 선

명하다 적

【국역】 ≪시경≫에 이르기를 "비단옷을 입고 홑옷을 덧입는다." 하
였으니, 그 문채가 드러남을 싫어해서이다. 그러므로 군자의
도는 은은하나 날로 드러나고, 소인의 도는 선명하나 날로
없어진다.

## 23 君子不動而敬 不言而信(33장)

【국역】 군자는 움직이지 않아도 공경하며, 말하지 않아도 믿는다.

≪老子≫10)

---

# 老子

1 **聖人處無爲之事 行不言之敎**(2장)

【주석】〖處〗처하다 처 〖無爲(무위)〗자연 그대로이며 人爲를 보
탬이 없음

【국역】聖人은 無爲의 일에 처하고, 말없는 가르침을 행한다.


2 **不尙賢 使民不爭 不貴難得之貨 使民不爲盜 不見可欲
使民心不亂**(3장)

【주석】〖尙〗숭상하다 상 〖貴〗귀하게 여기다 귀 〖貨〗재화 화
〖盜〗도둑질 도 〖見〗나타내다 현 〖欲〗바라다 욕

【국역】현명함을 숭상하지 않음으로써 백성들을 다투게 하지 않고,
얻기 어려운 재물을 귀하게 여기지 않음으로써 백성들에게
도둑질하지 않게 하며, 욕심낼 만한 것을 드러내지 않음으
로써 백성의 마음을 어지럽히지 않게 한다.


3 **和其光 同其塵**(4장)

【주석】〖塵〗티끌 진

【국역】 그 빛을 조화롭게 하고, 그 티끌과 함께한다(여기에서 和光
同塵이란 고사가 생김).

> **4** 天長地久 天地所以能長且久者 以其不自生 故能長生 是
> 以聖人後其身而身先 外其身而身存 非以其無私邪 故能
> 成其私(7장)

【주석】 〖A所以B者 以C〗A가 B하는 까닭은 C 때문이다 〖故〗그
러므로 고 〖後〗뒤로하다 후 〖外〗제외하다 외 〖以〗때문
이 〖邪〗＝耶 그런가 야

【국역】 천지는 장구하다. 천지가 장구할 수 있는 까닭은 자기만 살
려고 하지 않기 때문이다. 그러므로 오래갈 수 있다. 그래서
성인은 그 몸을 뒤로 하지만 몸이 앞서게 되고, 그 몸을 내
버려 두어도 몸이 간직되는데, 그것은 그에게 사사로움이
없기 때문이 아니겠는가? 그러므로 그 사사로운 것을 이룰
수 있다.

> **5** 上善若水 水善利萬物而不爭 處衆人之所惡 故幾於道(8장)

【주석】 〖若〗같다 약 〖善〗잘하다 선 〖處〗머무르다 처 〖幾〗가
깝다 기

【국역】 최고의 선은 물과 같다. 물은 만물을 아주 이롭게 해 주면
서도 다투지 않고, 대중이 싫어하는 곳에 머무른다. 그러므
로 도에 가깝다.

| 6 | 持而盈之　不如其已　揣而銳之　不可長保　金玉滿堂　莫之 |

能守　富貴而驕　自遺其咎　功遂身退　天之道(9장)

**【주석】**　〖不如(불여)〗 ～만 못하다 〖已〗 그치다 이 〖揣〗 금속을 단
련하다 췌 〖銳〗 날카롭다 예 〖保〗 보전하다 보 〖驕〗 교만하
다 교 〖遺〗 남기다 유 〖咎〗 허물 구 〖遂〗 이루다 수

**【국역】**　가지고 있으면서 그것을 더 채우는 것은 그만두는 것만 못
하고, 다듬으면서 그것을 날카롭게 하면 오래 보존할 수 없
다. 금과 옥이 집에 가득 차도 그것을 지킬 수 없고, 부귀
하되 교만하면 스스로 그 허물을 남기게 되니, 공이 이루어
지면 자신은 물러나는 것이 하늘의 도다.

| 7 | 鑿戶牖以爲室　當其無　有室之用　故有之以爲利　無之以爲 |

用(11장)

**【주석】**　〖鑿〗 뚫다 착 〖戶牖(호유)〗 창(戶 구멍 호 牖 들창 유)
〖爲〗 만들다 위 〖以〗 때문 이

**【국역】**　창을 뚫어 집을 만드는데 마땅히 그 無 때문에 집의 쓰임
이 있다. 그러므로 有가 이로운 까닭은 無가 쓰임이 되기
때문이다.

**8**　五色令人目盲　五音令人耳聾　五味令人口爽　馳騁畋獵令
人心發狂(12장)

【주석】〚五色(오색)〛靑·黃·赤·白·黑　〚令〛＝使　〚盲〛눈멀다
맹　〚五音(오음)〛宮·商·角·徵(치)·羽　〚聾〛귀먹다 롱　〚五
味(오미)〛辛·酸·鹹·苦·甘　〚爽〛상하다 상　〚馳騁(치빙)〛
말을 달림　〚畋獵(전렵)〛사냥함　〚狂〛미치다 광

【국역】오색은 사람의 눈을 멀게 하고, 오음은 사람의 귀를 멀게
하며, 오미는 사람의 입을 상하게 하고, 달리며 사냥하는 것
은 사람의 마음을 미치게 만든다.

**9**　吾所以有大患者　爲吾有身　及吾無身　吾有何患(13장)

【주석】〚A所以B者　爲C〛A가 B하는 까닭은 C 때문이다　〚有〛가
지다, 생기다 유　〚何〛무슨 하

【국역】나에게 큰 근심이 있는 까닭은 내가 몸을 가지고 있기 때문이
다. 내게 몸이 없게 된다면, 나에게 무슨 근심이 생기겠는가?

**10**　太上下知有之　其次親而譽之　其次畏之　其次侮之(17장)

【주석】〚上〛임금 상　〚次〛다음 차　〚譽〛기리다 예　〚畏〛두려워
하다 외　〚侮〛업신여기다 모

【국역】최고의 임금은 아래 사람들이 그가 있음을 알고, 그다음은
그를 친근히 여기고 기리며, 그다음은 그를 두려워하며, 그

다음은 그를 업신여긴다.

11    **絕學無憂(20장)**

【국역】 배우기를 끊어버리면 걱정이 없다.

12    **曲則全 枉則直 窪則盈 敝則新 少則得 多則惑(22장)**

【주석】 〚枉〛 굽히다 왕 〚窪〛 우묵 패이다 와 〚敝〛 해지다 폐
〚惑〛 미혹되다 혹

【국역】 굽으면 온전해지고, 구부리면 곧아지고, 패이면 채워지고,
해지면 새로워지고, 적으면 얻게 되고, 많으면 미혹된다.

13    **希言自然 故飄風不終朝 驟雨不終日(23장)**

【주석】 〚希〛 드물다 희 〚飄〛 회오리바람 표 〚朝〛 아침 조 〚驟〛
갑작스럽다 취

【국역】 말이 적은 것이 자연스러운 것이다. 그러므로 거센 바람은
아침을 넘기지 못하고, 소나기는 하루를 마치지 못한다.

14    **企者不立 跨者不行 自見者不明 自是者不彰 自伐者無功<br>自矜者不長(24장)**

【주석】 〚企〛 발돋움하다 기 〚跨〛 다리 벌리다 과 〚見〛 나타내다
현 〚彰〛 드러나다 창 〚伐〛 (공을) 자랑하다 벌 〚矜〛 (능력

을) 자랑하다 긍

【국역】 발돋움하는 자는 (제대로) 서 있지 못하고, 다리 벌린 자는
(멀리, 제대로) 가지 못한다. 스스로 드러내는 자는 밝지 못하
고, 스스로 옳다고 하는 자는 드러나지 않고, 스스로 자랑하
는 자는 공이 없으며, 스스로 뽐내는 자는 오래가지 못한다.


15　師之所處 荊棘生焉 大軍之後 必有凶年(30장)

【주석】 〖師〗 군사 사 〖處〗 처하다 처 〖荊〗 가시 형 〖棘〗 가시 극
〖焉〗 於＋之의 준말 언

【국역】 군대가 머문 곳에는 그곳에서 가시가 자라고, 대군을 일으
킨 뒤에는 반드시 흉년이 든다.


16　知人者智 自知者明 勝人者有力 自勝者强 知足者富 强<br>行者有志 不失其所者久 死而不亡者壽(33장)

【주석】 〖足〗 만족하다 족 〖其〗 ＝正 〖壽〗 장수하다 수

【국역】 남을 아는 자는 지혜롭고, 자신을 아는 자는 밝으며, 남을
이기는 자는 힘이 있고, 자신을 이기는 자는 강하다. 만족을
아는 자는 부유하고, 굳게 행하는 자는 뜻이 있으며, 제자리
를 잃지 않는 자는 오래가고(있어야 할 자리에 있어야 함을
의미), 죽더라도 사라지지 않는 자는 오래 산다(장수의 개념
이 오래 사는 것이 아니라, 죽은 뒤에도 그 정신이 남아 있
다면 장수라는 의미).

**17** 樂與餌 過客止 道之出口 淡乎其無味 視之不足見 聽之
不足聞 用之不足旣(35장)

【주석】 〖餌〗음식 이 〖淡〗싱겁다 담 〖乎〗의성어나 의태어를 만
들어 줌 〖足〗＝可 〖旣〗다하다 기

【국역】 음악과 음식은 지나가던 손님도 멈추게 하지만, 도가 입에
서 나오면 담담하여 맛이 없고, 그것을 보려 해도 볼 수 없
으며, 그것을 들으려 해도 들을 수 없고, 그것을 써도 다할
수 없다.


**18** 柔勝剛 弱勝强(36장)

【주석】 〖柔〗부드럽다 유 〖剛〗굳세다 강 〖弱〗약하다 약

【국역】 부드러운 것이 굳센 것을 이기고, 약한 것이 강한 것을 이
긴다.


**19** 夫禮者 忠信之薄而亂之首(38장)

【주석】 〖夫〗저 부 〖薄〗엷다 박

【국역】 저 예라는 것은 충과 신이 엷어져서 어지러워지는 첫머리이다.

**20**　貴以賤爲本　高以下爲基　是以侯王自謂孤寡不穀　此非以賤爲本邪(36장)

【주석】　〖以A爲B〗 A를 B로 삼다 〖基〗 터 기 〖侯王(후왕)〗한 나라의 군주 〖不穀(불곡)〗＝不善 〖邪〗＝耶 그런가 야

【국역】 귀함은 천함을 근본으로 삼고, 높음은 낮음을 토대로 삼는다. 그러므로 왕은 스스로를 '외롭다'·'(덕이)모자라다'·'착하지 못하다'고 이르니, 이것이 천함을 근본으로 삼은 것이 아니겠는가?

**21**　反者道之動　弱者道之用　天下萬物生於有　有生於無(40장)

【국역】 되돌아가는 것이 도의 움직임이요, 유약한 것이 도의 쓰임이다. 천하의 만물은 유에서 생겨나고, 유는 무에서 생겨난다(註－장차 유를 온전히 하고 싶으면 반드시 무로 돌아가라: 將欲全有　必反於無也).

**22**　明道若昧　進道若退　大方無隅　大器晩成(41장)

【주석】　〖昧〗 어둡다 매 〖隅〗 모서리 우 〖晩〗 늦다 만

【국역】 밝은 도는 어두운 듯하고(註－밝지만 번쩍거리지 않는다: 光而不耀), 앞으로 나아가는 도는 물러서는 듯하고, 큰 모는 모서리가 없고, 큰 그릇은 늦게 이루어진다.

## 23 强梁者不得其死 吾將以爲敎父(42장)

【주석】 〖梁〗 강하다 량 〖其〗 ＝正 〖以A爲B〗 A를 B로 삼다

【국역】 강한 자는 바른 죽음을 얻지 못한다는 것을 나는 장차 가르
침의 어버이로 삼겠다.


## 24 甚愛必大費 多藏必厚亡 知足不辱 知止不殆 可以長久 (44장)

【주석】 〖甚〗 심하다 심 〖愛〗 아끼다 애 〖費〗 소모하다 비 〖藏〗
감추다 장 〖厚〗 많다 후 〖亡〗 잃다 망 〖足〗 만족 족 〖辱〗
욕보다 욕 〖殆〗 위태롭다 태 〖可以(가이)〗 ＝可

【국역】 너무 아끼면 반드시 크게 낭비하게 되고, 지나치게 쌓아 두
면 반드시 많이 잃게 될 것이다. 만족을 알면 욕되지 않고,
그칠 줄 알면 위태롭지 않을 것이니, 오래갈 수 있다.


## 25 大直若屈 大巧若拙 大辯若訥(45장)

【주석】 〖屈〗 굽다 굴 〖巧〗 공교하다 교 〖拙〗 서툴다 졸 〖辯〗 말
잘하다 변 〖訥〗 말 더듬다 눌

【국역】 아주 곧은 것은 굽은 듯하고, 매우 뛰어난 것은 서툰 듯하
며, 아주 말 잘하는 것은 더듬는 듯하다.

| 26 | 禍莫大於不知足 咎莫大於欲得 故知足之足 常足矣(46장) |

【주석】 〖莫＋형용사, 동사＋於〗 ~보다 더 ~한 것은 없다 〖咎〗
허물 구 〖欲〗 바라다 욕

【국역】 화는 만족을 모르는 것보다 더 큰 것이 없고, 허물은 얻기
를 바라는 것보다 더 큰 것이 없다. 그러므로 만족할 줄 아
는 만족이 항상 만족스러운 것이다.


| 27 | 爲學日益 爲道日損 損之又損 以至於無爲 無爲而無不爲<br>(48장) |

【주석】 〖損〗 덜다 손 〖無爲(무위)〗 人爲가 없는 지경

【국역】 학문을 하면 날마다 더해지고, 도를 행하면 날마다 덜어진
다. 덜어내고 또 덜어내어 무위에 이르면 억지로 하지 않아
도 되지 않는 것이 없게 된다.


| 28 | 服文綵 帶利劍 厭飮食 財貨有餘 是謂盜夸 非道也哉<br>(53장) |

【주석】 〖服〗 입다 복 〖文〗 문채 문 〖綵〗 채색 채 〖帶〗 띠다 대
〖利〗 날카롭다 리 〖厭〗 물리다 염 〖貨〗 재화 화 〖夸〗 자
랑하다 과 〖哉〗 어조사 재

【국역】 오색 비단옷을 입고, 날카로운 칼을 차고, 음식을 물리도록
먹고, 재물이 남아돌아가는 것을 '도둑의 과시'라고 하니,

(이런 것은) 도가 아니로다!

**29**　以身觀身　以家觀家　以鄕觀鄕　以國觀國　以天下觀天下
(54장)

【국역】 몸으로써 몸을 보고, 집으로써 집을 보고, 마을로써 마을을
보고, 나라로써 나라를 보고, 천하로써 천하를 본다.

**30**　含德之厚　比於赤子　蜂蠆虺蛇不螫　猛獸不據　攫鳥不搏
(55장)

【주석】 〖含〗 머금다 함 〖厚〗 두텁다 후 〖比〗 견주다 비 〖赤子(적
자)〗 핏덩이, 갓난아이 〖蜂〗 벌 봉 〖蠆〗 전갈 채 〖虺〗 살무
사 훼 〖螫〗 쏘다 석 〖猛〗 사납다 맹 〖據〗 누르다 거 〖攫鳥
(확조)〗 다른 동물을 잡아 죽이는 맹금(攫 움켜쥐다 확)
〖搏〗 쥐다 박

【국역】 후덕한 덕을 품은 것은 어린아이에 비유되니, (어린아이는)
벌·전갈·살무사·뱀 등이 쏘지 않고, 사나운 짐승이 덮치
지 않으며, 독수리 등이 채 가지도 않는다.

**31**　知者不言　言者不知(56장)

【국역】 아는 자는 말하지 않고, 말하는 자는 알지 못한다.

【국역】〖兮〗어조사 혜 〖倚〗기대다 의 〖伏〗엎드리다 복

【국역】화는 복이 의지하고 있는 곳이며, 복은 화가 엎드려 있는 곳이다.




【주석】〖烹〗삶다 팽 〖鮮〗생선 선

【국역】큰 나라를 다스리는 것은 작은 물고기를 요리하는 것과 같이 해야 한다.




【주석】〖圖〗꾀하다 도 〖易〗쉽다 이 〖細〗작다 세 〖作〗일어나다 작

【국역】쉬운 데에서 어려운 일을 도모하고, 작은 일에서 큰일을 한다. 천하의 어려운 일은 반드시 쉬운 데에서 일어나고, 천하의 큰일은 반드시 작은 데에서 일어난다.

**35**　合抱之木　生於毫末　九層之臺　起於累土　千里之行　始於
足下(64장)

**【주석】**　〖合抱(합포)〗한 아름 〖毫〗터럭 호 〖層〗층 층 〖臺〗대
대 〖累〗포개다 루

**【국역】**　한 아름의 나무도 털끝 같은 작은 싹에서 생겨나고, 9층의
대도 흙을 쌓음에서 일어나며, 천 리 길도 발아래에서 시작
한다.

**36**　江海所以能爲百谷王者　以其善下之　故能爲百谷王(66장)

**【주석】**　〖A所以B者　以C〗A가 B하는 까닭은 C 때문이다 〖善〗잘
하다 선 〖下〗낮추다 하

**【국역】**　강과 바다가 온 골짜기의 왕이 될 수 있는 까닭은 잘 낮추기
때문이다. 그러므로 온 골짜기의 왕이 될 수 있는 것이다.

**37**　我有三寶　持而保之　一曰慈　二曰儉　三曰不敢爲天下先
慈　故能勇　儉　故能廣　不敢爲天下先　故能成器長(67장)

**【주석】**　〖慈〗사랑하다 자 〖敢〗감히 감 〖廣〗넓다 광 〖成器(성
기)〗大器로 天下를 뜻하기도 함 〖長〗우두머리 장

**【국역】**　나에게 세 가지 보물이 있어 지니고 보존하고 있다. 첫 번
째는 사랑이요, 두 번째는 검소함이요, 세 번째는 감히 천하
앞에 나서지 않는 것이다. 사랑함으로 용감할 수 있고, 검소

함으로 넉넉할 수 있으며, 감히 천하 앞에 나서지 않음으로 그릇을 이루는 우두머리가 될 수 있다.

---

**38**　善爲士者不武　善戰者不怒　善勝敵者不與　善用人者爲之下　是謂不爭之德　是謂用人之力(68장)

【주석】〔士〕무사 사 〔武〕굳세다 무 〔敵〕적 적 〔與〕=爭
　　　　〔下〕낮추다 하

【국역】무사 노릇을 잘하는 자는 힘을 뽐내지 않고, 싸움을 잘하는 자는 화내지 않고, 적을 잘 이기는 자는 싸우지 않고, 사람을 잘 쓰는 자는 그보다 낮춘다. 이를 다투지 않는 덕이라 하고, 이를 사람을 쓰는 힘이라 한다.

---

**39**　禍莫大於輕敵　輕敵　幾喪吾寶(69장)

【주석】〔輕〕가볍게 여기다 경 〔幾〕거의 기 〔喪〕잃다 상

【국역】재앙은 적을 가볍게 여기는 것보다 더 큰 것은 없으니, 적을 가볍게 여기면 거의 나의 보물을 잃게 될 것이다.

---

**40**　聖人被褐懷玉(70장)

【주석】〔被〕입다 피 〔褐〕굵은 베로 만든 옷 갈 〔懷〕품다 회

【국역】성인은 거친 베옷을 입고 옥을 품고 있다.

| 41 | 知不知上 不知知病 夫唯病病 是以不病 聖人不病 以其<br>病病 是以不病(71장) |

**【주석】** 〚夫〛 발어사 부 〚病〛 병으로 여기다 병 〚以〛 때문 이

**【국역】** 알고도 알지 못하는 체하는 것이 최상이요, 알지 못하면서 아는 체하는 것이 병이다. 대저 오직 병을 병으로 여긴다. 그러므로 병들지 않는다. 성인이 병들지 않는 것은 그 병을 병으로 여기기 때문이다. 그러므로 병들지 않는 것이다.

| 42 | 天網恢恢 疏而不失(73장) |

**【주석】** 〚網〛 그물 망 〚恢〛 넓다 회 〚疏〛 성글다 소 〚失〛 놓치다 실

**【국역】** 하늘의 그물은 넓고 넓어, 성근 듯하나 놓치는 것이 없다.

| 43 | 人之生也柔弱 其死也堅强 萬物草木之生也柔脆 其死也<br>枯槁 故堅强者死之徒 柔弱者生之徒 是以兵强則不勝<br>木强則兵 强大處下 柔弱處上(76장) |

**【주석】** 〚柔〛 부드럽다 유 〚脆〛 연하다 취 〚枯〛 마르다 고 〚槁〛 마르다 고 〚徒〛 무리 도 〚兵〛 군사 병 〚兵〛 치다 병(折로 써야 한다는 주석도 있음) 〚處〛 처하다 처

**【국역】** 사람이 살아 있을 때는 부드럽고, 죽었을 때는 단단하다. 만물 중에 초목이 살아 있을 때는 부드럽고, 죽었을 때는 말라 있다. 그러므로 단단한 것은 죽음의 무리이고, 부드러운

것은 삶의 무리이다. 그래서 군사가 강하면 이기지 못하고, 나무가 강하면 부러진다. 강하고 큰 것은 낮은 곳에 있고, 부드럽고 약한 것은 높은 곳에 처한다.

---

**44　天之道 損有餘 而補不足 人之道則不然 損不足 而奉有餘**(77장)

【주석】 〚損〛 덜다 손 〚餘〛 남다 여 〚補〛 보태다 보

【국역】 하늘의 도는 남는 것을 덜어 내어 부족한 것에 보내 주나, 사람의 도는 그렇지 않아 부족한 것을 덜어 내어 남는 곳을 봉양한다.

---

**45　天下莫柔弱於水 而攻堅强者 莫之能勝**(78장)

【주석】 〚莫〛 없다 막 〚柔〛 부드럽다 유 〚堅〛 굳다 견 〚勝〛 낫다 승

【국역】 천하에 물보다 더 부드럽고 약한 것은 없으나, 단단하고 강한 것을 공격하기에는 그것보다 나은 것이 없다.

---

**46　信言不美 美言不信 善者不辯 辯者不善 知者不博 博者不知**(81장)

【주석】 〚辯〛 말 잘하다 변 〚博〛 넓다 박

【국역】 믿음직한 말은 아름답지 않고, 아름다운 말은 믿음직하지 않다. 착한 이는 말을 잘 못하고, 말 잘하는 이는 착하지 않다. 지혜로운 이는 박식하지 않고, 박식한 이는 지혜롭지 않다.

## ≪莊子≫<sup>11)</sup>

---

11) ≪莊子≫는 內篇 7편, 外篇 15편, 雜篇 11편으로 구성되어 있으며, 그 중 내편은 비교적 오래된 것으로 대체로 莊子 자신의 저술이라고 하나 외편과 잡편은 후대 사람이 편집한 것이라고 한다. 莊子는 이름이 周로, 戰國時代 蒙 사람으로, 漆園의 관리로 있었다.

# 莊子

---

**1** 水之積也不厚 則負大舟也無力(內篇, 逍遙遊)

【주석】 〚積〛쌓다 적 〚厚〛두텁다 후 〚負〛지다 부

【국역】 물이 쌓인 것이 깊지 않으면 큰 배를 띄울 만한 힘이 없다.

---

**2** 鷦鷯巢於深林 不過一枝 偃鼠飮河 不過滿腹(內篇, 逍遙遊)

【주석】 〚鷦鷯(초료)〛뱁새 〚巢〛둥지 틀다 소 〚偃鼠(언서)〛두더지
〚腹〛배 복

【국역】 뱁새는 깊은 숲에 둥지를 틀지만 한 가지에 지나지 않고,
두더지는 강물을 마시지만 배를 채우는 데 지나지 않는다.

---

**3** 瞽者無以與乎文章之觀 聾者無以與乎鐘鼓之聲(內篇, 逍
遙遊)

【주석】 〚瞽〛소경 고 〚無以(무이)〛〜할 수 없다 〚與〛참여하다
여 〚乎〛＝於 〜에 〚文章(문장)〛아름다운 무늬 〚聾〛귀머
거리 롱 〚鼓〛북 고

【국역】 소경은 아름다운 무늬 관람에 참여할 수 없고, 귀머거리는

종과 북 소리에 참여할 수 없다.


**4**    蓬之心(內篇, 逍遙遊)

【주석】 〚蓬〛 쑥 봉
【국역】 쑥과 같은 마음(쑥은 잎만 무성하고 크게 자라지 못함으로, 좁은 마음에 비유).


**5**    不亦悲乎 終身役役 而不見其成功 苶然疲役 而不知其所 歸(內篇, 齊物)

【주석】 〚役〛 골몰하다 역 〚苶〛 고달프다 날 〚疲〛 지치다 피
【국역】 또한 슬프지 않는가? 죽을 때까지 애쓰면서도 그 성공을 보지 못하고, 고달파 지쳐도 그 돌아갈 곳을 모른다니.


**6**    毛嬙麗姬 人之所美也 魚見之深入 鳥見之高飛 麋鹿見之 決驟(內篇, 齊物)

【주석】 〚毛嬙(모장)〛 越王의 愛姬로 미인임 〚麗姬(여희)〛 春秋時代 晋나라 憲公의 부인 〚麋〛 순록 미 〚鹿〛 사슴 록 〚決〛 빠르다 결 〚驟〛 달리다 취
【국역】 모장과 여희는 사람들이 아름다워하는 사람이다. 그런데 물고기가 그들을 보면 깊이 들어가고, 새가 그들을 보면 높이 날아가며, 순록이 그들을 보면 빨리 달아난다.

| 7 | 方其夢也　不知其夢也　夢之中又占其夢焉　覺而後知其夢<br>也(內篇, 齊物) |

【주석】　〖方〗 바야흐로 방 〖占〗 점치다 점 〖覺〗 깨다 교

【국역】　바야흐로 그가 꿈을 꾸고 있을 때는 그것이 꿈인지 모른다. 꿈속에서 또 그 꿈을 점치기도 한다. 깬 이후에야 그것이 꿈임을 안다.

| 8 | 旣使我與若辯矣　若勝我　我不若勝　若果是也　我果非也邪<br>我勝若　若不吾勝　我果是也　而果非也邪　其或是也　其或非<br>也邪　其俱是也　其俱非也邪　我與若不能相知也(內篇, 齊物) |

【주석】　〖旣使(기사)〗 만약 〖若〗 너 약 〖辯〗 논쟁하다 변 〖果〗 과연 과 〖邪〗 =耶 〖而〗 너 이 〖或〗 어떤 혹 〖俱〗 다 구

【국역】　만약 나와 그대가 논쟁을 벌여 그대가 나를 이기고 내가 그대를 이기지 못했다면 그대가 과연 옳고 내가 과연 그른 것인가? 내가 그대를 이기고 그대가 나를 이기지 못했다면 내가 과연 옳고 그대가 과연 그른 것인가? 그 어떤 사람이 옳고 그 어떤 사람이 그른 것인가? 그 둘 다 옳고 그 둘 다 그른 것인가? 나와 그대는 서로 알 수가 없는 것이다.

| 9 | 吾生也有涯　而知也無涯　以有涯隨無涯　殆已(內篇, 養生主) |

【주석】　〖涯〗 끝 애 〖隨〗 따르다 수 〖殆〗 위태롭다 태 〖已〗 =也

【국역】 우리의 생은 끝이 있는데, 알아야 할 것은 끝이 없다. 끝이
있는 것으로 끝이 없는 것을 따르려고 하면 위태로워진다.




【주석】 〚澤〛 못 택 〚雉〛 꿩 치 〚啄〛 쪼다 탁 〚蘄〛 바라다 기
　　　　〚畜〛 기르다 축 〚樊〛 울타리 번
【국역】 연못의 꿩은 (하늘이 정한 대로) 열 걸음 가서 한 번 (모이
　　　　를) 쪼고, 백 걸음 가서 한 번 마시는데, 울타리 안에서 길
　　　　러지기를 바라지 않는다.




【국역】 안(마음)은 바르게 하면서 밖(행위)은 굽힌다(세상 사람들과
　　　　맞추다).




【주석】 〚螳螂(당랑)〛 사마귀 〚怒〛 곤두세우다 노 〚臂〛 팔 비 〚當〛
　　　　감당하다 당 〚轍〛 수레바퀴 철 〚勝〛 감당하다 승 〚美〛 아름
　　　　답다고 여기다 미
【국역】 (사마귀가) 그 팔을 높이 들고 수레바퀴를 감당하는 것은
　　　　그가 그 일을 감당할 수 없음을 모르기 때문입니다. 이것은

그 재주가 뛰어나다고 믿는 자로, 경계하고 신중해야 하는 것이다.

**13** 夫愛馬者 以筐盛矢 以蜃盛溺 適有蚊虻僕緣 而拊之不時 則缺銜 毀首 碎胸 意有所至 而愛有所亡 可不愼邪 (內篇, 人間世)

【주석】 〖筐〗광주리 광 〖盛〗담다 성 〖矢〗똥 시 〖蜃〗대합 신 〖溺〗오줌 뇨 〖適〗마침 적 〖蚊〗모기 문 〖虻〗등에 맹 〖僕緣(복연)〗붙는 모양 〖拊〗치다 부 〖缺〗이지러지다 결 〖銜〗재갈 함 〖毀〗헐다 훼 〖碎〗부수다 쇄 〖邪〗=耶 어조사 야

【국역】 무릇 말을 사랑하는 자는 광주리로 똥을 담아내며 대합으로 오줌을 담아낸다. 마침 모기나 등에가 붙어 있어서 그것을 불시에 치면, 재갈을 부수거나 (주인의) 머리를 박거나 (주인의) 가슴을 찹니다. 뜻이 이르는 곳이 있을수록 사랑이 잃어져 가는 것이 있는 것이니(사물을 사랑하는 개인적 마음이 깊으면 깊을수록 사랑하는 事實은 잃어져 가는 것), 삼가지 않을 수 있겠는가?

**14** 桂可食 故伐之 漆可用 故割之 人皆知有用之用 而莫知無用之用也(內篇, 人間世)

【주석】 〖桂〗계수나무 계 〖漆〗옻 칠 〖割〗베다 할

【국역】 계수나무는 먹을 수 있기 때문에 그것을 베고, 옻은 쓸 수 있기 때문에 그것을 벤다. 사람들은 모두 쓸모 있는 것이 유용하다는 것을 알고, 쓸모없는 것이 쓸모 있다는 것은 모른다.

## 15　鑑明則塵垢不止　止則不明也(內篇, 德充符)

【주석】 〖鑑〗 거울 감 〖塵〗 티끌 진 〖垢〗 때 구 〖止〗 머무르다 지
【국역】 거울이 맑으면 때가 머무르지 않는다. 머무르면 (거울은) 맑지 않은 것이다.

## 16　德有所長　而形有所忘(內篇, 德充符)

【주석】 〖長〗 낫다 장 〖形〗 신체 형
【국역】 덕에 훌륭한 것이 있으면, 신체에 잊는 것이 있다(신체의 美醜는 거론할 것이 못 된다).

## 17　勞我以生　佚我以老　息我以死(內篇, 大宗師)

【주석】 〖佚〗 편안하다 일 〖息〗 쉬다 식
【국역】 (道는) 삶으로써 나를 수고롭게 하며, 늙음으로써 나를 편안하게 하며, 죽음으로써 나를 쉬게 한다.

## 18　孰能以無爲首　以生爲脊　以死爲尻　孰知死生存亡之一體者(內篇, 大宗師)

【주석】 〖孰〗 누구 숙 〖以A爲B〗 A를 B로 삼다 〖脊〗 척주 척
〖尻〗 꽁무니 고 〖一體(일체)〗 =同體

【국역】 누가 無를 머리로 삼고, 삶을 척추로 삼으며, 죽음을 꽁무
니로 삼을 수 있겠는가? 누가 삶과 죽음, 존재와 망함은 하
나라는 것을 알고 있겠는가? (인간의 일생은 無에서 출발하
여 生을 거쳐 死에 되돌아간다는 것을 의미함)


19  得者時也 失者順也 安時而處順 哀樂不能入也 此古之所
    謂縣解也 而不能自解者 物有結之(內篇, 大宗師)

【주석】 〖順〗 도리에 따르다 순 〖所謂(소위)〗 말하자면 〖縣解(현
해)〗 縣은 懸(매달다 현)으로, 매달려 있는 것으로부터 벗어남

【국역】 (인간이 삶을) 얻고 있는 것은 한때이며, (그 삶을) 잃는 것
은 (시간의 흐름을) 따르는 것이다. 시간에 편안하고 따름에
처하면 슬픔과 기쁨이 (마음으로) 들어올 수 없을 것이다. 이
것이 옛날 말하자면 '고통으로부터의 해방'이라는 것이다. 그
런데 (고통을) 스스로 해결할 수 없는 것은 사물이 그를 묶고
있기 때문이다(사물의 집착에서 벗어나지 못하기 때문이다).


20  今大冶鑄金 金踊躍曰 我且必爲鏌鋣 大冶必以爲不祥之
    金(內篇, 大宗師)

【주석】 〖冶〗 대장장이 야 〖鑄〗 부어 만들다 주 〖踊躍(용약)〗 뜀
〖且〗 장차 차 〖鏌鋣(막야)〗 干將과 함께 吳王인 闔閭가 만

들게 했다는 名劍 〖以爲(이위)〗 생각하다 〖祥〗 상서롭다 상

【국역】 지금 큰 대장장이가 금속을 녹여 무엇인가를 만들려고 하는
데, 금속이 뛰어올라 "나는 장차 반드시 막야가 될 테야."라
고 한다면, 큰 대장장이는 반드시 상서롭지 못한 금속으로
생각할 것이다(만들어지는 대로 따르면 되지, 무엇이 되려고
마음 쓸 것 없다는 의미).


**21  鳧脛雖短 續之則憂 鶴脛雖長 斷之則悲(外篇 騈拇)**

【주석】 〖鳧〗 물오리 부 〖脛〗 정강이 경 〖續〗 잇다 속 〖鶴〗 학 학
【국역】 물오리의 다리가 비록 짧더라도 그것을 이으면 (물오리는)
근심할 것이며, 학의 다리가 비록 길더라도 그것을 끊으면
(학은) 슬퍼할 것이다.


**22  臧與穀 二人相與牧羊 而俱亡其羊 問臧奚事 則挾筴讀
書(外篇 騈拇)**

【주석】 〖臧〗 계집종 장 〖穀〗 사내종 곡 〖牧〗 기르다 목 〖俱〗 다
구 〖奚〗 어찌 해 〖挾〗 끼다 협 〖筴〗 대쪽 책
【국역】 계집종과 사내종 두 사람이 서로 양을 키웠는데, 둘 다 그
양을 잃어버렸다. 계집종에게 어찌된 일인지 물어보니, 곧
대쪽을 끼고서 그 글을 읽다가 (그렇게 되었다고 답했다)(이
글에서 讀書亡羊의 고사가 생겨남).

**23** 吾所謂聰者 非謂其聞彼也 自聞而已矣 吾所謂明者 非謂 其見彼也 自見而已矣(外篇 駢拇)

【주석】 〖謂〗 말하다 위 〖而已矣(이이의)〗 ~뿐이다

【국역】 내가 말하는 총명함이란 저것(자기 몸 밖의 것)을 듣는 것을 말하는 것이 아니라 자신(의 안에 있는 것)을 듣는 것일 따름이다. 내가 말하는 밝음이란 저것(자기 몸 밖의 것)을 보는 것을 말하는 것이 아니라 자신(의 안에 있는 것)을 보는 것일 따름이다.

**24** 魯酒薄而邯鄲圍 聖人生而大盜起(外篇, 胠篋)

【주석】 〖薄〗 엷다 박 〖邯鄲(한단)〗 趙나라의 수도 〖圍〗 에워싸다 위

【국역】 노나라의 술이 싱거우니 한단이 포위되었듯이(서로 아무런 관계가 없는 것 같은 일도 상관관계에 있음을 의미함), 성인이 나타나니 큰 도적이 일어나게 된 것이다.

**25** 人大喜邪 毗於陽 大怒邪 毗於陰 陰陽幷毗 四時不至 寒暑之和不成 其反傷人之形乎(外篇, 在宥)

【주석】 〖邪〗 =耶 어조사 야 〖毗〗 돕다 비 〖幷〗 아우르다 병 〖其~乎〗 아마 ~일 것이다 〖反〗 도리어 반 〖傷〗 상하다 상 〖形〗 신체 형

【국역】 사람이 너무 기뻐하면 양을 돕고, 너무 노하면 음을 돕는다.

음과 양이 아울러 도우면 사계절이 (차례대로) 이르지 않고,
추위와 더위의 조화가 이루어지지 않아, 아마 도리어 사람
의 몸을 상하게 할 것이다.

26　百昌皆生於土　而反於土(外篇, 在宥)

【주석】〖昌〗물건 창 〖反〗＝返 돌아가다 반
【국역】모든 사물은 다 흙에서 나서 흙으로 돌아간다.

27　世俗之人　皆喜人之同乎己　而惡人之異於己也　同於己而
欲之　異於己而不欲者　以出乎衆爲心也(外篇, 在宥)

【주석】〖乎〗＝於 와/과, ﹁보다 호 〖出〗뛰어나다 출 〖欲〗바라
다 욕 〖以A爲B〗A를 B로 여기다
【국역】세상 사람들이 모두 남이 자기와 뜻이 같은 것을 기뻐하고,
남이 자기와 뜻이 다른 것을 싫어한다. 자기와 뜻이 같기를
바라고 자기와 뜻이 다르기를 바라지 않는 것은 여러 사람들
보다 뛰어나다는 것을 마음속으로 생각하고 있기 때문이다.

28　多男子則多懼　富則多事　壽則多辱(外篇, 天地)

【주석】〖懼〗두렵다 구 〖壽〗장수 수 〖辱〗욕되다 욕
【국역】남자가 많으면 걱정이 많고, 부유하면 일이 많고, 오래 살면
욕된 일이 많다.

29 厲之人夜半生其子 遽取火而視之 汲汲然唯恐其似己也
(外篇, 天地)

【주석】 〚厲〛문둥병 려 〚遽〛갑자기 거 〚汲〛분주하다 급 〚似〛
비슷하다 사

【국역】 문둥병에 걸린 사람이 한밤중에 그 자식이 태어나면 갑자기
불을 가져다 그를 살펴보며, 분주히 오직 자기와 닮았을까
두려워한다.


30 一心定 而萬物服(外篇, 天道)

【주석】 〚服〛따르다 복

【국역】 한 번 마음이 정해지면 만물이 따른다(마음이 無心, 無慾해
지면 만물이 복종한다는 의미임).


31 尊卑先後 天地之行也(外篇, 天道)

【주석】 〚卑〛낮다 비 〚行〛운행 행

【국역】 높은 것과 낮은 것, 앞서는 것과 뒤에 따르는 것(의 순서가
있어야만 하는 것)은 천지의 운행이다(천지의 道이다).

| 32 | 視而可見者 形與色也 聽而可聞者 名與聲也 悲夫 世人<br>以形色名聲爲足以得彼之情(外篇, 天道) |

**【주석】** 〖夫〗 감탄의 어조사 부 〖爲〗 생각하다 위 〖足以(족이)〗 ~
할 수 있다 〖情〗 실정 정

**【국역】** 보고서 알 수 있는 것은 형상과 색깔이며, 들어서 들을 수
있는 것은 이름과 소리이다. 슬프도다! 세상 사람들은 형상
과 색깔, 이름과 소리로써 저것의 실정(그 내면의 진실)을
얻을 수 있는 것으로 생각하고 있으니.

| 33 | 水行莫如用舟 而陸行莫如用車 以舟之可行於水也 而求<br>推之於陸 則沒世不行尋常(外篇, 天運) |

**【주석】** 〖莫如(막여)〗 ~만 한 것이 없다 〖以〗 이것 이 〖推〗 밀다
추 〖沒〗 죽다 몰 〖尋常(심상)〗 약간의 땅(尋 여덟 자 심 常
열여섯 자 상)

**【국역】** 물로 가는 것은 배를 사용하는 것만 한 것이 없고, 육지로
가는 것은 수레를 사용하는 것만 한 것이 없다. 이 배는 물
로 갈 수 있지만 육지로 그것을 밀어 올리고자 한다면 죽을
때까지 조금밖에 갈 수 없을 것이다(여기에서 推舟於陸의
고사가 나옴).

**34**　西施病心　而矉其里　其里之醜人　見而美之　歸亦捧心　而
矉其里　其里之富人見之　堅閉門而不出　貧人見之　挈妻
子而去之走　彼知美矉　而不知矉之所以美(外篇, 天運)

【주석】〖西施(서시)〗越나라의 미인 〖心〗심장 심 〖矉〗＝顰 찡그리다 빈 〖醜〗못생기다 추 〖美〗아름답다고 여기다 미 〖捧心(봉심)〗가슴을 밀어 올리는 것처럼 두 손으로 누름(捧 받들다 봉) 〖閉〗닫다 폐 〖挈〗끌다 설 〖走〗달아나다 주 〖所以(소이)〗까닭

【국역】서시가 심장에 병이 있어 그 마을에서 (얼굴을) 찡그리고 있었다. 그 마을의 못생긴 여자가 보고서 그녀를 아름답다고 여겼다. 돌아와 또한 가슴을 눌러 그 마을에서 찡그렸다. 그러자 그 마을의 부자들은 그것을 보고 단단히 문을 닫고 나오지 않았으며, 가난한 자들은 그것을 보고 처자식을 끌고 그곳을 떠나 달아나 버렸다. 그녀는 찡그리는 것을 아름답게 여길 줄만 알고, 찡그리는 것이 아름답게 여겨지는 까닭을 알지 못했던 것이다(여기에서 效顰이라 고사가 생겼음).

**35**　以富爲是者　不能讓祿　以顯爲是者　不能讓名　親權者　不
能與人柄　操之則慄　舍之則悲(外篇, 天運)

【주석】〖以A爲B〗A를 B로 여기다 〖讓〗사양하다 양 〖祿〗녹 록 〖顯〗드러나다 현 〖與〗주다 여 〖柄〗권세 병 〖操〗잡다 조 〖慄〗두려워하다 률 〖舍〗＝捨 놓다 사

【국역】 부를 옳은 것으로 여기는 자는 봉록을 사양할 수 없고, 드러나는 것을 옳은 것으로 여기는 자는 명성을 사양할 수 없으며, 권력에 친근한 자는 남에게 권세를 줄 수 없다. 그것들을 잡고 있으면 (잃을까) 두려워하고, 그것들을 잃으면 슬퍼한다.

**36** 雖聖人不在山林之中 其德隱矣 隱故不自隱(外篇, 繕性)

【주석】 〚雖〛 비록 수 〚故〛 때문 고

【국역】 비록 성인은 산림 속에 있지 않아도, 그 덕은 숨겨졌다. 숨겨졌기 때문에 (성인이 몸을) 스스로 숨길 필요가 없는 것이다.

**37** 物之儻來 寄也 寄之 其來不可圉 其去不可止(外篇, 繕性)

【주석】 〚儻〛 혹시 당 〚寄〛 붙어 있다 기 〚圉〛 막다 어

【국역】 (높은 관직과 같은) 사물이 혹시 오는 것은 잠시 머무는 것이다. 잠시 머무는 것은, 그것이 올 때 막을 수 없고, 그것이 갈 때 멈출 수도 없다.

**38** 井蛙黽不可以語於海者 拘於虛也 夏蟲不可以語於冰者 篤於時也 曲士不可以語於道者 束於敎也(外篇, 秋水)

【주석】 〚黽〛 =蛙(개구리 와)의 本字 〚可以(가이)〛 ㄱ할 수 있다

〖拘〗 매이다 구 〖虛〗 구멍 허 〖篤〗 매이다 독 〖曲士(곡
사)〗 식견이 낮은 사람 〖束〗 묶다 속

【국역】 우물 속 개구리에게 바다를 이야기해 줄 수 없는 것은 구멍
속에 매여 있기 때문이며, 여름 벌레에게 얼음을 이야기해
줄 수 없는 것은 때에 매여 있기 때문이며, 식견이 낮은 사
람에게 도를 이야기해 줄 수 없는 것은 (세속의) 가르침에
묶여 있기 때문이다.

---

**39** 計人之所知 不若其所不知 其生之時 不若未生之時 以其
至小 求窮其至大之域 是故迷亂而不能自得也(外篇, 秋水)

【주석】 〖計〗 헤아리다 계 〖不若〗＝不如 〜만 못하다 〖至〗 지극
하다 지 〖窮〗 궁구하다 궁 〖域〗 영역 역 〖迷〗 헤매다 미

【국역】 생각해 보니, 사람이 알고 있는 것은 그가 모르는 것만 못
하며(모르는 것이 훨씬 많다), 그 살아 있을 때는 아직 태어
나기 전의 시간만 못하다(태어나기 전의 시간이 훨씬 많다).
그 지극히 작은 것으로 그 지극히 큰 영역을 궁구하기를 원
한다. 그러므로 혼란에 헤매다 자신의 (만족을) 얻을 수 없
는 것이다.

---

**40** 梁麗可以衝城 而不可以窒穴 言殊器也 騏驥驊騮 一日
而馳千里 捕鼠不如狸狌 言殊技也(外篇, 秋水)

【주석】 〖梁〗 들보 량 〖麗〗＝欐 마룻대 려 〖衝〗 부딪치다 충

〖窒〗 막다 질 〖殊〗 다르다 수 〖騏驥驊騮(기기화류)〗 모두
名馬의 이름 〖馳〗 달리다 치 〖捕〗 잡다 포 〖鼠〗 쥐 서
〖狸〗 너구리 리 〖狌〗 족제비 성

【국역】 들보나 마룻대는 성을 부술 수 있으나 구멍을 막을 수 없는
데, 용도가 다름을 말해 주는 것이다. 기·기·화·류는 하
루에 천 리를 달리지만 쥐를 잡는 데는 너구리나 족제비만
못한데, 기능이 다름을 말해 주는 것이다.


41    萬物一齊 孰短孰長(外篇, 秋水)

【주석】 〖齊〗 가지런하다 제 〖孰〗 어느 숙
【국역】 만물은 모두 한결같은데, 어느 것을 짧다고 하고, 어느 것을
길다고 하겠는가?


42    物之生也 若驟若馳 無動而不變 無時而不移(外篇, 秋水)

【주석】 〖A之B也〗 A가 B하는 것은 〖驟〗 달리다 취 〖馳〗 달리다
치 〖移〗 옮기다 이
【국역】 사물이 살아가는 것은 마치 말이 달리는 것과 같아서, 어느
움직임도 변화하지 않은 것이 없으며, 어느 때라도 흘러가
지 않은 적이 없다.

43 牛馬四足 是謂天 落馬首 穿牛鼻 是謂人 故曰 無以人滅天(外篇, 秋水)

【주석】 〚是謂(시위)〛 이것을 〜라고 한다 〚落〛＝絡 두르다 락 〚穿〛 뚫다 천

【국역】 소와 말이 네 발이 있는 것, 이것을 天(자연)이라 한다. 말의 머리에 굴레를 씌우고, 소의 코를 뚫는 것, 이것을 人(인위)이라 한다. 그러므로 "人으로 天을 멸하게 해서는 안 된다."고 하는 것이다.


44 夔憐蚿 蚿憐蛇 蛇憐風 風憐目 目憐心(外篇, 秋水)

【주석】 〚夔〛 짐승이름 기(용처럼 생긴 한 발 달린 짐승) 〚憐〛 부러워하다 련 〚蚿〛 노래기 현 〚蛇〛 뱀 사

【국역】 (발이 하나뿐인) 기는 (발이 많은) 노래기를 부러워하고, 노래기는 (발이 없는) 뱀을 부러워하고, 뱀은 (발 없이도 가는) 바람을 부러워하고, 바람은 (가만히 있어도 먼 데까지 가는) 눈을 부러워하고, 눈은 (겉으로 드러나지 않는데도 사물을 꿰뚫어보는) 마음을 부러워한다(자신의 분수에 만족하지 않고 다른 것을 부러워하는데, 분수에 만족하고 부러워하지 않아야 함을 이름).

## 45 用管闚天 用錐指地(外篇, 秋水)

【주석】〚管〛대통 관 〚闚〛엿보다 규 〚錐〛송곳 추 〚指〛헤아리
다 지

【국역】대통을 사용하여 하늘을 보며, 송곳을 사용하여 땅을 헤아리
다(얕은 지식으로 큰 이치를 알려고 하는 어리석음을 비유).

## 46 楚有神龜 死已三千歲矣 王巾笥而藏之廟堂之上 此龜者 寧其死爲留骨而貴乎 寧其生而曳尾於塗中乎(外篇, 秋水)

【주석】〚巾笥(건사)〛수건으로 싼 상자(巾 수건 건 笥 상자 사)
〚廟堂(묘당)〛正殿으로 신성한 장소 〚寧〛혹시 녕 〚曳〛끌
다 예 〚塗〛진흙 도

【국역】초나라에 신성한 거북이가 있는데, 죽은 지 이미 3천 년이
나 되었다. 왕이 천으로 싼 상자에 넣고 묘당의 위에다 그
것을 보관해 두었다. 그런데 이 거북이는 혹시 그가 죽어서
등딱지를 남겨 귀하게 되고자 했을까? 혹시 살아서 진흙 속
에서 꼬리를 끌고자 했을까? (죽어서 이름을 남기느니 차라
리 자유로운 생활을 바란다는 의미)

## 47 生者假借也 假之而生 生者塵垢也 死生爲晝夜(外篇, 至樂)

【주석】〚假〛빌리다 가 〚借〛빌리다 차 〚塵〛티끌 진 〚垢〛때 구
〚晝〛낮 주

【국역】 삶이란 빌려 온 것이다. 그것을 빌려서 사니, 삶이란 먼지나 티끌이다. 그러므로 죽음과 삶은 낮과 밤(이 교대하는 것처럼 정해져 있는 것)이다.

48　褚小者 不可以懷大 綆短者 不可以汲深(外篇, 至樂)

【주석】 〖褚〗주머니 저 〖懷〗품다 회 〖綆〗두레박줄 경 〖汲〗물을 기르다 급
【국역】 주머니가 작은 것은 큰 것을 담을 수 없고, 두레박줄이 짧은 것은 깊은 물을 길을 수 없다(사람은 태어나면서 제각기 정해진 운명이 있음을 의미).

49　魚處水而生 人處水而死 彼必相與異其好惡 故異也(外篇, 至樂)

【주석】 〖處〗처하다 처 〖而〗그러면 이 〖故〗그러므로 고
【국역】 물고기는 물에 있으면 살지만, 사람은 물에 있으면 죽는다. 저것은 반드시 서로 더불어 그 좋아함과 싫어함이 다르기 때문이다. 그러므로 (각자의 행동이) 다른 것이다.

50　以瓦注者巧 以鉤注者憚 以黃金注者殙 其巧一也 而有所矜 則重外也 凡外重者 內拙(外篇, 達生)

【주석】 〖注〗치다 주(말뚝을 세워 두고 물건을 던져서 명중시키는

것) 〖鉤〗 고리 구 〖憚〗 꺼리다 탄 〖殙〗 흐리다 혼 〖矜〗 아
끼다 긍 〖重〗 소중히 여기다 중 〖拙〗 옹졸하다 졸

【국역】 기와로 던져 맞추는 것은 잘하나, 혁대 고리로 던져 맞추는
것은 꺼려서 잘 못 맞추고, 황금으로 던져 맞추는 것은 갈
피를 못 잡는다. 그 솜씨는 같으나, 물건을 아끼는 마음이
있으면 외물을 소중히 여기게 된다. 무릇 외물을 소중히 여
기면 마음은 위축된다.

---

**51**  人之取畏者 衽席之上 飮食之間 而不知爲之戒者 過也
(外篇, 達生)

【주석】 〖取〗 最의 誤字로 봄 〖衽〗 요 임 〖爲〗 삼다 위

【국역】 사람이 가장 걱정해야 하는 것은 (일상생활에서의) 남녀의
잠자리와 음식을 먹는 일이다. 그런데 그것을 경계로 삼을
줄 모르니, 잘못이다(먼 일은 걱정하고 신변의 일은 생각이
부족한 것을 이르고, 또한 色情과 음식에 대한 지나친 욕망
을 경계해야 함을 이름).

---

**52**  忘足 履之適也 忘要 帶之適也 知忘是非 心之適也(外
篇, 達生)

【주석】 〖履〗 신 구 〖適〗 적절하다 적 〖要〗 =腰 허리 요 〖帶〗 띠 대

【국역】 발을 잊게 해야 신 가운데 가장 좋은 것이요, 허리를 잊게
해야 허리띠 가운데 가장 좋은 것이요, 지혜가 시비를 잊게

해야 마음 가운데 가장 좋은 것이다.



**53** 昔者 有鳥止於魯郊 魯君悅之 爲具太牢 以饗之 奏九韶
以樂之 鳥乃始憂悲眩視 不敢飮食 此之謂以己養養鳥也
(外篇, 達生)

【주석】 〖者〗 시간＋者: 의미 없음 〖有〗 어떤 유 〖郊〗 성 밖 교
〖悅〗 기쁘다 열 〖爲〗 위하다 위 〖太牢(태뢰)〗 소, 양, 돼지
의 희생이 갖춰진 요리 〖饗〗 누리다 향 〖奏〗 연주하다 주
〖九韶(구소)〗 舜임금의 음악 〖眩〗 아찔하다 현(眩視: 놀라
서 조금도 눈동자를 굴리지 않고 바라보는 것)

【국역】 예전에 어떤 새가 노나라 교외에 앉았는데, 노나라 임금이
그것을 기뻐하여, 그 새를 위해 성대한 요리를 갖추어 그
새를 대접하고, 구소의 음악을 연주하여 그 새를 즐겁게 해
주려고 하였다. 그런데 새는 마침내 처음에는 걱정하고 슬
픈 듯하다가 눈만 껌뻑일 뿐 감히 먹거나 마시려고 하지 않
았다. 이것을 '자기를 보양하는 것으로 새를 기르려고 한
다.'고 하는 것이다.


**54** 直木先伐 甘井先竭(外篇, 山木)

【주석】 〖伐〗 베다 벌 〖竭〗 ＝渴 마르다 갈
【국역】 곧은 나무는 먼저 베이고, 단 우물은 먼저 마른다.

君子之交 淡若水 小人之交 甘若醴 君子淡以親 小人甘
以絶(外篇, 山木)

【주석】〖淡〗싱겁다 담 〖醴〗단술 례 〖以〗때문 이
【국역】군자의 사귐은 물처럼 담담하지만, 소인의 사귐은 단술처럼
　　　　달다. 군자는 담담하기 때문에 (더욱) 친해지고, 소인은 달
　　　　기 때문에 (오히려) 끊어진다.


56　見利而忘其眞(外篇, 山木)

【국역】이익을 보면 그 참을 잊는다.


57　入其俗 從其俗(外篇, 山木)

【국역】그 속세에 들어가면 그 속세를 따른다(入鄕隨俗과 같은 의미).


58　其美者自美 吾不知其美也 其惡者自惡 吾不知其惡也(外
篇, 山木)

【주석】〖美〗아름답다고 여기다 미 〖惡〗못생기다 악
【국역】(예쁜 여자와 못생긴 여자가 있는데) 그 예쁜 여자는 스스
　　　　로 아름답다고 여기는데(그래서 콧대가 세다), 나는 그녀가
　　　　아름다운지 모른다. 그 추한 여자는 스스로 못생겼다고 여
　　　　기는데(그래서 모든 일에 공손하다), 나는 그녀가 못생겼는

지 모른다(自慢心을 버리라는 것을 의미함).


59 兵莫憯于志 鎭鋣爲下(雜篇, 庚桑楚)

【주석】 〚兵〛 무기 병 〚憯〛 비통하다 참 〚志〛 본심 지 〚鎭鋣(막
야)〛 名劍의 이름

【국역】 병기 중에 마음보다 더 잔혹한 것은 없으니, 막야도 (그것
과 비교하면) 아래가 된다.


60 有國於蝸之左角者 曰觸氏 有國於蝸之右角者 曰蠻氏 時相
與爭地而戰 伏尸數萬 逐北 旬有五日而後反(雜篇, 則陽)

【주석】 〚蝸〛 달팽이 와 〚觸〛 부딪치다 촉 〚蠻〛 오랑캐 만 〚尸〛
주검 시 〚逐〛 쫓다 축 〚北〛 달아나다 배 〚旬〛 열흘 순
〚反〛 =返 돌아오다 반

【국역】 달팽이의 왼쪽 뿔에 나라가 있었는데 촉씨라고 하고, 달팽
이의 오른쪽 뿔에 나라가 있었는데 만씨라고 한다. 그때 서
로 땅을 다투며 전쟁을 했는데, 엎어진 시체가 수만 명이었
고, 도망치는 적을 쫓아 15일 동안이나 지난 뒤에야 돌아오
곤 했다(여기에서 蝸角之爭, 觸蠻之爭이란 고사가 나옴).


61 蘧伯玉行年六十而六十化(雜篇, 則陽)

【주석】 〚蘧伯玉(거백옥)〛 춘추시대 衛나라의 賢人(蘧 패랭이꽃

거) 〖化〗 바뀌다 화

【국역】 거백옥은 나이 60이 되기까지 60번이나 (인생에 대한 생각
이) 바뀌었다(지금 옳다고 생각하는 것이 내년이면 잘못되
어 버려야 할지도 모른다).



夫地非不廣且大也　人之所用容足耳　然則厠足而墊之　致
黃泉　人尙有用乎(雜篇, 外物)

【주석】 〖夫〗 저 부 〖容〗 받아들이다 용 〖耳〗 ∼뿐이다 이 〖厠〗
가 측 〖墊〗 파다 점 〖致〗 이르다 치 〖黃泉(황천)〗 땅의 가
장 밑바닥 〖尙〗 오히려 상
【국역】 저 땅은 넓고 크지 않은 것이 아니지만, 사람이 필요한 것
은 발을 받아들일 (정도의 넓이) 뿐이다. 그렇다면 발 가(발
을 디딜 부분의 나머지)를 파서 황천에 이르는 것이 (우리
가 앞으로 나아가는 데에) 사람에게 오히려 유용하겠는가?
(無用한 것이 참된 用임을 의미함)



筌者所以在魚　得魚而忘筌(雜篇, 外物)

【주석】 〖筌〗＝筌 통발 전 〖所以(소이)〗 도구
【국역】 통발은 고기를 잡는 도구이다. 그러나 고기를 얻으면 통발
을 잊는다(목적이 달성되면 도구는 버려진다는 의미로, 兎
死狗烹과 같은 의미).

## 64

今且有人於此　以隨侯之珠　彈千仞之雀　世必笑之　是何
也　則其所用者重　而所要者輕也(雜篇, 讓王)

【주석】〖且〗만약 차 〖隨〗周대의 나라이름으로 寶珠가 산출됨
〖彈〗쏘다 탄 〖仞〗팔척 인 〖雀〗참새 작 〖笑〗비웃다 소
〖要〗목 요

【국역】만약 여기에 사람이 있는데, 수나라 제후의 구슬로써 높은
곳의 참새를 쏜다면 세상 사람들은 반드시 그를 비웃을 것
이다. 왜냐하면 그 사용한 것(수단)은 귀중하고, 중요한 것
(목적)은 하찮은 것이기 때문이다.


65

知足者　不以利自累也　審自得者　失之而不懼　行修於內者
無位而不怍(雜篇, 讓王)

【주석】〖以〗때문 이 〖累〗누 끼치다 루 〖審〗살피다 심 〖懼〗두
려워하다 구 〖怍〗부끄러워하다 작

【국역】만족을 아는 자는 이익 때문에 스스로 누를 끼치지 않는다.
살펴보니, 스스로 터득한 자는 잃는 것이 있어도 두려워하
지 않는다. 행동이 마음으로부터 닦여 있는 자는 지위가 없
어도 부끄러워하지 않는다.

66 人上壽百歲 中壽八十 下壽六十 除病瘦死喪憂患 其中開口而笑者 一月之中 不過四五日而已矣(雜篇, 盜跖)

【주석】 〖除〗제하다 제 〖瘦〗파리하다 수 〖而已矣(이이의)〗～뿐이다

【국역】 사람이 가장 긴 수명은 100세요, 다음은 80세요, 다음은 60세이다. 병들어 파리하고 죽어 장사 지내고 근심하는 시간을 제외하면, 그중에 입을 열고 웃을 수 있는 날은 한 달 중에 4·5일에 지나지 않는다.


67 無恥者富 多信者顯 夫名利之大者 幾在無恥而信(雜篇, 盜跖)

【주석】 〖恥〗부끄럽다 치 〖信〗言의 誤字로 봄 〖顯〗지위가 높다 현 〖幾〗거의 기

【국역】 부끄러움이 없는 자는 부자가 되고, 말이 많은 자는 지위가 높아진다. 무릇 큰 명예나 이익은 거의 부끄러움이 없거나 말이 많음에 달려 있다.


68 財積而無用 服膺而不舍 滿心戚醮 求益而不止 可謂憂矣(雜篇, 盜跖)

【주석】 〖服膺(복응)〗잘 지켜 잠시도 잊지 않음(服 생각하다 복 膺 가슴 응) 〖舍〗=捨 쉬다 사 〖戚〗근심하다 척 〖醮〗=

憔 근심하다 초

【국역】 재물이 쌓여 쓸 수가 없는데도, (재산 모으는 일을) 잠시도
잊지 않고 쉬지 않는다. 마음에 근심이 가득 찼는데도, 더
구하며 그치지 않으니, (스스로) 걱정을 (만드는 것)이라 말
할 수 있다.

**69** 知道易 勿言難 知而不言 所以之天也 知而言之 所以之
人也(雜篇, 列御寇)

【주석】 〚易〛쉽다 이 〚所以(소이)〛 방법
【국역】 도를 알기는 쉬우나, 말하지 않기가 어렵다. 알면서도 말하
지 않는 것은 天(天眞)으로 가는 방법이요, 알자마자 그것
을 말하는 것은 人(세속)으로 가는 방법이다.

**70** 孔子曰 凡人心險於山川 難於知天 天猶有春夏秋冬旦暮
之期 人者厚貌深情(雜篇, 列御寇)

【주석】 〚險〛위태롭다 험 〚猶〛오히려 유 〚旦〛아침 단 〚期〛기
약 기 〚厚〛두텁다 후 〚貌〛모습 모
【국역】 공자가 말하기를 "무릇 사람의 마음은 산천보다 위험하며,
하늘을 아는 것보다 어렵다. 하늘은 오히려 봄·여름·가을
·겨울·아침·저녁의 기약이 있으나, 인간은 용모를 두터이
하고 마음을 깊이 (감추어) 둔다." 하였다.

| 71 | 正考父一命而傴 再命而僂 三命而俯 循牆而走 孰敢不軌(雜篇, 列御寇) |

【주석】〖正考父(정고보)〗孔子 10대 전의 선조 〖傴〗구부리다 구
〖僂〗구부리다 루 〖俯〗숙이다 부 〖循〗따르다 순 〖牆〗
담장 장 〖走〗~를 향해 가다 주 〖軌〗본보기 궤

【국역】정고보는 처음 명을 받아 임명되자 (몸을) 구부렸고, 다시
명을 받아 임명되자 (벼슬이 높아지자) 더 굽혔고, 세 번 명
을 받다 임명되자 (벼슬이 더 높아지자) 더 구부렸다. (또
길을 가며 수레를 몰 때) 담장을 따라갔으니, 누가 감히 본
받지 않겠는가?


| 72 | 河上有家貧恃緯蕭而食者 其子沒於淵 得千金之珠 其父謂其子曰 取石來 鍛之(雜篇, 列御寇) |

【주석】〖上〗가 상 〖恃〗믿다 시 〖緯〗짜다 위 〖蕭〗쑥 소 〖沒〗
잠기다 몰 〖鍛〗치다 단

【국역】황하 가에 집이 가난하여 쑥을 짜서(삼태기를 만든다는 의
미) 먹는 집이 있었다. 그 아들이 연못에 들어가 천금의 값
이 나가는 진주를 얻어 오자, 그 아버지가 그 아들에게 말
하기를 "돌을 가져와라. 그것을 부수어야 한다." 하였다.

【주석】〚方〛바야흐로 방 〚睨〛기울다 예

【국역】해는 바야흐로 중천에 떠오르자 바야흐로 기울고, 생물은
　　　　바야흐로 태어나자 바야흐로 죽어가고 있다(지상에서의 모
　　　　든 營爲는 相對的임을 의미).

《法句經》[12]

---

12) 이 책은 기원전 3, 4세기경에 엮어진 것으로 추정되며, 法은 진리를, 句는 말씀을 옮겨 놓은 것으로, 《法句經》이란 '진리의 말씀'이란 뜻이다. 이 책은 모두 39品으로 나뉘어 있으며, 불교입문의 指針書가 되고 있다.

# 法句經

1 如河駛流 往而不返 人命如是 逝者不還(無常品)

【주석】 〖駛〗빠르다 사 〖返〗돌아오다 반 〖是〗이 시 〖逝〗가다 서

【국역】 물이 빠르게 흘러가서, 가면 돌아오지 않는 것과 같이, 사람의 생명도 이와 같아서, 가면 돌아오지 않는다.


2 常者皆盡 高者亦墮 合會有離 生者有死(無常品)

【주석】 〖墮〗떨어지다 타 〖離〗떠나다 리

【국역】 항상 된 것은 모두 없어지고, 높이 있는 것도 떨어진다. 만나면 이별이 있고, 태어난 것에는 죽음이 있다.


3 稊稗害禾 多欲妨學 耘除衆惡 成收必多(敎學品)

【주석】 〖稊〗피 제 〖稗〗피 패 〖欲〗=慾 〖妨〗방해하다 방 〖耘〗김매다 운 〖除〗덜다 제

【국역】 피가 벼를 해치듯이, 많은 욕심이 배움을 방해한다. 모든 악을 김매어 제거하면, 수확을 이룸이 반드시 많을 것이다.

| 4 | 若多少有聞 自大以憍人 是如盲執燭 炤彼不自明(多聞品) |

**【주석】** 〖若〗만약 약 〖多少(다소)〗약간 〖以〗＝而 〖憍〗교만하다
교 〖盲〗소경 맹 〖執〗잡다 집 〖燭〗촛불 촉 〖炤〗비추다 소

**【국역】** 만약 다소 들은 것이 있다 하여, 스스로 큰 체하고 남에게
교만하면, 이는 맹인이 촛불을 잡고 그를 비추어도 스스로
밝지 못함과 같은 것이다.

| 5 | 酒致失志 爲放逸生 後墮惡道 無誠不眞(慈仁品) |

**【주석】** 〖致〗이르다 치 〖放〗방탕하다 방 〖逸〗안일하다 일
〖墮〗떨어지다 타 〖惡道(악도)〗현세에서 惡業을 쌓은 것
때문에 죽어서 가야 할 고통의 세계. 地獄, 餓鬼, 畜生을 3
惡道라 함

**【국역】** 술은 뜻을 잃게 하여 방탕하고 안일한 삶을 살다가, 뒤에
악도에 떨어지게 하니, 정성이 없으면 참되지 않는다.

| 6 | 夫士之生 斧在口中 所以斬身 由其惡言(言語品) |

**【주석】** 〖夫〗대저 부 〖斧〗도끼 부 〖所以(소이)〗도구 〖斬〗베다 참

**【국역】** 대저 사람이 태어날 때 도끼가 입속에 있어, 몸을 베는 도
구가 되니, 나쁜 말에 말미암기 때문이다.

7 不好責彼 務自省身 如有知此 永滅無患(雙要品)

【주석】 〖不〗＝勿 〖責〗꾸짖다 책 〖務〗힘쓰다 무 〖省〗살피다 성
　　　　〖如〗만약 여 〖滅〗멸하다 멸(불교에서는 涅槃으로 쓰임)

【국역】 남을 책망하기를 좋아하지 말고, 스스로 자신을 살피기를
　　　　힘써라. 만약 이것을 안다면, 영원히 (번뇌를) 없애서 근심
　　　　이 없을 것이다.


8 愚曚愚極 自謂我智 愚而勝智 是謂極愚(愚闇品)

【주석】 〖曚〗어리석다 몽 〖極〗지극하다 극 〖謂〗이르다 위
　　　　〖是〗이 시

【국역】 매우 어리석어 어리석음이 지극하나, 스스로 나는 지혜롭다
　　　　고 말한다. 어리석으면서 지혜를 이기려는 것, 이것을 지극
　　　　히 어리석다고 말한다.


9 弓工調角 水人調船 材匠調木 智者調身(明哲品)

【주석】 〖調〗길들이다 조 〖船〗배 선 〖匠〗장인 장

【국역】 활 만드는 장인은 뿔을 다루며, 물에 사는 사람은 배를 다
　　　　루며, 목재를 다루는 장인은 나무를 다루며, 지혜로운 자는
　　　　몸을 다룬다.

| 10 | 譬如厚石 風不能移 智者意重 毁譽不傾(明哲品) |

【주석】 〖譬〗비유하다 비 〖厚〗두텁다 후 〖移〗옮기다 이 〖毁〗
험담하다 훼 〖譽〗기리다 예 〖傾〗기울다 경

【국역】 비유하자면 단단한 돌은 바람이 옮기지 못하는 것같이, 지혜
로운 자는 뜻이 무거워 비방과 칭찬에 기울어지지 않는다.

| 11 | 貞祥見禍 其善未熟 至其善熟 必受其福(惡行品) |

【주석】 〖貞〗곧다 정 〖祥〗선하다 상 〖見〗=被 〖熟〗익다 숙

【국역】 곧고 선한 사람이 재앙을 입는 것은 그 선이 아직 익지 않은
때문이다. 그 선이 익기에 이르면, 반드시 그 복을 받는다.

| 12 | 擊人得擊 行怨得怨 罵人得罵 施怒得怒(惡行品) |

【주석】 〖擊〗치다 격 〖罵〗꾸짖다 매 〖施〗베풀다 시

【국역】 남을 때리면 때림을 얻고, 원한을 행하면 원한을 얻는다. 남
을 꾸짖으면 꾸짖음을 얻고, 노여움을 베풀면 노여움을 얻
는다.

| 13 | 莫輕小惡 以爲無殃 水滴雖微 漸盈大器 凡罪充滿 從小 積成(惡行品) |

【주석】 〖輕〗가볍게 여기다 경 〖以爲(이위)〗생각하다 〖殃〗재앙

앙 〚淌〛 물방울 제 〚漸〛 점차 점 〚凡〛 무릇 범 〚從〛 ~부
터 종 〚積〛 쌓다 적

【국역】 작은 악을 가볍게 여겨 재앙이 없다고 생각하지 말라. 물방
울이 비록 작아도 점점 큰 그릇을 채운다. 무릇 죄가 가득
한 것은 작은 것부터 쌓아 이루어진 것이다.

**14   身死神徙 如御棄車 肉消骨散 身何可怙(老耗品)**

【주석】 〚神〛 정신 신 〚徙〛 옮기다 사 〚御〛 부리다 어 〚消〛 사라
지다 소 〚怙〛 믿다 호

【국역】 몸이 죽고 정신이 옮겨지면, 수레를 모는 자가 수레를 버리
는 것과 같은 것이다. 살이 썩어 없어지고 뼈는 흩어질 것
이니, 몸을 어찌 믿을 수 있겠는가?

**15   萬物如泡 意如野馬 居世若幻 奈何樂此(世俗品)**

【주석】 〚泡〛 물거품   포 〚野馬(야마)〛 아지랑이 〚幻〛 허깨비   환
〚奈〛 어찌 나(내)

【국역】 만물은 물거품과 같고, 마음은 아지랑이 같으며, 세상에 사
는 것은 허깨비 같으니, 어떻게 이것을 즐거워하겠는가?

**16   癡覆天下 貪令不見 邪疑却道 苦愚從是(世俗品)**

【주석】 〚癡〛 어리석다 치 〚覆〛 덮다 부 〚貪〛 탐내다 탐 〚令〛 =

使〚疑〛의심하다　의〚却〛물리치다　각〚苦〛괴롭다　고
〚是〛이 시

【국역】어리석음이 천하를 덮고, 탐욕은 (도를) 보지 못하게 하며,
사악한 의심이 도를 물리치니, 괴로움과 어리석음이 여기에
서 생긴다.

---

**17**　勝則生怨　負則自鄙　去勝負心　無爭自安(安寧品)

【주석】〚負〛지다 부 〚鄙〛마음이 비루하다 비 〚去〛제거하다 거
〚爭〛다투다 쟁 〚自〛저절로 자

【국역】이기면 원한이 생기고, 지면 스스로 비굴해진다. 승부의 마
음을 제거하여 다툼이 없으면 저절로 편안해진다.

---

**18**　不當趣所愛　亦莫有不愛　愛之不見憂　不愛見亦憂(好喜品)

【주석】〚不〛＝勿 〚趣〛빨리 달려가다 취

【국역】마땅히 사랑하는 것에 달려가지도 말고, 또한 사랑하지 않
음도 없게 하라. 사랑하는 것이 보이지 않아도 근심하고, 사
랑하지 않은 것이 보여도 근심한다.

---

**19**　貪欲生憂　貪欲生畏　解無貪欲　何憂何畏(好喜品)

【주석】〚貪〛탐내다 탐 〚欲〛＝慾 〚何〛무엇 하

【국역】탐욕이 근심을 낳고, 탐욕이 두려움을 낳는다. 여기에서 벗어

나 탐욕이 없으면, 무엇을 근심하고 무엇을 두려워하겠는가?

<br>

| 20 | 人相謗毀 自古至今 旣毀多言 又毀訥忍 亦毀中和 世無不毀(忿怒品) |

【주석】 〖謗〗비방하다 방 〖毀〗험담하다 훼 〖自〗~부터 자 〖至〗~까지 〖旣〗이미 기 〖訥〗말 적다 눌 〖中和(중화)〗치우치지 않고 조화를 이룸

【국역】 사람이 서로 헐뜯어서 예로부터 지금까지 이르렀다. 말이 많다고 헐뜯고, 또 참으며 말이 적다고 헐뜯으며, 또 치우치지 않고 조화롭다고 헐뜯으니, 세상에는 헐뜯지 않음이 없다.

<br>

| 21 | 火莫熱於婬 捷莫疾於怒 網莫密於癡 愛流駛乎河(塵垢品) |

【주석】 〖莫+형용사, 동사+於〗~보다 더 ~한 것은 없다 〖熱〗뜨겁다 열 〖婬〗=淫 음탕하다 음 〖捷〗빠르다 첩 〖疾〗빠르다 질 〖網〗그물 망 〖癡〗어리석다 치 〖駛〗빠르다 사 〖乎〗=於 ~보다 호

【국역】 불 가운데 음욕보다 더 뜨거운 것은 없고, 빠르기 중에 노여움보다 더 빠른 것이 없으며, 그물 가운데 어리석음보다 더 빽빽함은 없고, 愛慾의 흐름은 강물보다 빠르다.

| 22 | 貪婬致老 瞋恚致病 愚癡致死 除三得道(道行品) |

【주석】 〖致〗이르다 치 〖瞋〗성내다 진 〖恚〗성내다 에 〖癡〗어리석다 치 〖除〗덜다 제

【국역】 음탕함을 탐함은 늙음에 이르고, 성냄은 병에 이르고, 어리석음은 죽음에 이른다. 이 세 가지를 제거하면 도를 얻게 된다.

| 23 | 不自放恣 從是多寤 羸馬比良 棄惡爲賢(象喩品) |

【주석】 〖放〗방자하다 방 〖恣〗방자하다 자 〖從〗ᅳ부터 종 〖寤〗깨닫다 오 〖羸〗파리하다 리 〖比〗견주다 비 〖良〗좋다 량

【국역】 스스로 방자하지 않으면, 이로부터 깨달음이 많고, 파리한 말이 좋은 말이 되는 것처럼 악을 버려 어진 이가 된다.

| 24 | 心可則爲欲 何必獨五欲 違可絶五欲 是乃爲勇士(愛欲品) |

【주석】 〖可〗좋다고 여기다 가 〖欲〗=慾 〖五欲(오욕)〗財物慾, 女色慾, 飮食慾, 名譽慾, 睡眠慾 〖違〗피하다 위 〖是〗이 시

【국역】 마음에 좋다고 생각하는 것이 곧 욕심이 되니, 어찌 반드시 유독 5욕뿐이랴? 좋다고 생각하는 것을 버려서 오욕을 끊으면, 이것이 바로 용사가 되는 길이다.

| 25 | 嫉先創己 然後創人 擊人得擊 是不得除(利養品) |

【주석】 〖嫉〗시기하다 질 〖創〗다치다 창 〖得〗~할 수 있다 득
　　　　〖除〗덜다 제

【국역】 시기함은 먼저 자신을 해치고, 그런 뒤에 남을 해친다. 남을
　　　　때리면 때림을 받으니, 이것(시기함)을 없앨 수 없다.


| 26 | 不慢不自大 知足念反復 以時誦習經 是爲最吉祥(吉祥品) |

【주석】 〖慢〗교만하다 만 〖大〗크다고 여기다 대 〖足〗만족 족
　　　　〖誦〗외우다 송 〖經〗경서 경 〖吉祥(길상)〗길하고 상서로
　　　　운 것

【국역】 교만하지 않고 스스로 큰 체하지 않으며, 만족을 알아 반복
　　　　해서 생각하며, 때로 經典을 외워 익히면, 이것이 가장 길
　　　　하고 상서로운 것이 된다.

〈우리나라 先人들의 格言〉

# 우리나라 先人들의 格言

---

**1** 　天之假助不善 非祚之也 厚其凶惡 而降之罰
　　　（崔致遠 857〜?, ≪桂苑筆耕集≫）

【주석】 〖假〗잠시 가 〖祚〗복 내리다 조 〖厚〗두터이 하다 후
　　　　〖降〗내리다 강 〖罰〗벌 벌

【국역】 하늘이 잠시 나쁜 자를 도와주는 것은 그에게 복을 내리려
　　　　는 것이 아니라, 그의 흉악함을 쌓게 하여 그에게 벌을 내
　　　　리려는 것이다.

---

**2** 　智者成之於順時 愚者敗之於逆理（崔致遠, ≪桂苑筆耕集≫）

【주석】 〖順〗따르다 순 〖逆〗거스르다 역 〖理〗이치 리

【국역】 지혜로운 사람은 때를 따르는 것에서 일을 이루고, 어리석
　　　　은 사람은 이치를 거스르는 것에서 일을 어그러뜨린다.

**3** 騏驥之足 一日千里 駑馬十駕亦至 溪澗之水 萬折而東流
終至於海(李仁老 1152〜1220, ≪東文選≫)

【주석】 〖騏〗준마 기 〖驥〗준마 기 〖駑〗둔하다 노 〖駕〗멍에 지
우다 가 〖澗〗산골 물 간 〖折〗꺾다 절 〖終〗마침내 종
【국역】 천리마의 발이 하루에 천 리를 달리는데 노둔한 말이라도
10배를 달리면 또한 따를 수 있고, 계곡의 물도 만 번을 굽
이치면 동쪽으로 흐르다가 마침내 바다에 이르게 된다.


**4** 思之勿深 深則多疑 商酌折衷 三思最宜
(李奎報 1168〜1241, ≪東國李相國集≫)

【주석】 〖商〗헤아리다 상 〖酌〗참작하다 작 〖折〗꺾다 절 〖衷〗
알맞다 충
【국역】 무언가 생각하기를 깊게 하지 말라. 깊게 하면 의심이 많게
된다. 참작하고 절충하여, 세 번쯤 생각하는 것이 가장 적당
하다.


**5** 常直不弓 被人怒嗔 能曲如磬 遠辱於身 惟人禍福 係爾
屈伸(李奎報, ≪東國李相國集≫)

【주석】 〖被〗입다 피 〖嗔〗성내다 진 〖磬〗경쇠 경 〖辱〗수치 욕
〖係〗매다 계 〖爾〗너 이 〖屈〗굽히다 굴 〖伸〗펴다 신
【국역】 항상 곧기만 하고 활처럼 굽히지 않으면 남의 노여움을 받

게 되고, 경쇠처럼 굽힐 수 있으면 몸에서 수치를 멀리할 수
있다. 오직 사람의 화복은 너의 펴고 굽힘에 달린 것이다.

## 6  慕而學之 則雖不得其實 亦庶幾矣
(李奎報, 《東國李相國集》)

【주석】 〖慕〗 사모하다 모 〖實〗 참 실 〖庶幾(서기)〗 거의 되려 함
【국역】 사모하여 그것을 배우면 비록 그 실상을 얻지는 못한다 하
더라도, 또한 거기에 가깝게는 될 것이다.

## 7  器盈則覆 物之常理(李奎報, 《東國李相國集》)

【주석】 〖盈〗 차다 영 〖覆〗 엎어지다 복 〖理〗 이치 리
【국역】 그릇이 가득 차면 넘치는 것은 사물의 떳떳한 이치이다.

## 8  視蝸角如牛角 齊斥鷃爲大鵬(李奎報, 《東國李相國集》)

【주석】 〖蝸〗 달팽이 와 〖齊〗 가지런하다 제 〖斥鷃(척안)〗 메추리
〖鵬〗 붕새 붕
【국역】 달팽이 뿔을 쇠뿔과 같이 보고, 메추리를 큰 붕새와 동일하
게 보아라(萬物齊同을 의미함).

【주석】 〚屈〛 굽히다 굴 〚伸〛 펴다 신 〚無以(무이)〛 ～할 수 없다
〚靜〛 고요하다 정

【국역】 굽히기만 하고 펴지 못하면 그 고요함을 지킬 수 없으며,
펴기만 하고 굽히지 못하면 그 움직임을 지킬 수 없다.




【주석】 〚由〛 말미암다 유 〚反〛 반성하다 반

【국역】 불행은 자신에게서 말미암는 것이니, 어찌 스스로 반성하지
않으랴?




【주석】 〚莫〛 없다 막 〚背〛 저버리다 배 〚約〛 약속 약

【국역】 약속을 저버리는 것보다 더 (큰) 불신은 없다.




【주석】 〚逐〛 쫓다 축 〚鹿〛 사슴 록 〚攫〛 움켜쥐다 확 〚察〛 살피
다 찰 〚秋毫(추호)〛 매우 작음 〚轝〛 ＝輿 수레 여 〚薪〛 땔

나무 신〔專〕 오로지하다 전 〔暇〕 겨를 가

【국역】 사슴을 쫓아가면 산을 보지 못하고, 금을 움켜쥘 때는 사람
　　　도 보이지 않고, 아주 작은 것을 살피면서도 수레의 나뭇짐
　　　을 보지 못하니, 이것은 마음에 쏠리는 것이 있어 눈이 다
　　　른 데를 볼 겨를이 없기 때문이다.

---

**13**　以賢臨人則人不與　以智矜人則人不助(鄭道傳　?〜1398,
《三峯集》)

【국역】 〔與〕 허락하다 여 〔矜〕 자랑하다 긍
【국역】 (자신이) 어질다 자처함으로써 남을 대하면 남이 인정하지
　　　않고, (자신이) 지혜롭다 자처함으로써 남에게 자랑하면 남
　　　이 도와주지 않는다.

---

**14**　衆心不一　無以整部伍　衆力不一　無以勝敵人(鄭道傳,
《三峯集》)

【주석】 〔無以(무이)〕 〜할 수 없다 〔整〕 정돈하다 정 〔部伍(부
　　　오)〕 軍中의 隊伍(部 떼 부 伍 대열 오) 〔敵〕 적 적
【국역】 여러 사람의 마음이 하나로 뭉치지 않으면 隊伍를 정돈할
　　　수 없고, 여러 사람의 힘이 하나로 합치지 않으면 적군을
　　　이길 수 없다.

15 英雄豪傑有建功於世者 多不能保其終(鄭道傳, ≪三峰集≫)

【주석】 〖英〗 뛰어난 사람 영 〖豪〗 뛰어난 사람 호 〖傑〗 준걸 걸

【국역】 영웅·호걸로 세상에 공을 세운 사람 중에 그 끝을 보전할
수 없었던 사람이 많다.

16 賞而當其功 則爲善者勸 刑而當其罪 則爲惡者懲矣(鄭道
傳, ≪三峰集≫)

【주석】 〖賞〗 상 주다 상 〖當〗 당하다 당 〖勸〗 권하다 권 〖刑〗 벌
주다 형 〖懲〗 징계하다 징

【국역】 상을 주는데 그만 한 공이 있는 사람에게 주면 착한 일을
하는 자가 권장될 것이며, 벌을 내리는데 그만 한 죄를 진
사람에게 내리면 악한 일을 하는 자가 징계될 것이다.

17 無其實而有其名 鬼神惡之 雖有其實 自暴於外 則爲人所
怒(鄭道傳, ≪三峰集≫)

【주석】 〖實〗 참 실 〖惡〗 미워하다 오 〖暴〗 나타내다 폭 〖爲A所
B〗 A에게 B되다

【국역】 그 실상이 없으면서 그 이름만 있으면 귀신도 그를 미워하
고, 비록 그 실상이 있더라도 스스로 밖에 드러내면 남들이
성낸다.

| 18 | 孝爲百行之源也  人得養生喪葬之宜  以盡事親之道  然後<br>可謂孝也(李詹  1345∼1405, 《東文選》) |

【주석】 〖行〗행동 행 〖源〗근원 원 〖葬〗장사 지내다 장 〖事〗섬
기다 사 〖謂〗말하다 위

【국역】 효도는 모든 행실의 근원이다. 사람으로서 살아 있는 (부모
를) 봉양하고 (죽으면) 장사를 지내는 마땅함을 얻어서 어버
이 섬기는 도를 다한 뒤에야 효라고 할 수 있다.


| 19 | 天有五行  萬物化生  得其秀者  有人之名<br>(權近  1352∼1409, 《陽村集》) |

【주석】 〖五行(오행)〗水·火·木·金·土 〖化〗변화  화 〖秀〗빼
어나다 수

【국역】 하늘에 오행이 있어 만물이 변화하고 생겨나니, 그중에서
빼어난 것을 얻은 것이 사람이라 일컫는다.


| 20 | 山水遊觀  惟心無私累  然後可以樂其樂也(權近, 《陽村集》) |

【주석】 〖遊〗놀다 유 〖累〗걱정 루 〖可以(가이)〗∼할 수 있다

【국역】 산수를 유람하는 데에는 오직 마음에 사사로운 걱정이 없는
뒤에야 그 즐거움을 즐길 수 있다.

21    適遠自邇 升高自卑 萬里之往 一擧足時 愼勿却步 求至 於斯(權近, 《陽村集》)

【주석】 〖適〗가다 적 〖遠〗멀다 하 〖自〗〜부터 자 〖邇〗가깝다 이 〖升〗오르다 승 〖卑〗낮다 비 〖却〗물러나다 각 〖斯〗이 사

【국역】 먼 곳을 가려면 가까운 곳에서부터 시작하고, 높은 데 오르려면 낮은 데서부터 시작해야 한다. 만 리 길도 한 걸음부터니, 삼가 물러서지 말고 여기에서 (만 리에) 이르기를 구하라.

22    操則存 捨則亡者 此心也(權近, 《陽村集》)

【주석】 〖操〗잡다 조 〖捨〗놓다 사

【국역】 잡으면 있고 놓으면 없어지는 것, 이것이 마음이다.

23    木之生久 則必聳乎巖壑 水之流久 則必達乎溟渤 (河崙 1347〜1416, 〈名子說〉)

【주석】 〖聳〗솟다 용 〖壑〗골짜기 학 〖達〗이르다 달 〖溟〗바다 명 〖渤〗바다 발

【국역】 나무가 오래 자라면 반드시 바위나 골짜기에 우뚝하고, 물이 오래 흐르면 반드시 바다에 도달한다.

24 　爲治之道 莫切於修德 弭災之要 尤切於恤民
(卞季良 1369~1430, ≪春亭集≫)

【주석】 〚切〛 절실하다 절 〚弭〛 그치다 미 〚災〛 재앙 재 〚要〛 요
점 요 〚尤〛 더욱 우 〚恤〛 구휼하다 휼

【국역】 (나라를) 다스리는 도는 덕을 닦는 것보다 더 절실한 것이
없고, 재앙을 그치게 하는 요점은 백성을 구제하는 것이 더
욱 절실하다.


25 　始也以善補過 終焉入於無過之地矣(卞季良, ≪春亭集≫)

【주석】 〚補〛 보충하다 보 〚焉〛=也 중간에 쓰여 정지를 나타냄
〚地〛 장소 지

【국역】 처음에 선으로 허물을 보완하면, 끝내는 허물이 없는 곳에
들어가게 된다.


26 　哲人之愚 默焉而其心已融 不愚而愚 有焉若無(朴彭年
1417~1456, ≪朴先生遺稿≫)

【주석】 〚哲〛 밝다 철 〚默〛 입 다물다 묵 〚焉〛 의성어나 의태어를
만듦 〚融〛 통하다 융

【국역】 철인은 바보처럼 묵묵한데도 그 마음은 이미 통하고 있다
(마음 깊이 알면서도 아무 말이 없다). 어리석지 않으나 어
리석은 듯하고, 있는데도 없는 듯하다.

## 27

古諺云 一人善射 百夫決拾 言效之者衆也

(金宗直 1431〜1492, 《佔畢齋集》)

【주석】 〖諺〗 상말 언 〖射〗 쏘다 사 〖夫〗 사내 부 〖決〗 깍지 결(활 쏠 때 오른쪽 엄지손가락에 끼우는 기구) 〖拾〗 팔찌 습(활 쏠 때 왼팔 소매를 걷어 올리는 띠) 〖效〗 본받다 효

【국역】 옛말에 이르기를 "한 사람이 활을 잘 쏘면, 백 사람이 깍지와 팔찌(를 정비한다)."고 하였으니, 그것을 본받는 자가 많음을 말한 것이다.


28

欲子孫之佳 人之至願 而顧多徇情愛而忽訓勅 是猶不耘苗而望禾熟 寧有是理(李滉 1501〜1570, 《退溪集》)

【주석】 〖欲〗 바라다 욕 〖佳〗 좋다 가 〖至〗 지극하다 지 〖顧〗 도리어 고 〖徇〗 좇다 순 〖忽〗 소홀하다 홀 〖勅〗 타이르다 칙 〖猶〗 같다 유 〖耘〗 김매다 운 〖苗〗 싹 묘 〖熟〗 익다 숙 〖寧〗 어찌 녕

【국역】 자손이 훌륭하기를 바라는 것은 사람의 지극한 바람이지만, 도리어 애정에만 이끌려 가르치고 타이르기를 소홀히 하는 경우가 많다. 이것은 싹을 김매지 않고 벼가 익기를 바라는 것과 같으니, 어찌 이런 이치가 있을 수 있겠는가?

**29**  不能舍己從人 學者之大病 天下之義理無窮 豈可是己而
非人(李滉, 《退溪集》)

【주석】 〚舍〛＝捨 놓다 사 〚窮〛 다하다 궁 〚非〛 그르다 비

【국역】 자기를 버리고 남을 따를 수 없는 것은 배우는 사람의 큰
병이다. 천하의 의리는 끝이 없으니, 어찌 자기만을 옳다고
하고 남을 그르다고 할 수 있겠는가?


**30**  學要勤 且須成誦 不可放過 讀而思 思而作 皆要勤 又不
可廢一(奇大升 1527~1572, 《高峯集》)

【주석】 〚要〛 반드시 요 〚須〛 모름지기 수 〚誦〛 외우다 송 〚放〛
멋대로 하다 방 〚廢〛 폐하다 폐 〚可〛 ～해야 한다 가

【국역】 학문은 반드시 부지런해야 하고, 또 모름지기 외워야 하며,
슬쩍 지나쳐서는 안 된다. 읽으면서 생각하고, 생각하면서
짓는데, 모두 반드시 부지런히 해야 하며, 또 그중에 한 가
지라도 폐해서는 안 된다.


**31**  行有淺深 因跡而著 跡有異同 因心而見(奇大升, 《高峯集》)

【주석】 〚淺〛 얕다 천 〚因〛 말미암다 인 〚跡〛 자취 적 〚著〛 나타
나다 저 〚見〛 나타나다 현

【국역】 행동에는 얕고 깊은 것이 있는데 그것은 자취로 인하여 드
러나고, 자취는 같고 다른 것이 있는데 그것은 마음으로 인

하여 드러난다.


## 32

**何謂處世之道 窮不失義 達不離道 而用捨不隨乎時 行藏惟其所宜也(奇大升,《高峯集》)**

【주석】 〖謂〗말하다 위 〖達〗영화를 누리다 달 〖離〗떠나다 리 〖處〗처하다 처 〖捨〗버리다 사 〖藏〗감추다 장 〖惟〗오직 유

【국역】 무엇을 세상에 처하는 도라고 하는가? 곤궁해도 의를 잃지 않고, 현달하여도 도를 떠나지 않으며, 쓰이고 버림받는 것은 시기를 따르지 않고, (나가서 도를) 행하거나 은거하는 것은 오직 그 마땅한 대로만 하는 것이다.


**羣輕折軸 積羽沈舟(奇大升,《高峯集》)**

【주석】 〖群〗무리 군 〖折〗꺾다 절 〖軸〗굴대 축(수레바퀴 한가운데의 구멍에 끼는 긴 나무)

【국역】 많은 가벼운 물건도 (많이 실으면) 수레의 굴대를 부러뜨리고, 쌓은 새털도 (많이 실으면) 배를 침몰시킨다.


**夫士生於世 或出或處 或遇或不遇 歸潔其身 行其義而已 禍福非所論也(奇大升,《高峯集》)**

【주석】 〖夫〗발어사 부 〖出處(출처)〗出은 세상에 나오는 것이요,

處는 세상에서 물러나는 것을 말함 〖遇〗 만나다 우 〖潔〗
깨끗하다 결 〖而已(이이)〗 ~뿐이다

【국역】 선비가 세상을 살아가는 데는 혹은 세상에 나아가기도 하고
물러나기도 하며 혹은 때를 만나기도 하고 만나지 못하기도
하지만, 歸結은 자기 몸을 깨끗이 하고 義를 행할 뿐이요,
재앙과 복은 논할 것이 아니다.

---

**35**  一家之人 務相雍睦 其心和平 則家內吉善之事 必集(李
珥 1536~1584, ≪栗谷全書≫)

【주석】 〖一〗 전체 일 〖務〗 힘쓰다 무 〖雍〗 화목하다 옹 〖睦〗 화
목하다 목 〖集〗 모이다 집

【국역】 온 가족이 서로 화목하기를 힘써 그 마음이 화평하면, 집안
에 길하고 좋은 일들이 반드시 모일 것이다.

---

**36**  今日所爲 明日難改 朝悔其行 暮已復然(李珥, ≪栗谷全書≫)

【주석】 〖明日(명일)〗 내일 〖朝〗 아침 조 〖悔〗 뉘우치다 회 〖暮〗
저녁 모

【국역】 오늘 한 일을(잘못을) 내일 고치기 어렵고, 아침에 그 행동
을 뉘우쳤는데 저녁이면 또다시 저지르는구나.

37　志之立 知之明 行之篤 皆在我耳 豈可他求哉(李珥, 《栗谷全書》)

【주석】 〖知〗＝智 〖篤〗 돈독하다 독 〖耳〗 ~뿐이다 이

【국역】 뜻이 서고, 지혜가 밝아지고, 행동이 독실해지는 것은 모두 나에게 달려 있을 뿐이니, 어찌 다른 데서 구할 수 있겠는가?


38　忠義所激 弱可使强 寡可敵衆 只在一轉移之間耳(金誠一 1538~1593, 《鶴峯全集》)

【주석】 〖激〗 떨치다 격 〖弱〗 약하다 약 〖敵〗 대적하다 적 〖轉〗 구르다 전 〖移〗 옮기다 이 〖耳〗 ~뿐이다 이

【국역】 충의가 북받치면 약한 자도 강해질 수 있고, 적은 군사로도 많은 군사를 대적할 수 있으니, 단지 (마음을) 한 번 다르게 먹기에 달려 있을 뿐이다.


39　莫仁者天 而莫威者亦天也 可恃者天 而不可恃者亦天也 (金誠一, 《鶴峯全集》)

【주석】 〖莫〗 없다 막 〖威〗 위엄 위 〖恃〗 믿다 시

【국역】 더할 수 없이 어진 것이 하늘이고, 더할 수 없이 위엄스러운 것 또한 하늘이다. 믿을 수 있는 것이 하늘이고, 믿을 수 없는 것 또한 하늘이다.

| 40 | 道吾過者 是吾師 談吾美者 是吾賊(金誠一, ≪鶴峰全集≫) |

**【주석】** 〖道〗 말하다 도 〖是〗 ~이다 시 〖賊〗 해치다 적

**【국역】** 나의 잘못을 말해 주는 사람은 나의 스승이고, 나의 아름다움을 말하는 사람은 나를 해치는 사람이다.


| 41 | 成性易 存性難(申欽 1523~1597, ≪象村集≫) |

**【국역】** 성품을 이루기는 쉬우나, 그 성품을 보존하기는 어렵다.


| 42 | 進退者身 存亡者位 得喪者物 知此而使之不失其正者 心乎(申欽, ≪象村集≫) |

**【주석】** 〖喪〗 잃다 상 〖乎〗 句末에 쓰여 감탄의 의미

**【국역】** 나아가고 물러가는 것은 몸이고, 있기도 하고 없어지기도 하는 것은 자리이며, 얻기도 하고 잃기도 하는 것은 물건이다. 이것을 알아 그것들로 하여금 그 바름을 잃지 않도록 하는 것은 마음이도다!


| 43 | 孰不曰知 眞知爲難 孰不曰行 實行爲難(申欽, ≪象村集≫) |

**【주석】** 〖孰〗 누구 숙 〖眞〗 참으로 진 〖行〗 행하다 행 〖實〗 참으로 실

**【국역】** 누가 안다고 하지 않겠는가마는 참으로 아는 것이 어렵고, 누

가 행한다고 하지 않겠는가마는 실지로 행하는 것이 어렵다.


44　　欲與第一流友 當先使己爲第一人(申欽, ≪象村集≫)

【주석】 〚第〛차례 제 〚流〛등급 류 〚友〛벗하다 우
【국역】 제일류 사람과 벗하고자 한다면, 마땅히 먼저 자신이 제일
　　　가는 사람이 되게 해야 한다.


45　　踏雪野中去 不須胡亂行 今日我行跡 遂作後人程(西山大
　　　師 1520〜1604), 〈踏雪〉)

【주석】 〚踏〛밟다 답 〚須〛모름지기 수 〚胡亂(호란)〛마음대로, 멋
　　　대로 〚跡〛발자취 적 〚遂〛드디어 수 〚作〛되다 작 〚程〛
　　　길 정
【국역】 눈을 밟으며 들길을 갈 때, 모름지기 멋대로 가지 말라. 오
　　　늘 내 발자취가 마침내 뒷사람의 길이 되나니.


46　　莫見者隱 莫顯者微(柳成龍 1542〜1607, ≪西厓集≫)

【주석】 〚莫〛없다 막 〚顯〛드러나다 현 〚微〛작다 미
【국역】 숨기려는 것보다 더 잘 보이는 게 없고, 작은 것보다 더 잘
　　　드러나는 게 없다.

47  大廈將傾 而一木扶之 滄海橫流 而一葦抗之 知其不可
而猶且爲之者 分定故也(柳成龍, ≪西厓集≫)

【주석】 〖廈〗큰 집 하 〖傾〗기울다 경 〖扶〗붙들다 부 〖滄〗푸르
다 창 〖橫流(횡류)〗범람함(橫 방자하다 횡) 〖葦〗갈대 위
〖抗〗막다 항 〖猶且(유차)〗오히려, 여전히 〖分〗직분 분
〖故〗때문 고

【국역】 큰 집이 장차 기울어지려는데 하나의 나무로 그것을 붙들
고, 푸른 바다가 넘쳐흐르는데 하나의 갈대로 그것을 막으
니, 그 불가함을 알면서도 오히려 그렇게 하는 것은 직분이
정해져 있기 때문이다.


48  好善如小人之好貨 充以德而潤身(李山海  1538〜1609,
≪鵝溪遺稿≫)

【주석】 〖貨〗재화 화 〖充〗채우다 충 〖潤〗윤택하다 윤

【국역】 소인이 재물을 좋아하는 것처럼 선을 좋아하여, 덕을 채워
서 몸을 윤택하게 하라.


49  捨則石 用則器(權韠 1569〜1612, ≪石洲集≫)

【주석】 〖捨〗놓다 사

【국역】 버려두면 돌이요, 쓰면 그릇이 된다.

　言工無施 不若無言(李恒福 1556〜1618, ≪白沙集≫)

【주석】 〖工〗 뛰어나다 공 〖施〗 시행하다 시 〖不若(불약)〗 〜만 못하다

【국역】 말이 아무리 좋다 하여도 시행하지 않는다면, 말을 하지 않은 것만 못할 것이다.


51　信乎才之難悉得 而用之亦難盡也(許筠 1569〜1618, ≪惺所覆瓿藁≫)

【주석】 〖乎〗 감탄의 의미 〖悉〗 다 실

【국역】 미덥도다! 인재는 모두 얻기도 어렵고, 그들을 쓰더라도 (재능을) 다하도록 하기 어려움이여.


52　言勿異於行 行勿異於言 言行相符 謂之正人 言行相悖 謂之小人(이수광 1563〜1628, ≪芝峰集≫)

【주석】 〖於〗 와/과 어 〖符〗 맞다 부 〖謂〗 말하다 위 〖悖〗 어그러지다 패

【국역】 말은 행동과 다르게 하지 말며, 행동은 말과 다르게 하지 말라. 말과 행동이 서로 맞는 것을 바른 사람이라 하고, 말과 행동이 서로 어그러지는 것을 소인이라 한다.

53 毋自欺三字 是吾平生所自勉者(金長生 1548〜1631, ≪沙溪遺稿≫)

【주석】 〖毋〗 말 무 〖欺〗 속이다 기 〖勉〗 힘쓰다 면

【국역】 "스스로를 속이지 말라."라는 세 글자는 내가 평생 스스로 힘쓴 것이다.

54 人非聖賢 誰能無過 過而能悔 卽當圖所以改之者 乃終至於無過之道也(張顯光 1554〜1637, ≪旅軒集≫)

【주석】 〖悔〗 뉘우치다 회 〖圖〗 꾀하다 도 〖所以(소이)〗 방법 〖終〗 마침내 종

【국역】 사람이 성현이 아니고서야, 누구인들 잘못이 없을 수 있겠는가? 잘못하더라도 뉘우쳐서, 곧 마땅히 그것을 고칠 방법을 꾀하는 것이 바로 마침내 잘못이 없는 경지에 이를 수 있는 길이다.

55 有位之位 其高可測 其大可限也 無位之位 其高也莫測 其大也不限(張顯光, ≪旅軒集≫)

【주석】 〖測〗 헤아리다 측 〖限〗 경계 짓다 한 〖不〗＝無＝莫

【국역】 지위가 있는 지위는 그 높음을 헤아릴 수 있고 그 큼이 한계가 있을 수 있으나, 지위가 없는 지위는 그 높음을 헤아릴 수 없고 그 큼이 한계가 없다.

| 56 | 夫以貴爲福者 位替則賤 以富爲福者 財盡則貧(張維 1587~1638, ≪谿谷集≫) |

【주석】 〖以A爲B〗 A를 B로 삼다 〖替〗 바뀌다 체

【국역】 대저 귀함을 복으로 삼는 경우에는 지위가 바뀌면 비천하게 되고, 부유함을 복으로 삼는 경우에는 재산이 없어지면 가난하게 된다.

| 57 | 飢而待食 晷刻猶時月也 及其飽也則忘食矣 勞而待息 跬步猶千里也 及其佚也則忘息矣 以此知內足者無外待矣(張維, ≪谿谷集≫) |

【주석】 〖飢〗 주리다 기 〖晷刻(구각)〗 시각(晷 해 그림자 구 刻 시각 각) 〖猶〗 오히려 유 〖飽〗 배부르다 포 〖跬〗 반걸음 규 〖佚〗 편안하다 일

【국역】 배가 고파 먹을 것을 기다릴 때에는 잠깐 동안이 오히려 몇 달처럼 느껴지다가 배가 부르면 먹는 것을 잊어버리고, 힘들어 쉬기를 기다릴 때에는 반걸음도 오히려 천 리 길처럼 여겨지다가 편안해지면 쉬는 것을 잊어버리게 된다. 이로써 마음속으로 만족하고 있는 사람은 外物에 의지하지 않는다는 것을 알겠다.

## 58

如使悠悠汎汎　塗澤而緣飾之　以望其實功　此何異於種焦
穀而求其遂也(張維, ≪谿谷集≫)

【주석】〖如使(여사)〗만약 〖悠悠(유유)〗가는 모양 〖汎汎(범범)〗흐
르는 모양(汎 뜨다 범) 〖塗澤(도택)〗분 같은 것을 발라 얼굴
에 윤이 나는 모양(塗 칠하다 도) 〖緣飾(연식)〗외관을 꾸밈
(緣 두르다 연) 〖種〗심다 종 〖焦〗타다 초 〖遂〗자라다 수

【국역】만약 (세월을) 헛되이 보내면서 번드르르하게 겉치장만 하
며 실제의 공효를 바란다면, 이것은 탄 곡식을 심어 놓고서
자라기를 기대하는 것과 무엇이 다르겠습니까?



若逢惡臭　似防勁敵　用檢言動　庶免墮落(李植　1584~
1647, ≪澤堂集≫)

【주석】〖臭〗냄새 취 〖似〗비슷하다 사 〖防〗막다 방 〖勁〗강하
다 경 〖用〗＝以 〖庶〗거의 서 〖墮〗떨어지다 타

【국역】고약한 냄새를 만난 듯이(만나면 피해 가듯이), 사나운 적을
막아 내듯이(단단히 단속함), 나의 말과 행동을 제대로 단속
하면 아마 타락에서 벗어날 것이다.

　一日不共　便廢天職　孰昏且狂　怠慢放逸(李植, ≪澤堂集≫)

【주석】〖共〗＝恭 공경하다 공 〖便〗곧 변 〖廢〗폐하다 폐 〖昏〗
어리석다 혼 〖狂〗경망하다 광 〖怠〗게으르다 태 〖慢〗게으

르다 만 〚放逸(방일)〛 방자함

【국역】 하루라도 공경하지 않는다면, 곧 하늘이 준 직분을 폐기하
는 것이 되니, 누가 어리석은 척 제멋대로 행동하며, 태만하
고 방자할 수 있겠는가?

## 61  小器易盈 潢潦易渴(李植,《澤堂集》)

【주석】 〚易〛 쉽다 이 〚潢潦(황료)〛 길바닥에 괸 물(潢 못 황 潦
길바닥물 료) 〚渴〛 마르다 갈
【국역】 작은 그릇은 가득 차기가 쉽고, 고인 물은 마르기가 쉽다.

## 62  自古言路開 而不治者未之有也 言路閉 而不亂者亦未之有也(趙翼 1579∼1655,《浦渚集》)

【주석】 〚自〛 ~부터 자 〚閉〛 닫다 폐
【국역】 예로부터 言路가 열렸는데도 다스려지지 않은 경우는 아직
있지 않았으며, 언로가 닫혔는데도 어지럽게 되지 않은 경
우도 또한 아직 있지 않았다.

## 63  事有便於始者 視傚於終 得於前者 爲式於後(金集 1574∼1656,《愼獨齋全書》)

【주석】 〚便〛 익다 편 〚傚〛 효험 효 〚得〛 터득하다 득 〚式〛 본보
기 식

【국역】 일은 시작에 잘 됨이 있으면 끝까지 효험을 보이며(끝이 좋
고), 앞사람에게 터득한 것이 있으면 뒷사람에게 본보기가
되는 것이다.


64　嗚呼 人誰無過 過而能改 善莫大焉(金堉 1580〜1658,
《潛谷遺稿》)

【주석】 〖嗚〗탄식하다 오 〖呼〗탄식하다 호 〖善〗좋다 선 〖焉〗
於+之의 준말 언
【국역】 아! 사람 중에 누가 잘못이 없겠는가? 잘못이 있을 경우 고
칠 수 있는 것보다 더 좋은 것은 없다.


65　用人 惟其賢才 勿論其門地(柳馨遠 1622〜1673, 《磻
溪隨錄》)

【주석】 〖惟〗오직 유 〖門地(문지)〗=門閥 가문 대대로 내려오는
지위
【국역】 사람을 등용하는 데 있어 오직 그 현명함과 재능을 (살필
것이요), 출신 집안에 대해서는 논하지 말라.

**66** 無端萬累苦侵尋 欲挽天河洗此心 有過不貳顔氏子 高風千載起人欽(尹鑴 1617〜1680, ≪白湖全書≫)

【주석】 〖無端(무단)〗 뜻밖의 〖累〗 걱정 루 〖苦〗 괴롭다 고 〖侵尋(침심)〗 점점 앞으로 나아감(侵 차츰 나아가다 침 尋 잇다 심) 〖挽〗 당기다 만 〖天河(천하)〗 은하수 〖洗〗 씻다 세 〖貳〗 거듭하다 이 〖顔氏子(안씨자)〗 顔淵으로, '不貳過'라 하여 같은 잘못을 되풀이하지 않았다고 함 〖風〗 위엄 풍 〖載〗 해 재 〖欽〗 공경하다 흠

【국역】 뜻밖에 괴롭게도 찾아드는 온갖 잡념들, 은하수 끌어당겨 이 마음을 씻었으면. 잘못이 있으면 되풀이 않던 안연, 그 높은 위엄 천 년 동안 사람의 공경 일으키네.


**67** 守口則無妄言 守身則無妄行 守心則無妄動(許穆 1595〜1682, ≪眉叟記言≫)

【주석】 〖妄〗 망령되다 망 〖行〗 행위 행 〖動〗 행동 동

【국역】 입을 지키면 망령된 말이 없고, 몸을 지키면 망령된 행위가 없으며, 마음을 지키면 망령된 행동이 없다.


**68** 爲學大患 在妄意躐等 助長欲速 此私意已勝 未有私勝而能成學者也(許穆, ≪眉叟記言≫)

【주석】 〖躐〗 넘다 렵 〖等〗 등급 등 〖速〗 빠르다 속

【국역】 공부를 하는 데에 큰 병통은 망령되이 엽등하고 조장하여 빨리하려는 것을 생각함에 있다. 이는 私的인 뜻이 벌써 이긴 것인데, 사적인 것이 앞서고서 학문을 이룰 수 있는 자는 아직 없었다.

---

**69** 心之所不安 卽病之所由生也(宋時烈 1607~1689, ≪宋子大全≫)

【국역】 마음이 불안한 것이 곧 병이 발생하는 원인이다.

---

**70** 世固未有 淺之未能而能早其深 邇之未能而能宿其遠者(朴世堂 1629~1703, ≪思辨錄≫)

【주석】 〖固〗 진실로 고 〖淺〗 얕다 천 〖早〗 서두르다 조 〖邇〗 가깝다 이 〖宿〗 빠르다 숙

【국역】 세상에는 얕은 것도 능하지 못하면서 그 깊은 것을 앞당겨 할 수 있고, 가까운 것도 능하지 못하면서 그 먼 것을 빨리 할 수 있는 것은 진실로 없다.

---

**71** 凡遇不得意事 試取其更深者 譬之 心次自然凉爽 此降火最速之劑(洪萬選 1643~1715, ≪山林經濟≫)

【주석】 〖凡〗 무릇 범 〖試〗 시험하다 시 〖更〗 더욱 갱 〖譬〗 비유하다 비 〖次〗 속 차 〖凉〗 맑다 량 〖爽〗 시원하다 상 〖降〗

내리다 강 〖速〗 빠르다 속 〖劑〗 약제(조제한 약) 제

【국역】 무릇 뜻대로 되지 않는 일을 만났을 때, 시험 삼아 그보다 더 심한 것을 취하여 비유해 보면, 마음속이 자연 상쾌해질 것이니, 이것이 心火를 끄는 가장 빠른 약이다.

---

### 72  吾心克公 吾事克正 則雖有百千蚍蜉 何足以動吾一髮哉
(權尙夏 1641〜1721, ≪寒水齋集≫)

【주석】 〖克〗＝能 ~할 수 있다 극 〖蚍蜉(비부)〗 왕개미 〖足以(족이)〗 ~할 수 있다 〖髮〗 머리털 발

【국역】 나의 마음이 공정하고 나의 일이 바를 수 있다면, 비록 수많은 왕개미가 있더라도 어찌 내 머리털 하나라도 움직일 수 있겠습니까?

---

### 73  騎馬 欲率奴(洪萬宗 1643〜1725, ≪旬五志≫)

【주석】 〖騎〗 말 타다 기 〖率〗 거느리다 솔

【국역】 말을 타면, 종을 부리고 싶다.

---

### 74  水深可知 人心難知(洪萬宗, ≪旬五志≫)

【주석】 〖深〗 깊이 심

【국역】 물의 깊이는 알 수 있으나, 사람의 마음은 알기 어렵다.

| 75 | 但所見聞 不以不正 凡習行 不使放侈縱慾(鄭齊斗 1649 ~1736, ≪霞谷集≫) |

【주석】 〚以〛하다 이 〚凡〛무릇 범 〚放〛방자하다 방 〚侈〛사치하다 치 〚縱〛방종하다 종

【국역】 다만 보고 듣는 것은 부정한 것으로 하지 말고, 무릇 익히고 행하는 것은 방자하고 사치하며 방종하고 욕심대로 하지 못하게 하여라.

| 76 | 同乎石也 珉玉少而砥砆多 均乎馬也 騏驥少而駑駘多(鄭齊斗, ≪霞谷集≫) |

【주석】 〚乎〛문장 중간에 쓰여 잠시 멈춤이나 느슨함을 나타냄 〚珉〛옥돌 민 〚砥砆(무부)〛옥 비슷한 돌의 한 가지(砥 옥돌 무 砆 옥돌 부) 〚均〛같다 균 〚騏驥(기기)〛하루에 천리를 달리는 준마(騏 준마 기 驥 준마 기) 〚駑〛둔하다 노 〚駘〛둔마 태

【국역】 같은 돌에도 아름다운 옥돌은 적고 옥과 비슷한 돌은 많으며, 같은 말에도 날랜 말은 적고 노둔한 말은 많다.

| 77 | 朋友交際 必誠必信 見其善 則中心喜之 從而揚之 見其惡 則中心憂之 從而規之(洪大容 1731~1783, ≪湛軒書≫) |

【주석】 〚際〛사귀다, 때 제 〚揚〛칭찬하다 양 〚規〛바로잡다 규

【국역】 친구를 사귈 때 반드시 진실하고 믿음성이 있어야 한다. 그
의 착함을 보면 마음속으로 그것을 기뻐하고 따라서 칭찬해
주어야 하며, 그의 나쁨을 보면 마음속으로 그것을 걱정하
고 따라서 바로잡아 주어야 한다.

 雖有過誤　亦必溫言教戒　不可奮詈暴怒以致含怨失和(洪
大容, ≪湛軒書≫)

【주석】 〖誤〗잘못 오 〖戒〗경계하다 계 〖奮〗떨치다 분 〖詈〗꾸짖
다 리 〖暴〗격렬하다 포 〖含〗머금다 함 〖和〗화목하다 화
【국역】 비록 잘못이 있더라도, 또한 반드시 부드러운 말씨로 가르치
고 경계해야 할 것이며, 너무 꾸짖고 격렬하게 노여워함으로
써 원한을 머금거나 화목을 잃음에 이르러서는 안 된다.

 見人强　我必媢疾之　恥己之不若故也(洪大容, ≪湛軒書≫)

【주석】 〖媢〗시기하다 모 〖疾〗미워하다 질 〖恥〗부끄러워하다 치
〖不若(불약)〗~만 못하다 〖故〗때문 고
【국역】 남의 강함을 보고서 내가 반드시 그를 시기하고 미워하는
것은 내가 (그 사람만) 못함을 부끄러워하기 때문이다.

80

古云 知得一分 行得一分 徒言而不行 言何能中理乎(洪
大容, ≪湛軒書≫)

【주석】 〖云〗 이르다 운 〖一分(일분)〗 한 가지 〖徒〗 다만 도 〖中〗
맞다 중

【국역】 옛사람이 이르기를, "한 가지를 알면 그 한 가지를 행해야
한다." 하였으니, 다만 말만 하고 행하지 않으면, 말이 어찌
이치에 맞을 수 있겠는가?


81

作事 切須詳審謹愼 不可輕率怠緩(安鼎福 1712~1791,
≪順庵集≫)

【주석】 〖作〗 하다 작 〖切〗 온통 체 〖審〗 살피다 심 〖可〗 ~해야
한다 가 〖率〗 가볍다 솔 〖緩〗 해이하다 완

【국역】 일을 할 때에는 모두 모름지기 자세히 살피고 조신해야 되
며, 경솔하거나 태만해서는 안 된다.


82

規行矩止 疾徐合宜 欲其重以致敬 恐其動而多危(安鼎福,
≪順菴集≫)

【주석】 〖規〗 법 규 〖矩〗 법 구 〖疾〗 빠르다 질 〖重〗 무겁게 하다
중 〖致〗 다하다 치

【국역】 법도에 맞추어 가고 법도에 맞추어 그치며, 빠르고 느리기
를 적절히 하라. 신중히 하여서 공경을 다하기를 바라고, 움

직일 때 위태로움이 많음을 두려워하라.

**83**　心閒身自閒(李德懋 1741~1793, ≪靑莊館全書≫)

【국역】 마음이 한가하면, 몸은 저절로 한가해진다.

**84**　惜言如金 韜跡如玉 淵默沈靜 矯詐莫觸 斂華于裏 久而
外燭(李德懋, ≪靑莊館全書≫)

【주석】 〖惜〗 아끼다 석 〖韜〗 감추다 도 〖跡〗 발자취 적 〖淵〗 깊
다 연 〖默〗 입 다물다 묵 〖沈靜(침정)〗 마음이 가라앉아 조
용함 〖矯〗 속이다 교 〖詐〗 속이다 사 〖觸〗 닿다 촉 〖斂〗
거두다 렴 〖裏〗 속 리 〖燭〗 비추다 촉

【국역】 말을 아끼기를 황금같이 하고, 자취를 감추기를 옥같이 하
라. 깊이 침묵하고 조용하여 속임을 접하지 말라. 속에 빛남
을 거두어들여, 오래되면 밖으로 빛날 것이다.

**85**　喜時言諂而夸 怒時言激而乖(李德懋, ≪靑莊館全書≫)

【주석】 〖諂〗 아첨하다 첨 〖夸〗 크다 과 〖激〗 과격하다 격 〖乖〗
어그러지다 괴

【국역】 기쁠 때 하는 말은 아첨하고 과장되며, 성낼 때 하는 말은
과격하고 어그러진다.

**86**  　勝於我者　仰而慕之　與我同者　愛而交相勖　不及於我者

憐而教之　天下當太平矣(李德懋, ≪靑莊館全書≫)

【주석】　〚勝〛낫다 승　〚仰〛우러르다 앙　〚慕〛사모하다 모　〚愛〛
아끼다 애　〚勖〛권면하다 욱　〚憐〛불쌍히 여기다 련

【국역】　나보다 훌륭한 사람은 우러러 그를 사모하고, 나와 동일한
사람은 아껴 주어 사귀면서 서로 권장하고, 나에게 미치지
못한 사람은 불쌍히 여겨 그에게 가르쳐 준다면, 천하는 마
땅히 태평해질 것이다.

**87**  　旣懲毋動　旣窒勿戀　旣改不再　旣遷莫變(李德懋, ≪靑莊

館全書≫)

【주석】　〚懲〛징계하다 징　〚毋〛말라 무　〚窒〛막다 질　〚戀〛그리
워하다 련　〚遷〛옮기다 천

【국역】　이미 징계하였으면 움직이지 말고, 이미 막았으면 그리워하
지 말며, 이미 고쳤으면 다시 하지 말고, 이미 옮겼으면 바
꾸지 말라.

**88**  　玉不自出　人自採之　鏡不自見　人自照之

(正祖 1752〜1800, ≪弘齋全書≫)

【주석】　〚自〛저절로 자　〚採〛캐다 채　〚見〛드러내다 현　〚照〛비
추다 조

【국역】 옥은 저절로 나오는 것이 아니라 사람이 스스로 그것을 캐
  야(만 얻을 수 있)고, 거울은 저절로 모습을 드러내는 것이
  아니라 사람이 스스로 비춰야(만 보인)다.

---

**89** 出乎心 發乎口 在乎己 若善若否 施乎事 乃成乃毁(正祖,
≪弘齋全書≫)

【주석】 〖若〗 따르다 약 〖否〗 악하다 비 〖施〗 시행하다 시 〖毁〗
  헐다 훼
【국역】 마음에서 우러나 입으로 나오나니, 몸에 간직한 것이 선하
  거나 악함에 따라, 일을 시행함에 있어 이루기도 실패하기
  도 한다.

---

**90** 古人遇事見理 必透得二三重 今人不惟不透得半重 事到眉
頭 茫不知如何措置 此政坐不讀書耳(正祖, ≪弘齋全書≫)

【주석】 〖透〗 꿰뚫다 투 〖重〗 겹 중 〖到〗 이르다 도 〖茫〗 아득하
  다 망 〖如何(여하)〗 어찌하다 〖措〗 두다 조 〖政〗 다만 정
  〖坐〗 연루 좌 〖耳〗 ~뿐이다 이
【국역】 옛사람은 일을 만나서 사리를 파악할 때에 반드시 두 겹·
  세 겹을 꿰뚫어 보았었다. 그런데 지금 사람은 반 겹도 꿰
  뚫지 못할 뿐만 아니라 일이 닥치면 망연자실하여 어떻게
  조처해야 할지 모르니, 이것은 다만 글을 읽지 않아서 그런
  것일 뿐이다.

91 聲與色外物也　外物常爲累於耳目　令人失其視聽之正(朴
趾源　1737〜1805, ≪熱河日記≫)

【주석】 〖累〗누 루 〖令〗＝使
【국역】 소리와 빛은 외물이니, 외물이 항상 귀와 눈에 누가 되어,
사람으로 하여금 보고 들음의 바름을 잃게 하는 것이다.


92 華大者　未必有其實(朴趾源, ≪燕巖集≫)

【주석】 〖華〗꽃 화 〖未必(미필)〗 반드시 ﹁한 것만은 아니다(부분
부정)
【국역】 꽃이 큰 것이 반드시 그 열매가 맺히는 것만은 아니다.


93 夫德之凶　莫如不誠　不誠則無物(朴趾源, ≪燕巖集≫)

【주석】 〖夫〗발어사 부 〖莫如(막여)〗 ﹁만 한 것이 없다
【국역】 덕의 흥함에는 성실하지 못한 것만 한 것이 없으니, 성실하
지 못하면 일이 없다(이루어지는 것이 없다).


94 觀其所友　觀其所爲友　亦觀其所不友　吾之所以友也(朴趾
源, ≪燕巖集≫)

【주석】 〖友〗벗하다 우 〖所以(소이)〗 방법
【국역】 그가 (누구를) 벗하는지 살펴보고, 그가 (누구의) 벗이 되는

지 살펴보며, 또한 그가 (누구와) 벗하지 않는지를 살펴보는 것이 바로 내가 벗을 사귀는 방법이다.

**95** 一日之節在器 百年之節在志 器濫則出 志荒則醉(丁若鏞 1762∼1836, ≪茶山詩文集≫)

【주석】 〖節〗절개 절 〖濫〗넘치다 람 〖荒〗거칠다 황 〖醉〗술 취하다 취

【국역】 하루의 절개는 그릇에 달려 있지만, 백 년의 절개(평생의 절개)는 뜻에 달려 있다. 그릇이 넘치면 흘러나오지만, 뜻이 거칠면 취하는 것이다.


**96** 毋日麥硬 前村未炊 毋日麻麤 視彼赤肌(丁若鏞, ≪茶山詩文集≫)

【주석】 〖毋〗말라 무 〖硬〗단단하다 경 〖炊〗밥 짓다 취 〖麻〗삼 마 〖麤〗거칠다 추 〖肌〗살가죽 기

【국역】 보리밥을 단단하다 말하지 마라. 앞마을에는 밥을 짓지도 못한다. 삼베옷을 거칠다 말하지 마라. 저 사람을 보니 붉은 살이 보인다.

**97** 　樂不亟享 延及耄昏 福不畢受 或流後昆(丁若鏞, ≪茶山詩文集≫)

【주석】〖亟〗빨리 극 〖享〗누리다 향 〖延〗늘리다 연 〖耄〗늙은이 모 〖畢〗다 필 〖後昆(후곤)〗자손(昆 자손 곤)

【국역】즐거움은 급하게 누리지 않아야 늙도록 오래 누릴 수 있고, 복은 다 받지 않아야 후손에게까지 내려가게 된다.


**98** 　修身以孝友爲本 於是有不盡分 雖復學識高明 文詞彪炳 便是土牆施繪耳(丁若鏞, ≪與猶堂全書≫)

【주석】〖以A爲B〗A를 B로 삼다 〖分〗직분 분 〖詞〗글 사 〖彪炳(표병)〗범의 가죽처럼 무늬가 뚜렷하여 아름다운 모양(彪 문채 나다 표 炳 빛나다 병) 〖便〗곧 변 〖牆〗담장 장 〖繪〗수놓다 회 〖耳〗뿐이다 이

【국역】몸을 닦는 것은 孝와 友로써 근본을 삼아야 한다. 이 점에 자기의 본분을 다하지 않은 것이 있으면, 비록 학식이 高明하고 글이 아름답다 하더라도, 곧 이는 흙담에다 색칠하는 것일 뿐이다.


**99** 　爲善是受福之道 君子强爲善而已(丁若鏞, ≪與猶堂全書≫)

【주석】〖是〗〜이다 시 〖强〗힘쓰다 강 〖而已(이이)〗〜뿐이다

【국역】선을 행하는 것이 복을 받는 길이니, 군자는 힘써 선을 행

할 뿐이다.

**100** 兄弟者 與我同父母 是亦我而已矣 兄者先至之我也 弟者
後至之我也(丁若鏞, ≪與猶堂全書≫)

【주석】 〖者〗주격(은, 는, 이, 가)으로 쓰임 〖而已矣(이이의)〗~따
름이다
【국역】 형제는 나와 부모를 같이하였으니, 이 또한 나일 따름이다.
형은 먼저 태어난 나요, 아우는 뒤에 태어난 나다.


**101** 天非私富一人 蓋託以衆貧者 天非私貴一人 蓋託以衆賤
者(丁若鏞, ≪與猶堂全書≫)

【주석】 〖蓋〗대개 개 〖託〗부탁하다 탁 〖以〗을/를 이
【국역】 하늘은 한 사람을 사사로이 부유하게 하려는 것이 아니라
대개 여러 가난한 자들을 (그에게) 부탁하려는 것이요, 하늘
은 한 사람을 사사로이 귀하게 하려는 것이 아니라 대개 여
러 천한 자들을 (그에게) 부탁하려는 것이다.


**102** 待有餘而後濟人 必無濟人之日 待有暇而後讀書 必無讀
書之時(丁若鏞, ≪與猶堂全書≫)

【주석】 〖餘〗여유 여 〖濟〗구제하다 제 〖暇〗여가 가
【국역】 여유가 생긴 뒤에 남을 구제하려 한다면 반드시 남을 구제

할 날이 없을 것이며, 여가가 생긴 뒤에 책을 읽으려 한다
면 반드시 책을 읽을 기회가 없을 것이다.


103  節之所以閑其淫也 制之所以防其軼也 雖然其節之制之 皆
循天則之本然 而非人之私所能爲也(丁若鏞, ≪經世遺表≫)

【주석】 〖節〗 조절하다 절 〖所以(소이)〗 도구, 방법 〖淫〗 방탕하다
음 〖制〗 제어하다 제 〖軼〗 앞지르다 일 〖循〗 따르다 순
〖則〗 법칙 칙

【국역】 조절함은 방탕함을 막는 도구이고, 제어함은 지나침을 방지
하는 도구이다. 그렇긴 하지만 조절함과 제어함은 모두 하
늘 법칙의 본연에 따른 것이고, 사람이 사사로이 할 수 있
는 것이 아니다.


104  寧測十丈水深 難測一丈人心(丁若鏞, ≪耳談續纂≫)

【주석】 〖寧〗 차라리 녕 〖測〗 헤아리다 측 〖丈〗 열자 장 〖深〗 깊
이 심

【국역】 차라리 열 길 물속은 헤아릴 수 있으나, 한 길 사람 마음은
헤아리기 어렵다.

105 今夫適千里者 必先辨其徑路之所在 然後有以爲擧足之地
(金正喜 1786〜1856, ≪阮堂全集≫)

【주석】 〖適〗 가다 적 〖辨〗 분별하다 변 〖徑〗 지름길 경 〖有以(유
이)〗 ～할 수 있다 〖爲〗 삼다 위

【국역】 이제 천 리 길을 가려고 하는 자는 반드시 먼저 지름길이
있는 곳을 따져 본 다음에 다리를 들 수 있는 땅으로 삼을
수 있을 것이다(발걸음을 내디딜 수 있을 것이다).

106 此竹彼竹化去竹 風打之竹浪打竹 飯飯粥粥生此竹 是是
非非付彼竹 賓客接待家勢竹 市井賣買歲月竹 萬事不如
吾心竹 然然然世過然竹(金笠 1807〜1863, 〈竹〉)

【주석】 〖打〗 치다 타 〖飯〗 밥 반 〖粥〗 죽 죽 〖付〗 맡기다 부
〖接〗 대접하다 접 〖待〗 대접하다 대 〖不如(불여)〗 ～만 못
하다

【국역】 이대로 저대로 변해 가는 대로, 바람 부는 대로 물결치는
대로. 밥이면 밥, 죽이면 죽, 이대로 살아, 시시비비는 저대
로 맡겨 두세. 손님 접대는 집안 형편대로, 시정의 매매는
세월가는 대로. 모든 일 내 마음대로 하는 것만 못하니, 그
렇고 그런 그런 세상 그런 대로 지나가세.

107 善視者未盡善聽矣 善言者未盡善動

(崔漢綺 1803~1875, ≪氣測體義≫)

【주석】 〖善〗잘하다 선 〖盡〗다 진

【국역】 보기를 잘하는 사람이 다 잘 듣는 것만은 아니고, 말을 잘
하는 사람이 행동을 다 잘하는 것만도 아니다.


108 通達者選人 職與人參商 偏狹者選人 常不離自己分數(崔
漢綺, ≪人政≫)

【주석】 〖選〗뽑다 선 〖參〗헤아리다 참 〖商〗헤아리다 상 〖偏狹
(편협)〗도량이 좁음(偏 치우치다 편 狹 좁다 협) 〖離〗떠나
다 리 〖分數(분수)〗분수

【국역】 통달한 자가 사람을 뽑을 때는 직분과 사람을 헤아리지만,
편협한 자가 사람을 뽑을 때는 항상 자기의 분수를 벗어나
지 못한다.


109 敗事之後 拾於灰燼 以闋旣往之累 戒於覆轍 以啓來頭之
望 乃善處事也(崔漢綺, ≪人政≫)

【주석】 〖拾〗줍다 습 〖灰燼(회신)〗불탄 나머지 〖闋〗마치다 결
〖累〗잘못 루 〖覆轍(복철)〗엎어진 수레바퀴로, 실패한 자
취를 의미함 〖啓〗열다 계 〖頭〗일의 시작 두 〖處〗처리하
다 처

【국역】 일을 실패한 뒤에 불탄 나머지를 주워서 지난날의 잘못을
끝내고, 엎어진 수레바퀴를 경계 삼아 앞으로 오는 희망을
열어나가는 것이 바로 일을 잘 처리하는 것이다.

<br>

**110** 善用人者 非徒使善者善之 亦能使不善者善之(崔漢綺, ≪人
政≫)

【주석】 〚善〛잘하다 선 〚徒〛다만 도
【국역】 사람을 잘 쓰는 자는 단지 선한 사람만을 선하게 만들 뿐
아니라, 또한 不善한 사람까지도 선하게 만들 수 있다.

<br>

**111** 得所欲爲樂 欲有爲者 以有爲樂 欲無爲者 以無爲樂(崔
漢綺, ≪人政≫)

【국역】 하고자 하는 것을 얻음이 즐거움이니, 유위(有爲)를 바라는
사람은 유위를 즐거움으로 삼고, 무위(無爲)를 바라는 사람
은 무위를 즐거움으로 삼는다.

<br>

**112** 若通其小者 以爲徑過之階級 因進不已 可通其大者 至於
遠者深者 莫不皆然(崔漢綺, ≪氣測體義≫)

【주석】 〚若〛만약 약 〚徑〛지나다 경 〚階級(계급)〛계단 〚已〛그
치다 이
【국역】 만약 그 작은 것을 통한 것으로 경과하는 계단을 삼고, 말미

암아 전진하며 그치지 않으면, 더 큰 것을 통할 수 있으니, 심지어 먼 것이나 깊은 것도 모두 그렇지 않은 것이 없다.

---

**113** 知己之過 勝於聞人之善 故惟患知過之不切 不患改之之不敏(崔漢綺, ≪氣測體義≫)

【주석】 〖勝〗 낫다 승 〖故〗 그러므로 고 〖切〗 절실하다 절 〖敏〗 민첩하다 민

【국역】 자기의 잘못을 아는 것이 남의 착한 일을 듣는 것보다 낫다. 그러므로 오직 잘못을 아는 것이 절실하지 못함을 근심해야지, 잘못을 고치는 것이 빠르지 못한 것은 근심할 것 없다.

---

**114** 傳聞不如躬聞 躬聞不如親見 親見不如親自當之(崔漢綺, ≪氣測體義≫)

【주석】 〖不如(불여)〗 ~만 못하다 〖躬〗 몸소 궁 〖親〗 몸소 친 〖當〗 맞서다 당

【국역】 전해 듣는 것은 직접 듣는 것만 못하고, 직접 듣는 것은 직접 보는 것만 못하며, 직접 보는 것은 직접 스스로 대하는 것만 못하다.

115　惟其明 故照物無僞 惟其公 故姸媸無異議(李南珪 1855
～1907, 《修堂集》)

【주석】 〖故〗 때문 고 〖照〗 비추다 조 〖僞〗 거짓 위 〖姸〗 곱다 연
〖媸〗 못생기다 치 〖議〗 의논하다 의
【국역】 오직 그것이(거울이) 밝기 때문에 사물을 비춤에 거짓이 없
다. 오직 그것이(거울이) 공변되기 때문에 곱거나 추하거나
다른 의론이 없다.

116　精思力行 何憂不至(李南珪, 《修堂集》)

【국역】 정밀하게 생각하고 힘써 행하면, 어찌 이르지 못함을 걱정
하랴?

117　志不定 不立 容不定 不肅 步趨不定 不端 出言辭不定
不溫(李南珪, 《修堂集》)

【주석】 〖肅〗 엄숙하다 숙 〖步趨(보추)〗 큰 걸음과 종종걸음(걸음걸
이) 〖端〗 바르다 단
【국역】 뜻이 정해지지 않으면 (그 처신이) 확립될 수 없고, 얼굴의
모습이 정해지지 않으면 (그 표정이) 엄숙할 수가 없고, 걸
음걸이가 안정을 얻지 못하면 (그 자세가) 단정할 수가 없
고, 말을 낼 때 안정되지 않으면 (그 표현이) 온화할 수가
없다.

118　薄有才技　而不善讀書　反不如無才技　而不讀書之爲愈也
（朴戴陽 ?〜구한말, ≪東樵漫錄≫）

【주석】 〖薄〗엷다 박 〖善〗잘하다 선 〖反〗도리어 반 〖愈〗낫다 유
【국역】 약간 재주나 기술이 있다고 하여 글을 잘 읽지 않는 것은,
　　　　도리어 재주나 기술이 없으면서 글을 읽지 않는 것이 더 나
　　　　은 것만 못하다.


119　古人言　一斗粟猶可舂　一尺布猶可縫　則苟爲同心　何必富
貴　然後可共乎（王性淳, ≪麗韓十家文鈔≫）

【주석】 〖粟〗곡식 속 〖猶〗오히려, 여전히 유 〖舂〗찧다 용 〖縫〗
　　　　꿰매다 봉 〖苟〗만약 구
【국역】 옛사람의 말에 ‘한 말의 곡식이라도 찧어서 (나누어 먹을
　　　　수) 있고, 한 자의 베라도 옷을 지어 (같이 입을 수) 있다.’
　　　　고 하였으니, 만약 마음만 같이한다면 어찌 꼭 부귀한 뒤라
　　　　야만 함께 살 수 있겠습니까?

〈그 밖의 名言〉

# 그 밖의 名言

1　燈臺不自照(康進之,〈李達負荊曲〉)

【주석】 〖燈〗 등불 등 〖臺〗 대 대 〖照〗 비추다 조

【국역】 등대는 스스로를 비추지는 못한다(다른 사람의 일은 잘 살펴보면서, 자기 자신의 일에는 도리어 어둡다는 뜻).

2　勝者所用 敗者棋(顧璨)

【주석】 〖棋〗 바둑 기

【국역】 이긴 사람이 사용한 것은 진 사람의 바둑이다(똑같은 바둑알이라도 누가 사용하느냐에 따라 승패가 갈림).

3　不知其子 視其父 不知其人 視其友(≪孔子家語≫)

【국역】 그 자식을 알지 못하면 그 부모를 보고, 그 사람을 알지 못하면 그 친구를 보아라.

| 4 | 夫樹欲靜而風不停 子欲養而親不待 往而不來者年也 不可再見者親也(≪孔子家語≫) |

**【주석】** 〖夫〗대저 부 〖停〗멈추다 정 〖親〗어버이 친 〖年〗나이 년 〖再〗다시 재 〖見〗뵙다 현

**【국역】** 대저 나무가 고요하려고 해도 바람이 멈추지 않고, 자식이 봉양하려고 해도 부모님이 기다려 주지 않으신다. 지나가면 오지 않는 것이 나이이고, 다시 뵐 수 없는 것이 부모님이시다.


| 5 | 良藥苦於口 而利於病 忠言逆於耳 而利於行(≪孔子家語≫) |

**【주석】** 〖良〗좋다 량 〖逆〗거스르다 역 〖行〗행동 행

**【국역】** 좋은 약은 입에 쓰나 병에 이롭고, 충성스러운 말을 귀에 거슬리나 행동에는 이롭다.


| 6 | 與其富而畏人 不若貧而無屈(≪孔子家語≫) |

**【주석】** 〖與其A不若B〗A하는 것은 B하는 것만 못하다. 〖屈〗굽히다 굴

**【국역】** 부유하면서 남을 두려워하는 것은 가난하면서 비굴함이 없는 것만 못하다.

**7**     生年不滿百 常懷千歲憂(〈古詩〉)

【주석】 〖懷〗 품다 회

【국역】 살 수 있는 해가 백을 채우지도 못하는데(백 년도 못 사는
데), 항상 천 년의 근심을 품고 살아간다.

**8**     塡不滿慾海 攻不破愁城(≪勸戒全書≫)

【주석】 〖塡〗 메우다 전 〖愁〗 근심 수

【국역】 아무리 메워도 욕심의 바다를 메울 수 없고, 아무리 공격해
도 수심의 성을 부수지는 못한다.

**9**     虛受人(≪近思錄≫)

【국역】 (마음을) 비워야 남을 받아들인다.

**10**     天下之事 不進則退(≪近思錄≫)

【국역】 천하의 일이란 나아가지 않으면 물러나는 법이다.

**11**     人心不同如面(≪近思錄≫)

【국역】 사람의 마음이 같지 않음이 (각자 다른) 얼굴과 같다.

| 12 | 做官奪人志(≪近思錄≫) |

【주석】 『做』＝作 짓다 주 『奪』 빼앗다 탈
【국역】 관직이 사람의 뜻을 빼앗아 버린다.


| 13 | 不學 便老而衰(≪近思錄≫) |

【주석】 『便』 곧 변 『衰』 쇠하다 쇠
【국역】 배우지 않으면, 곧 늙어서 쇠하게 된다.


| 14 | 百萬買宅 千萬買隣(≪南史≫) |

【주석】 『買』 사다 매 『宅』 집 택 『隣』 이웃 린
【국역】 백만금에 집을 사고, 천만금에 이웃을 사라.


| 15 | 書忍字一百(≪唐書≫) |

【주석】 『書』 쓰다 서
【국역】 忍이라는 글자를 백 번 쓰다(張公藝가 임금에게 올린 글에
　　　　서 나온 말로, 여기서 百忍이란 고사가 생김).


| 16 | 能書不擇筆(≪唐書≫) |

【주석】 『擇』 가리다 택 『筆』 붓 필
【국역】 글에 능한 사람은 붓을 가리지 않는다.

**17** 盛年不重來　一日難再晨　及時當勉勵　歲月不待人(陶潛,
〈雜詩〉)

【주석】 〖盛年(성년)〗＝靑春 〖重〗거듭 중 〖晨〗새벽 신 〖勉〗힘
쓰다 면 〖勵〗힘쓰다 려

【국역】 청춘은 거듭 오지 않으며, 하루에 두 번의 새벽은 없네. 때가
되어서 마땅히 힘써야지, 세월은 사람을 기다려 주지 않는다네.

**18** 生男惡　生女好(杜甫,〈兵車行〉)

【국역】 남자를 낳으면 (군대로 보내야 하니) 나쁘고, 여자를 낳으면
(친척이 많아져서) 좋다(唐나라 때 병란이 많음을 한탄한 말).

**19** 今朝有酒今朝醉　明日愁來明日愁(羅隱,〈自遣〉)

【주석】 〖朝〗아침 조 〖有〗생기다 유 〖醉〗취하다 취 〖明日(명
일)〗내일 〖愁〗근심 수

【국역】 오늘 아침 술이 생겼으면 오늘 아침 술에 취하고, 내일 근
심이 오면 내일 근심하세.

**20** 大器晚成　寶貨難售(《論衡》)

【주석】 〖晚〗늦다 만 〖貨〗재물 화 〖售〗팔다 수

【국역】 큰 그릇은 늦게 이루어지고, 귀한 재물은 팔기 어렵다.

## 21 美色不同面 皆佳於目(≪論衡≫)

【주석】 〖色〗＝女 〖佳〗아름답다 가

【국역】 아름다운 여자는 얼굴이 같지는 않으나, 모두 눈에 아름답
게 보인다.


## 22 年年歲歲花相似 歲歲年年人不同(劉廷之,〈代悲白頭翁〉)

【주석】 〖歲〗해 세 〖似〗비슷하다 사

【국역】 해마다 해마다 꽃은 서로 비슷하나, 해마다 해마다 사람은
똑같지 않구나.


## 23 不潔在面 人皆恥之 不潔在心 人不肯媿(劉晝,〈新論〉)

【주석】 〖潔〗깨끗하다 결 〖恥〗부끄러워하다 치 〖肯〗하려 하다
긍 〖媿〗부끄러워하다 괴

【국역】 깨끗하지 않은 것이 얼굴에 있으면 사람들은 모두 그것을
부끄러워하지만, 깨끗하지 않은 것이 마음에 있으면 사람들
은 부끄러워하려 하지 않는다.


## 24 心外無別法(≪楞迦經≫)

【주석】 〖別〗다르다 별

【국역】 마음 밖에 따로 법이 없다(법은 마음이 있음으로써 존재하
는 것이지, 마음 밖에 따로 존재할 수 없다는 의미).

【주석】　〖晴〗맑다 청 〖尺〗자 척

【국역】　하늘에는 삼 일 맑은 날이 없고, 땅엔 세 자 평지가 없다.


26　非無安居也 我無安心也(≪墨子≫)

【국역】　편안히 거처할 곳이 없는 것이 아니라, 나에게 편안한 마음
　　　　이 없기 때문에 (편안히 거처할 곳이 없는 것이다).


27　美女雖不出 人多求之(≪墨子≫)

【국역】　미녀는 비록 (집 밖으로) 나오지 않아도, 사람들 중에 그를
　　　　찾는 사람이 많다.


28　君子不鏡於水 而鏡於人(≪墨子≫)

【주석】　〖鏡〗거울로 삼다 경 〖於〗을/를 어

【국역】　군자는 물을 거울로 삼지 않고, 사람을 거울로 삼는다(물을
　　　　거울로 삼으면 얼굴만 볼 수 있을 뿐이지만, 사람을 거울로
　　　　삼으면 길흉을 알 수 있다).


29　扣則鳴 不扣則不鳴(≪墨子≫)

【주석】　〖扣〗두드리다 구 〖鳴〗울다 명

【국역】 두드리면 울리고, 두드리지 않으면 울리지 않는다.


 無道人之短 無說己之長 施人愼勿念 受施愼勿忘(≪文選≫)

【주석】 〖無〗=勿 〖道〗말하다 도 〖短〗단점 단 〖長〗장점 장
〖施〗베풀다 시 〖愼〗삼가다 신

【국역】 남의 단점을 말하지 말고, 자기의 장점을 말하지 말라. 남에
게 베풀었으면 삼가 생각하지 말고, 베풂을 받았으면 삼가
잊지 말라.


 百星之明不如一月之光(≪文子≫)

【국역】 밝은 백 개의 별이 빛나는 하나의 달만 못하다(보통 사람
백 사람이 현명한 한 사람만 못함을 비유).


 聖人不貴尺璧 而重寸陰(≪文子≫)

【주석】 〖貴〗귀하게 여기다 귀 〖尺〗자 척 〖璧〗옥 벽 〖重〗소중
히 여기다 중 〖寸陰(촌음)〗짧은 시간

【국역】 성인은 한 자 되는 옥을 귀하게 여기는 것이 아니라, 짧은
시간을 소중히 여긴다.


 生男如狼 猶恐其尪(班昭, 〈女誡〉)

【주석】 〖狼〗이리 랑 〖猶〗오히려 유 〖尪〗약하다 왕

【국역】 (부모는) 이리처럼 강한 사내를 낳아도, 오히려 그 자식이
약할까 걱정한다.


### 34   色卽是空 空卽是色(≪般若心經≫)

【주석】 〖色〗 자기를 포함한 만물 모두 색 〖是〗 〜이다 시
【국역】 색이 곧 공이요, 공이 곧 색이다.


### 35   行路難 不在水不在山 秪在人情反覆間(白居易,〈太行路〉)

【주석】 〖秪〗 다만 지 〖反〗 뒤집다 반 〖覆〗 뒤집다 복
【국역】 길을 가는 어려움은, 물에 있지도 않고 산에 있지도 않으며,
다만 인정이 반복하는 사이에 있기 때문이라네.


### 36   獅子身中蟲 自食獅子肉(≪梵網經≫)

【주석】 〖獅〗 사자 사
【국역】 사자 몸속의 벌레가, 스스로 사자의 고기를 먹는다(재앙은
내부로부터 발생한다는 의미).


### 37   燈火將滅更光(≪法滅盡經≫)

【주석】 〖燈〗 등불 등 〖滅〗 꺼지다 멸 〖更〗 더욱 갱
【국역】 등잔불은 장차 꺼지려고 할 때, 더욱 빛난다(모든 일은 멸
망하려 할 때에는 잠시 성대해진다는 의미).

| 38 | 學者如牛毛 成者如麟角(≪北史≫) |

【주석】 〚如〛 같다 여 〚麟〛 기린 린

【국역】 배우는 자는 소털만큼 많은데, 이루는 자는 기린뿔만큼 드물다.


| 39 | 單則易折 衆則難摧(≪北史≫) |

【주석】 〚單〛 홑 단 〚易〛 쉽다 이 〚折〛 꺾다 절 〚摧〛 꺾다 최

【국역】 하나면 부러뜨리기 쉬우나, 여럿이면 꺾기 어렵다.


| 40 | 士爲知己者死 女爲說己者容(≪史記≫) |

【주석】 〚爲〛 위하다 위 〚說〛 좋아하다 열 〚容〛 꾸미다 용

【국역】 선비는 자기를 알아주는 사람을 위해서 죽고, 여자는 자기를 예뻐해 주는 사람을 위해서 화장을 한다.


| 41 | 泰山不讓土壤 故能成其大 河海不擇細流 故能就其深 (≪史記≫) |

【주석】 〚讓〛 사양하다 양 〚壤〛 땅 양 〚故〛 그러므로 고 〚擇〛 가리다 택 〚流〛 흐르는 물 류 〚就〛 이루다 취 〚深〛 깊이 심

【국역】 태산은 (한 줌의) 흙을 사양하지 않았다. 그러므로 그 큼을 이룰 수 있었다. 강과 바다는 가는 물줄기를 가리지 않았다.

그러므로 그 깊이를 이룰 수 있었다.

<br>

**42** 功者難成而易敗 時者難得而易失 時乎時 不再來(《史記》)

【주석】 〖易〗쉽다 이 〖乎〗감탄의 의미 호 〖再〗거듭 재

【국역】 공은 이루기는 어려우나 실패하기는 쉽고, 때는 얻기는 어려우나 잃기는 쉽다. 때여! 때여! 다시 오지 않는구나.

<br>

**43** 衣食足 而知榮辱(《史記》)

【주석】 〖足〗넉넉하다 족 〖辱〗모욕되다 욕

【국역】 의식이 풍족하고 나서야 영화와 모욕을 안다.

<br>

**44** 交絶不出惡聲(《史記》)

【국역】 (군자는) 사귐이 끊어진 후에도 (그 사람의) 나쁜 일을 말하지 않는다.

<br>

**45** 桃李不言 下自成蹊(《史記》)

【주석】 〖桃〗복숭아 도 〖自〗저절로 자 〖蹊〗좁은 길 혜

【국역】 복숭아와 자두는 (꽃이 피었다고) 말하지 않아도, (사람들이 찾아와) 아래에 저절로 길이 난다.

## 46 　斷而敢行 鬼神避之(≪史記≫)

**【주석】** 〚斷〛결단 단 〚敢〛과감하다 감 〚避〛피하다 피

**【국역】** 결단하여 과감히 행하면, 귀신도 그를 피한다.

## 47 　當斷不斷 反受其亂(≪史記≫)

**【주석】** 〚當〛당하다 당 〚斷〛결단 단 〚反〛도리어 반

**【국역】** 결단해야 할 때를 당하여 결단하지 않으면, 도리어 그 혼란
　　　　을 받게 된다.

## 48 　大名之下難久居(≪史記≫)

**【국역】** 큰 명성의 아래에는 오래 머무르기 어렵다(큰 명성을 떨치
　　　　게 되면 질투하는 사람이 많아 도리어 재앙을 받을 우려가
　　　　있다는 의미).

## 49 　非其位 而居之曰 貪位(≪史記≫)

**【주석】** 〚貪〛탐하다 탐

**【국역】** 그 자리가 아닌데 그곳에 차지하고 있는 것을 '자리를 탐한
　　　　다.'고 한다.

50　蜚鳥盡良弓藏 狡兎死走狗烹(《史記》)

【주석】 〖蜚〗 날다 비 〖良〗 좋다 량 〖狡〗 교활하다 교 〖走狗(주구)〗
사냥개 〖烹〗 삶다 팽

【국역】 날던 새가 다하면 좋은 활을 감추어 두고, 교활한 토끼가
죽으면 사냥개는 삶긴다.


51　蛇化爲龍 不變其文(《史記》)

【주석】 〖化〗 변하다 화 〖文〗 무늬 문

【국역】 뱀은 변하여 용이 되어도, 그 무늬는 변하지 않는다.


52　力田不如逢年(《史記》)

【주석】 〖力〗 힘써 력 〖田〗 밭 갈다 전 〖不如(불여)〗 ~만 못하다
〖逢〗 만나다 봉

【국역】 힘써 밭가는 것은 풍년을 만나는 것만 못하다.


53　養子不教父之過 訓導不嚴師之惰 父教師嚴兩無外 學問
無成子之罪(司馬光, 〈勸學歌〉)

【주석】 〖訓〗 가르치다 훈 〖導〗 인도하다 도 〖嚴〗 엄하다 엄
〖惰〗 게으르다 타 〖外〗 벗어나다 외

【국역】 자식을 기르면서 가르치지 않는 것은 부모의 죄요, 훈도를

엄하게 하지 않는 것은 스승이 게으른 탓이다. 부모가 가르치고 스승이 엄하여 둘 다 벗어남이 없는데, 학문을 이루지 못함은 자식의 죄이다.

## 54 禮煩則亂(≪書經≫)

【주석】 〚煩〛 번거롭다 번
【국역】 예의가 너무 번잡하면 혼란해진다.

## 55 君子之言 寡而實 小人之言 多而虛 君子之學也 入於耳 藏於心 行之以身(≪說苑≫)

【주석】 〚寡〛 적다 과 〚實〛 차다 실 〚藏〛 감추다 장
【국역】 군자의 말은 적으나 꽉 차 있고, 소인의 말은 많으나 비어 있다. 군자가 학문을 할 때에, 귀로 듣고 마음속에 간직하며 몸으로 그것을 행한다.

## 56 知天者不怨天 知己者不怨人(≪說苑≫)

【국역】 天命을 아는 자는 하늘을 원망하지 않고, 자기를 아는 자는 남을 원망하지 않는다.

## 57 狎甚則相簡 莊甚則不親(≪說苑≫)

【주석】 〚狎〛 친하다 압 〚甚〛 심하다 심 〚簡〛 소홀하다 간 〚莊〛

엄하다 장

【국역】 친함이 심하면 서로 소홀해지고, 엄함이 심하면 가까워지지
않는다.


## 58 高山之巓無美木(≪說苑≫)

【주석】 〖巓〗 꼭대기 전

【국역】 높은 산의 꼭대기에는 아름다운 나무가 없다(높은 자리에
있는 사람은 여러 사람들에게 비난을 받아 美名을 남기기
어렵다는 뜻).


## 59 滿堂燕笑 一人向隅而泣 則衆爲之不樂(≪說苑≫)

【주석】 〖堂〗 집 당 〖燕〗 잔치 연 〖隅〗 모퉁이 우 〖泣〗 울다 읍
〖爲〗 때문 위

【국역】 온 집의 즐거운 잔치 중에 한 사람이 모퉁이에서 울면, 모
든 사람이 그것 때문에 즐기지 못한다.


## 60 賞從重 罰從輕(≪說苑≫)

【주석】 〖賞〗 상 주다 상 〖罰〗 벌 주다 벌

【국역】 상은 무거움을 따라야 하고, 벌은 가벼움을 따라야 한다.

**61**     多藏不用 是爲怨府(≪說苑≫)

【주석】 〚藏〛감추다 장 〚是〛이 시 〚府〛곳집 부

【국역】 많이 감추어 두고 쓰지 않은 것, 이것은 원망의 창고가 된다.

**62**     三日不讀書 言語無味(≪世說新語≫)

【국역】 삼 일 동안 독서를 하지 않으면, 언어에 맛이 없다(생각이 비열해져서 말이 자연 雅致가 없어진다는 뜻).

**63**     人瘦尙可肥 士俗不可醫(蘇軾,〈綠筠軒〉)

【주석】 〚瘦〛파리하다 수 〚尙〛여전히 상 〚肥〛살찌다 비 〚醫〛고치다 의

【국역】 사람의 야윔은 여전히 살찔 수 있으나, 선비의 속됨은 고칠 수 없다네.

**64**     薄薄酒勝茶湯 麤麤布勝無裳 醜妻惡妾勝空房(蘇軾,〈薄薄酒〉)

【주석】 〚薄〛싱겁다 박 〚勝〛낫다 승 〚湯〛끓는 물 탕 〚麤〛거칠다 추 〚裳〛치마 상 〚醜〛못생기다 추 〚妾〛첩 첩 〚房〛방 방

【국역】 맛없는 술일망정 차보다는 낫고, 거친 옷일망정 옷이 없는 것보다는 나으며, 못생긴 아내와 악한 첩일망정 텅 빈 방보

다 낫다네.



**65** 　物必先腐 而後蟲生之(蘇軾,〈范增論〉)

【주석】 〖腐〗썩다 부 〖蟲〗벌레 충
【국역】 사물은 반드시 먼저 썩은 뒤에야 벌레가 그곳에 생긴다(원인이 있은 뒤에 결과가 생김을 이름).


**66** 　知彼知己 百戰不殆 不知彼而知己 一勝一負 不知彼而不知己 每戰必殆(≪孫子兵法≫)

【주석】 〖彼〗저 피 〖殆〗위태롭다 태 〖負〗지다 부
【국역】 적을 알고 자기를 알면 백 번 싸워도 위태롭지 않고, 적을 모르고 자기만 알면 한 번 이기고 한 번 지며, 적을 모르고 자기도 모르면 매번 싸울 때마다 반드시 위태로워진다.


**67** 　主不可以怒而興師(≪孫子兵法≫)

【주석】 〖主〗임금 주 〖可〗〜해야 한다 가 〖以〗때문 이 〖師〗군사 사
【국역】 임금은 (개인적) 노여움 때문에 군사를 일으켜서는 안 된다.

68 善戰者 勝於易勝者也(≪孫子兵法≫)

【주석】 〖善〗잘하다 선 〖易〗쉽다 이

【국역】 싸우기를 잘하는 사람은 이기기 쉬운 싸움에서 이기는 사람
이다.

69 兵貴勝 不貴久(≪孫子兵法≫)

【주석】 〖兵〗싸움 병 〖貴〗귀하게 여기다 귀

【국역】 싸움은 이기는 것을 귀하게 여기고, 오래가는 것을 귀하게
여기지 않는다.

70 耕當問奴 織當問婢(≪宋書≫)

【주석】 〖奴〗(남자)종 노 〖織〗짜다 직 〖婢〗(여자)종 비

【국역】 밭가는 것은 마땅히 남자종에게 물어야 하고, 베 짜는 것은
마땅히 여자종에게 물어야 한다.

71 不癡不聾 不成姑公(≪宋書≫)

【주석】 〖癡〗어리석다 치 〖聾〗귀머거리 롱 〖姑公(고공)〗＝姑舅
시어머니와 시아버지

【국역】 어리석은 듯하지 않고 귀머거리인 듯하지 않으면, (좋은) 시
어머니와 시아버지가 될 수 없다.

| 72 | 酒能成事 酒能敗事(≪水滸傳≫) |

【국역】 술은 일을 성사시킬 수도 있고, 술은 일을 망칠 수도 있다.


| 73 | 不登高山 不知天之高也 不臨深溪 不知地之厚也 不聞先
王之遺言 不知學問之大也(≪荀子≫) |

【주석】 〖厚〗 두텁다 후 〖遺〗 남기다 유

【국역】 높은 산에 오르지 않으면 하늘이 높은 것을 알지 못하고, 깊은 계곡에 임해 보지 않으면 땅이 두터운 것을 알지 못하고, 선왕이 남긴 말씀을 듣지 않으면 학문이 위대하다는 것을 알지 못한다.


| 74 | 不積頤步 無以至千里 不積小流 無以成江河(荀子) |

【주석】 〖積〗 쌓다 적 〖頤〗 반걸음 규 〖無以(무이)〗 ~할 수 없다

【국역】 반걸음을 쌓지 않으면 천 리에 이를 수 없고, 작은 물줄기를 쌓지 않으면 강을 이룰 수 없다.


| 75 | 百事之成也 必在敬之 其敗也 必在慢之 故敬勝怠則吉
怠勝敬則滅(≪荀子≫) |

【주석】 〖A之B也〗 A가 B하는 것은 〖敬〗 신중히 하다, 집중하다 경 〖慢〗 게으르다 만 〖故〗 그러므로 고 〖怠〗 게으르다 태

【국역】온갖 일들이 성공하는 것은 반드시 그것을 신중히 하는 데
있고, 실패하는 것은 반드시 그것을 태만히 하는 데 있다.
그러므로 신중함이 태만함을 이기면 길하고, 태만함이 신중
함을 이기면 멸망하게 된다.

## 76  鳥窮則啄(≪荀子≫)

【주석】 〔啄〕 쪼다 탁
【국역】 새도 곤궁해지면 (아무나) 쫀다.

## 77  人心譬如槃水(≪荀子≫)

【주석】 〔譬〕 비유하다 비 〔槃〕 쟁반 반
【국역】 사람의 마음은 비유하자면 쟁반의 물과 같다.

## 78  良醫之門多病人(≪荀子≫)

【국역】 훌륭한 의사의 문에는 병든 사람이 많다.

## 79  蓬生麻中 不扶而直(≪荀子≫)

【주석】 〔蓬〕 쑥 봉 〔麻〕 삼 마 〔扶〕 붙들다 부
【국역】 쑥이 삼속에 자라면, 붙들어 주지 않아도 곧아진다.

## 80　目不兩視而明(≪荀子≫)

【국역】 눈은 양쪽으로 보지 않기 때문에 밝게 보이는 것이다.

## 81　假人於越 而救溺子(≪荀子≫)

【주석】 〖假〗 빌리다 가 〖越〗 나라이름 월 〖救〗 구원하다 구
　　　　〖溺〗 빠지다 닉

【국역】 (자식이 물에 빠졌을 때 수영을 잘하는) 월나라에서 사람을
　　　　빌려 물에 빠진 자식을 구하고자 한다(하는 일이 아무리 옳
　　　　아도 시기를 놓치면 아무 소용이 없다는 뜻).

## 82　道雖邇 不行不至(≪荀子≫)

【주석】 〖雖〗 비록 수 〖邇〗 가깝다 이
【국역】 길이 비록 가까이 있어도, 가지 않으면 이르지 못한다.

## 83　心者形之君(≪荀子≫)

【국역】 마음은 몸의 임금이다.

## 84　誰知烏之雌雄(≪詩經≫)

【주석】 〖誰〗 누구 수 〖雌〗 암컷 자 〖雄〗 수컷 웅
【국역】 누가 까마귀의 암컷과 수컷을 알겠는가(까마귀의 암수를 구

별하기 어렵듯이, 是非를 분별하기 어려움을 이름)?

---

**85    千羊之皮 不如一狐之腋(≪愼子≫)**

【주석】〖不如(불여)〗 ~만 못하다 〖狐〗 여우 호 〖腋〗 겨드랑이 액

【국역】 천 마리의 양의 가죽은 한 마리 여우의 겨드랑이 (털)만 못하다.

---

**86    糟糠之妻不下堂 貧賤之交不可忘(≪十八史略≫)**

【주석】〖糟〗 술지게미 조 〖糠〗 쌀겨 강 〖下〗 내리다 하 〖可〗 ~ 해야 한다 가

【국역】 어려울 때 함께 고생한 아내는 쫓아내어서는 안 되고, 가난하고 천할 때의 사귐은 잊어서는 안 된다.

---

**87    人生如朝露 何自苦如此(≪十八史略≫)**

【주석】〖如〗 같다 여 〖朝〗 아침 조 〖苦〗 괴롭다 고

【국역】 인생은 아침 이슬과 같은데, 어찌 자신을 이처럼 괴롭히는가?

---

**88    燕雀安知鴻鵠之志哉(≪十八史略≫)**

【주석】〖燕〗 제비 연 〖雀〗 참새 작 〖安〗 어찌 안 〖鴻〗 큰기러기 홍 〖鵠〗 고니 곡

【국역】 제비와 참새가 어찌 큰기러기와 고니의 뜻을 알겠는가?

<table><tr><td>89</td><td>寧爲鷄口 無爲牛後(≪十八史略≫)</td></tr></table>

【주석】 〚寧〛 차라리 녕 〚無〛 =勿
【국역】 차라리 닭의 주둥이가 될지언정, 소의 꼬리는 되지 말라.


<table><tr><td>90</td><td>良賈深藏若虛(≪十八史略≫)</td></tr></table>

【주석】 〚賈〛 장사 고 〚藏〛 감추다 장 〚若〛 같다 약
【국역】 좋은 장사꾼은 (좋은 물건을) 깊이 감추어 두고 비어 있는
듯한다.


<table><tr><td>91</td><td>生寄也 死歸也(≪十八史略≫)</td></tr></table>

【주석】 〚寄〛 머무르다 기
【국역】 삶은 (잠시) 머무르고 있는 것이요, 죽음은 (고향으로) 돌아
가는 것이다.


<table><tr><td>92</td><td>剖腹藏珠(≪十八史略≫)</td></tr></table>

【주석】 〚剖〛 가르다 부 〚腹〛 배 복 〚藏〛 감추다 장 〚珠〛 구슬 주
【국역】 배를 갈라서 구슬을 감추어 두다(욕심이 결국 자신을 해친
다는 의미).

| 93 | 防民之口 甚於防川(《十八史略》) |

【주석】 〚防〛 막다 방 〚甚〛 심하다 심

【국역】 백성들의 입을 막는 것은 냇물을 막는 것보다 (위험이) 더
심하다.


| 94 | 多男子則多懼 富則多事 壽則多辱(《十八史略》) |

【주석】 〚懼〛 두려워하다 구 〚壽〛 장수 수 〚辱〛 모욕되다 욕

【국역】 아들이 많으면 걱정거리도 많을 것이고, 부유하면 일도 많
을 것이고, 장수하면 모욕되는 일도 많을 것이다.


| 95 | 大姦似忠 大詐似信(《十八史略》) |

【주석】 〚姦〛 간사하다 간 〚似〛 비슷하다 사 〚詐〛 속이다 사

【국역】 크게 간사함은 충성스러운 것 같고, 크게 속이는 것은 신의
있는 것 같다.


| 96 | 久受尊名不祥(《十八史略》) |

【주석】 〚尊〛 높다 존 〚祥〛 상서롭다 상

【국역】 오래 높은 명성을 받으면 상서롭지 못하다.

## 97　眼不能見其睫(≪顏氏家訓≫)

【주석】〖眼〗눈 안 〖睫〗눈썹 첩
【국역】눈은 자기 눈썹을 볼 수 없다.


## 98　衣莫若新 人莫若舊(≪晏子≫)

【주석】〖莫若(막약)〗 ~만 한 것이 없다(최상급의 표현) 〖舊〗옛 구
【국역】옷은 새것만 한 것이 없고, 사람은 옛사람만 한 것이 없다.


## 99　破山中賊易 破心中賊難(≪陽明全書≫)

【주석】〖賊〗도적 적 〖易〗쉽다 이
【국역】산속의 도적을 부수기는 쉬우나, 마음속의 도적을 부수기는
어렵다.


## 100　得飴以養老 得飴以開閉(≪呂覽≫)

【주석】〖飴〗엿 이 〖閉〗닫다 폐
【국역】(어진 사람이) 엿을 얻으면 그것으로 노인을 봉양하나, (도
둑이) 엿을 얻으면 그것으로 닫힌 문을 연다.

| 101 | 善學者 假人之長 以補其短 故假人者 遂有天下(≪呂氏<br>春秋≫) |

【주석】 〖假〗빌리다 가 〖長〗장점 장 〖補〗보충하다 보 〖短〗단
점 단 〖故〗그러므로 고 〖遂〗드디어 수 〖有〗가지다 유

【국역】 배우기를 잘하는 사람은 남의 장점을 빌려서 자기의 단점을
보완한다. 그러므로 남에게서 (장점을) 빌리는 사람이 마침
내 천하를 소유하게 된다.


| 102 | 掩耳盜鐘(≪呂氏春秋≫) |

【주석】 〖掩〗가리다 엄 〖盜〗훔치다 도 〖鐘〗종 종

【국역】 귀를 막고 종을 훔치다(나쁜 짓을 하고 사람의 비난하는 말
을 듣기 싫어서 자기의 귀를 막아도 아무 소용이 없다는 의
미＝掩耳盜鈴).


| 103 | 鬼神害盈而福謙(≪易經≫) |

【주석】 〖福〗복 내리다 복 〖謙〗겸손하다 겸

【국역】 귀신은 가득 찬 사람에게 해를 끼치고, 겸손한 사람에게 복
을 준다.

## 104 思不出其位(≪易經≫)

【국역】 생각이 그 지위를 벗어나서는 안 된다.


## 105 冶容誨淫(≪易經≫)

【주석】 〖冶〗 요염하다 야 〖容〗 꾸미다 용 〖誨〗 가르치다 회

【국역】 야한 화장은 음란함을 가르치는 것이다.


## 106 形枉則影曲 形直則影正 然則枉直隨形而不在影(≪列子≫)

【주석】 〖枉〗 굽다 왕 〖影〗 그림자 영 〖隨〗 따르다 수

【국역】 형체가 굽으면 그림자는 굽고, 형체가 곧으면 그림자도 바르다. 그렇다면 굽음과 곧음은 형상을 따르는 것이지, 그림자에 달려 있는 것이 아니다.


## 107 取金之時 不見人(≪列子≫)

【국역】 금을 취할 때(금을 훔치려고 할 때) 사람이 보이지 않았다.


## 108 速亡愈於久生(≪列子≫)

【주석】 〖速〗 빠르다 속 〖亡〗 죽다 망 〖愈〗 낫다 유

【국역】 빨리 죽는 것이 오래 사는 것보다 나을 수도 있다.

## 109  欲影正者端其表(≪鹽鐵論≫)

【주석】 〖影〗그림자 영 〖端〗바르게 하다 단 〖表〗겉 표

【국역】 그림자가 바르기를 바라는 자는 그 겉을 바르게 한다.


## 110  臨財無苟得 臨難無苟免(≪禮記≫)

【주석】 〖無〗=勿 〖苟〗구차하다 구

【국역】 재물에 임하여 구차하게 얻으려 하지 말고, 어려움에 임하
여 구차하게 벗어나려 하지 말라.


## 111  雖有嘉肴 弗食 不知其旨也 雖有至道 弗學 不知其善也
(≪禮記≫)

【주석】 〖嘉〗아름답다 가 〖肴〗안주 효 〖弗〗=不 〖旨〗맛 지
〖至〗지극하다 지

【국역】 비록 좋은 음식이 있더라도 먹지 않으면 그 맛을 알지 못하
고, 비록 지극한 도가 있더라도 배우지 않으면 그 훌륭함을
알지 못한다.


## 112  善對問者如撞鐘(≪禮記≫)

【주석】 〖善〗잘하다 선 〖撞〗치다 당 〖鐘〗종 종

【국역】 물음에 잘 대답하는 사람은 종을 치는 것과 같다(종을 치는
사람의 힘의 크기에 따라 차이가 생기는 것처럼, 묻는 말에

적당하게 잘 대답함을 이름).

### 113 嚴威儼恪非所以事親(≪禮記≫)

【주석】 〖嚴〗엄하다 엄 〖儼〗근엄하다 엄 〖恪〗삼가다 각 〖所以(소이)〗방법

【국역】 (부모 앞에서) 위엄 있고 근엄한 것은 부모를 섬기는 방법이 아니다.

### 114 正己而不求於人 則無怨(≪禮記≫)

【국역】 자기를 바르게 하고 남에게 요구하는 것이 없으면, 원망이 없을 것이다.

### 115 必死則生 幸生則死(≪吳子≫)

【주석】 〖幸〗바라다 행

【국역】 반드시 죽고자 하면 살고, 살기를 바라면 죽는다.

### 116 大隱隱朝市(王康琚,〈反招隱詩〉)

【주석】 〖朝〗조정 조

【국역】 큰 은자는 조정이나 시장에 숨는다.

## 117

貧者因書富 富者因書貴 愚者得書賢 賢者因書利(王安石,〈勸學文〉)

【국역】 가난한 자는 글로 말미암아 부유해지고, 부유한 자는 글로 말미암아 귀해진다. 어리석은 자는 글을 얻어서 현명해지고, 현명한 자는 글에 말미암아 이익을 얻는다.

118

好船者溺 好騎者墜(≪越絶書≫)

【주석】 〖船〗배 선 〖溺〗빠지다 닉 〖騎〗말 타다 기 〖墜〗떨어지다 추

【국역】 배를 좋아하는 자는 빠지고(물에 빠져 죽기 쉽고), 말 타기를 좋아하는 자는 떨어진다(떨어져 죽기 쉽다).

119

處世若大夢 胡爲勞其生(李白,〈春日醉起言志〉)

【주석】 〖處〗처하다 처 〖若〗같다 약 〖胡〗어찌 호 〖其〗자기 기

【국역】 세상살이 큰 꿈과 같으니, 어찌하여 자신의 삶을 수고롭게 하는가?

120

兩人對酌山花開 一盃一盃復一盃(李白,〈山中對酌〉)

【주석】 〖對〗마주하다 대 〖酌〗술 따르다 작 〖開〗피다 개 〖盃〗잔 배

【국역】 두 사람이 산꽃 피어 있는 곳에서 대작하니, 한잔 한잔 또

한잔.



### 121 橘化爲枳(≪爾雅≫)

【주석】 〖橘〗 귤 귤 〖化〗 변하다 화 〖枳〗 탱자 지
【국역】 (남쪽의) 귤이 (북쪽에 심으면) 변하여 탱자가 된다.

### 122 德勝才謂之君子 才勝德謂之小人(≪資治通鑑≫)

【주석】 〖謂〗 말하다 위
【국역】 덕이 재주를 이기는 사람을 군자라 하고, 재주가 덕을 이기
는 사람을 소인이라 한다.

### 123 三十六計 走爲上策(≪資治通鑑≫)

【주석】 〖計〗 꾀 계 〖策〗 꾀 책
【국역】 36가지 계책 중에 달아나는 것이 최고의 꾀다.

### 124 善作者 不必善成 善始者 不必善終(≪戰國策≫)

【주석】 〖善〗 잘하다 선 〖作〗 시작하다 작 〖不必(불필)〗 반드시~
한 것만은 아니다(부분 부정)
【국역】 시작을 잘하는 사람이 반드시 완성을 잘하는 것만은 아니
며, 시작을 잘하는 사람이 반드시 마무리를 잘하는 것만도
아니다.

### 125　養子方知父慈(≪傳燈錄≫)

【주석】〖方〗바야흐로 방 〖慈〗사랑 자
【국역】자식을 길러 봐야 부모의 사랑을 알 수 있다.


### 126　禍福無門 唯人所召(≪左傳≫)

【주석】〖唯〗오직 유 〖召〗부르다 소
【국역】재앙과 복은 문이 없어, 오직 사람이 부르는 것이다.


### 127　服之不衷 身之災(≪左傳≫)

【주석】〖服〗옷 복 〖衷〗알맞다 충 〖災〗재앙 재
【국역】옷이 (신분에) 맞지 않은 것은 자신의 재앙이다.


### 128　其父析薪 其子弗克負荷(≪左傳≫)

【주석】〖析〗쪼개다 석 〖薪〗땔나무 신 〖弗〗＝不 〖克〗＝能
　　　　〖負〗지다 부 〖荷〗메다 하
【국역】그 부모가 땔나무를 쪼개더라도, 그 자식이 (그 나무를) 짊
　　　　어지지는 안는다.


### 129　鹿死不擇音(≪左傳≫)

【주석】〖鹿〗사슴 록 〖擇〗가리다 택

【국역】 사슴은 죽을 때 소리를 가리지 않는다(사슴의 소리는 우아
      하나 죽을 때의 悲鳴에서는 좋은 소리를 가려낼 수 없다는
      것에서, 사람이 급박한 일을 당하면 惡聲을 낸다는 의미).


### 130  末大必折(≪左傳≫)

【주석】 〚折〛 꺾다 절
【국역】 가지가 크면 (줄기는) 반드시 부러진다.


### 131  未能操刀 而使割(≪左傳≫)

【주석】 〚操〛 잡다 조 〚割〛 베다 할
【국역】 아직 칼을 잡을 수도 없는데, 칼질을 하도록 한다(능력이
      없는 사람에게 일을 시킴을 비유).


### 132  三折肱 知爲良醫(≪左傳≫)

【주석】 〚折〛 꺾다 절 〚肱〛 팔뚝 굉 〚醫〛 의원 의
【국역】 세 번 팔뚝을 부러뜨린 사람만이 훌륭한 의사가 됨을 알 수
      있다.


### 133  象有齒 以焚其身(≪左傳≫)

【주석】 〚象〛 코끼리 상 〚以〛 때문 이 〚焚〛 불사르다 분
【국역】 코끼리는 상아가 있기 때문에 그 몸이 태워진다.

## 134 良禽擇木(≪左傳≫)

【주석】 〖禽〗 날짐승 금 〖擇〗 가리다 택
【국역】 좋은 새는 나무를 가려서 앉는다.


## 135 雖有絲麻 無棄菅蒯(≪左傳≫)

【주석】 〖絲〗 실 사 〖麻〗 삼 마 〖菅〗 솔새 관 〖蒯〗 기름사초 괴
【국역】 비록 실과 삼(과 같은 좋은 물건이) 있더라도, 솔새와 사초
(같은 보잘것없는 풀도) 버리지는 않는다.


## 136 勿謂今日不學而有來日 勿謂今年不學而有來年(≪朱子全書≫)

【주석】 〖勿〗 말라 물 〖謂〗 말하다 위
【국역】 오늘 배우지 않고 내일이 있다고 말하지 말고, 금년에 배우
지 않고 내년이 있다고 말하지 말라.


## 137 讀書百遍義自見(≪朱子全書≫)

【주석】 〖遍〗 번 편 〖義〗 뜻 의 〖見〗 드러나다 현
【국역】 책을 백 번 읽으면, 뜻은 저절로 드러난다.

138 少年易老學難成　一寸光陰不可輕　未覺池塘春草夢　階前
梧葉已秋聲(朱子,〈偶成〉)

【주석】〖學〗학문 학 〖光陰(광음)〗시간이나 세월 〖輕〗가볍게 여
기다 경 〖覺〗깨다 교 〖塘〗못 당 〖階〗섬돌 계 〖梧〗오동
나무 오

【국역】소년은 늙기 쉽고 학문은 이루기 어려우니, 짧은 시간이라
도 가볍게 여겨서는 안 된다. 아직 못의 봄꿈을 깨지도 못
했는데, 계단 앞의 오동잎은 이미 가을 소리를 내네.


139 不孝父母死後悔　不親家族疎後悔　少不勤學老後悔　安不
思難敗後悔　富不儉用貧後悔　春不耕種秋後悔　不治垣墻
盜後悔　色不謹愼病後悔　醉中妄言醒後悔　不接賓客去後
悔(朱子,〈朱子十悔〉)

【주석】〖悔〗뉘우치다 회 〖疎〗멀어지다 소 〖少〗젊다 소 〖難〗
재난 난 〖儉〗검소하다 검 〖種〗씨 뿌리다 종 〖垣〗담 원
〖墻〗담 장 〖色〗＝女 〖謹〗삼가다 근 〖醉〗술 취하다 취
〖妄〗망령되다 망 〖醒〗술 깨다 성 〖接〗대접하다 접

【국역】부모에게 효도하지 않으면 돌아가신 뒤에 뉘우치고, 가족에
게 친절하지 않으면 멀어진 뒤에 뉘우치고, 젊어서 부지런
히 배우지 않으면 늙은 뒤에 뉘우치고, 편안할 때 재난을
생각하지 않으면 실패한 뒤에 뉘우치고, 부유할 때 검소하
게 쓰지 않으면 가난해진 뒤에 뉘우치고, 봄에 밭 갈고 씨

뿌리지 않으면 가을이 된 뒤에 뉘우치고, 담장을 수리하지
않으면 도둑맞은 뒤에 뉘우치고, 여자를 삼가지 않으면 병
든 뒤에 뉘우치고, 술이 취했을 때 함부로 말하면 술이 깬
뒤에 뉘우치고, 손님을 대접하지 않으면 간 뒤에 뉘우친다.

## 140  學者 不患才之不贍 而患志之不立(≪中論≫)

【주석】 〚不〛=勿 〚贍〛 넉넉하다 섬
【국역】 배우는 사람은 재주가 넉넉하지 않은 것을 근심하지 말고,
뜻이 서지 않은 것을 근심해야 한다.

## 141  不如意恒七八(≪晉書≫)

【주석】 〚如〛 같다 여 〚恒〛 항상 항
【국역】 뜻대로 되지 않는 것이 항상 10에 7, 8이다.

## 142  冰炭不言 冷熱自明(≪晉書≫)

【주석】 〚冷〛 얼음 빙 〚炭〛 숯 탄 〚冷〛 차다 랭 〚熱〛 뜨겁다 열
【국역】 얼음과 숯은 (차고 뜨겁다고) 말하지 않더라도, 차고 뜨거움
이 저절로 분명해진다(잘나고 못남은 스스로 말하지 않더라
도 남이 보아서 안다는 뜻).

**143** 　**使我有身後名 不如卽事一杯酒**(≪晉書≫)

【주석】 〖使〗가령 사 〖事〗힘쓰다 사 〖杯〗잔 배

【국역】 설령 나에게 내 몸이 죽은 뒤에 명성이 있더라도, 지금 한 잔 술을 마시는 것만 못하다.

**144** 　**乘興而來 興盡而反**(≪晉書≫)

【주석】 〖反〗=返 돌아가다 반

【국역】 흥이 일어나서 왔다가, 흥이 다하자 돌아간다(마음이 外物의 속박에서 벗어날 때 진실한 쾌락을 맛볼 수 있다는 뜻).

**145** 　**厭家鷄 愛野雉**(≪晉書≫)

【주석】 〖厭〗싫어하다 염 〖雉〗꿩 치

【국역】 집에 있는 닭을 싫어하고, 들에 있는 꿩을 좋아한다.

**146** 　**生女勿悲酸 生男勿喜歡**(陳鴻, 〈長恨歌傳〉)

【주석】 〖女〗딸 녀 〖酸〗슬프다 산 〖喜〗기쁘다 희 〖歡〗기쁘다 환

【국역】 딸을 낳았다고 슬퍼하지 말고, 아들을 낳았다고 기뻐하지 말라(지금 세상은 楊貴妃를 보니 아들이나 딸이나 잘만 낳으면 똑같다).

| 147 | 加粉則思其心之鮮(蔡邕, 〈女誡〉) |

【주석】〖粉〗분 분 〖鮮〗곱다 선

【국역】분을 바를 때면 (얼굴만 예쁘게 할 것을 생각할 뿐만 아니라) 그 마음이 고움을 생각해야 한다.


| 148 | 病從口入 禍從口出(≪太平御覽≫) |

【주석】〖從〗〜부터 종

【국역】병은 입으로부터 들어오고, 재앙은 입으로부터 나간다.


| 149 | 自飽不知人飢(≪通俗篇≫) |

【주석】〖飽〗배부르다 포 〖飢〗주리다 기

【국역】자기가 배부르면, 남의 배고픔을 모른다.


| 150 | 十指有長短(≪通俗篇≫) |

【국역】열 개의 손가락은 길고 짧음이 있다.


| 151 | 不以細疵棄巨美(≪抱朴子≫) |

【주석】〖以〗때문 이 〖疵〗흠 자

【국역】작은 흠 때문에 큰 아름다움을 버려서는 안 된다.

152 十讀不如一寫(≪鶴林玉露≫)

【주석】 『不如(불여)』 ~만 못하다 『寫』 베끼다 사
【국역】 열 번 읽는 것은 한 번 쓰는 것만 못하다.


153 君子 不蔽人之美 不言人之惡(≪韓非子≫)

【주석】 『蔽』 가리다 폐
【국역】 군자는 남의 훌륭한 점을 가리지 않고, 남의 나쁜 점을 말
하지 않는다.


154 天下之難事 必作於易 天下之大事 必作於細 是以欲制物
者 於其細(≪韓非子≫)

【주석】 『作』 일어나다 작 『制』 제압하다 제
【국역】 천하의 어려운 일은 반드시 쉬운 곳에서 일어나고, 천하의 큰
일은 반드시 작은 데에서 시작된다. 그러므로 사물을 제압하
고자 하는 사람은 그 작은 것에서 (반드시 시작해야 한다.)


155 工人數變業 則失其功 作者數搖徙 則亡其功(≪韓非子≫)

【주석】 『數』 자주 삭 『搖』 움직이다 요 『徙』 옮기다 사 『亡』 잃
다 망
【국역】 기술자가 자주 일을 바꾸면 그 공을 잃게 되고, 경작하는
사람이 자주 이동하면 그 공을 잃게 된다.

| 156 | 華而不實(≪韓非子≫) |

【주석】 〚華〛 화려하다 화
【국역】 화려하기만 하고 내실이 없다.


| 157 | 虛則知實之情 靜則知動之正(≪韓非子≫) |

【주석】 〚實〛 속 실 〚情〛 실상 정
【국역】 (마음을) 비우면 실제의 실상을 알 수 있고, (마음이) 고요
하면 행동의 바름을 알 수 있다.


| 158 | 匠人成棺 則欲人之夭死(≪韓非子≫) |

【주석】 〚匠〛 장인 장 〚棺〛 관 관 〚欲〛 바라다 욕 〚夭〛 일찍 죽다 요
【국역】 장인이 관을 만들면, 사람이 빨리 죽기를 바란다.


| 159 | 右手畵圓 左手畵方 不能兩成(≪韓非子≫) |

【주석】 〚畵〛 그리다 화 〚圓〛 동그라미 원
【국역】 오른손으로 원을 그리고, 왼손으로 네모를 그리면, 둘 다 이
루를 수 없다.


| 160 | 世異則事異(≪韓非子≫) |

【국역】 세상이 바뀌었으면, 일도 바뀌어야 한다.

## 161 不躓於山 而躓於垤(≪韓非子≫)

【주석】 〖躓〗 넘어지다 지(질) 〖垤〗 개미둑 질

【국역】 산에 넘어지는 것이 아니라, 개미둑에 (걸려) 넘어진다.

## 162 不知而言不智 知而不言不忠(≪韓非子≫)

【국역】 알지 못하면서 말하는 것은 지혜롭지 못한 것이요, 알면서도 말하지 않는 것은 진실하지 못한 것이다.

## 163 非知之難也 處知則難也(≪韓非子≫)

【국역】 아는 것이 어려운 것이 아니라, 아는 것을 처신하는 것이 곧 어렵다.

## 164 狗猛則酒酸(≪韓非子≫)

【주석】 〖狗〗 개 구 〖猛〗 사납다 맹 〖酸〗 시다 산

【국역】 (주막집의) 개가 사나우면 술은 시게 된다.

## 165 犬馬難 鬼魅易(≪韓非子≫)

【주석】 〖魅〗 도깨비 매 〖易〗 쉽다 이

【국역】 (그림을 그리는데) 개와 말은 (그리기가) 어렵고, 귀신과 도깨비는 (그리기가) 쉽다.

166 刻削之道 鼻莫如大 目莫如小(≪韓非子≫)

【주석】 〖刻〗새기다 각 〖削〗깎다 삭 〖道〗방법 도 〖莫如(막여)〗
〜만 한 것이 없다

【국역】 (사람의 얼굴을) 조각하는 방법은, 코는 크게 하는 것만 한
것이 없고, 눈은 작게 하는 것만 한 것이 없다(코는 한 번
작게 만들면 다시 크게 하기 어렵고, 눈은 한 번 크게 만들
면 다시 줄일 수 없듯이, 일은 처음에 잘 생각해서 시작하
라는 의미).


167 奔車之上無仲尼(≪韓非子≫)

【주석】 〖奔〗달리다 분 〖仲尼(중니)〗孔子의 字
【국역】 달리는 수레 위에 공자는 없다.


168 恃人不如自恃(≪韓非子≫)

【주석】 〖恃〗믿다 시 〖不如(불여)〗〜만 못하다
【국역】 남을 믿는 것은 자신을 믿는 것만 못하다.


169 酒 百藥之長(≪漢書≫)

【국역】 술은 모든 약 중의 으뜸이다(이후 百藥之長이 술의 別稱으
로 쓰임).

## 170 不信之至欺其友(≪韓詩外傳≫)

【주석】 〖至〗지극하다 지 〖欺〗속이다 기
【국역】 불신의 최고는 그 친구를 속이는 것이다.


## 171 嫁女須勝吾家(胡瑗,〈遺訓〉)

【주석】 〖嫁〗시집보내다 가 〖女〗딸 녀 〖勝〗낫다 승 〖吾〗우리 오
【국역】 딸을 시집보낼 때는 반드시 우리 집보다 나은 집이어야 한
다(그래야만 딸이 남편의 집을 존경한다).


## 172 地薄者大木不産 水淺者大魚不遊(≪黃石公素書≫)

【주석】 〖薄〗메마르다 박 〖淺〗얕다 천 〖遊〗놀다 유
【국역】 땅이 메마른 곳은 큰 나무가 나지 않고, 물이 얕은 곳은 큰
고기가 놀지 않는다.


## 173 百戰百勝不如一忍 萬言萬當不如一默(黃庭堅,〈贈張叔和詩〉)

【주석】 〖當〗맞다 당 〖默〗입 다물다 묵
【국역】 백 번 싸워 백 번 이기는 것은 한 번 참는 것만 못하고, 수
많은 말이 이치에 맞더라도 한 번 침묵하는 것만 못하다.

| 174 | 山雨欲來風滿樓(許渾,〈咸陽城東樓〉) |

【국역】 산비가 오려고 할 때, 바람이 다락에 가득 찬다(무슨 일이든
지 일이 일어나기 직전에 그 징후가 크게 나타난다는 의미).

| 175 | 泰山之高 背而不見 秋毫之末 視之可察(≪淮南子≫) |

【주석】 〖背〗 등지다 배 〖毫〗 털 호 〖察〗 살피다 찰
【국역】 태산이 높아도 등지면 보이지 않고, 가을 털의 끝일지라도
그것을 자세히 보면 살필 수 있다.

| 176 | 禍與福同門 利與害爲隣(≪淮南子≫) |

【국역】 재앙과 복은 문이 같고, 이익과 손해는 이웃이다.

| 177 | 舟覆乃見善游(≪淮南子≫) |

【주석】 〖覆〗 엎어지다 복 〖善〗 잘하다 선 〖游〗 헤엄치다 유
【국역】 배가 엎어져서야 헤엄을 잘 치는 사람을 알 수 있다.

| 178 | 知遠而不知近(≪淮南子≫) |

【국역】 먼 것은 알지만, 가까운 것은 모른다.

| 179 | 天地之道 極則反 盈則損(≪淮南子≫) |
|---|---|

【주석】 〖極〗 지극하다 극 〖反〗 =返 돌아오다 반 〖損〗 덜다 손

【국역】 천지의 도는 극에 다다르면 돌아오고, 가득 차면 이지러진다.

| 180 | 臨河而羨魚 不如結網(≪淮南子≫) |
|---|---|

【주석】 〖羨〗 부러워하다 선 〖網〗 그물 망

【국역】 강에 임하여 고기를 부러워하는 것은 (집에 돌아와) 그물을 엮는 것만 못하다.

| 181 | 見蛇首 知長短(≪淮南子≫) |
|---|---|

【주석】 〖蛇〗 뱀 사

【국역】 뱀의 머리를 보고서 (그 뱀의) 길고 짧음을 알 수 있다(일부분만 보아도 전체를 알 수 있다는 뜻).

| 182 | 百川異源 而皆歸于海(≪淮南子≫) |
|---|---|

【주석】 〖源〗 근원 원 〖于〗 =於 어조사 우

【국역】 온갖 시냇물이 근원은 달라도 모두 바다로 돌아간다.

| 183 | 嘗一臠 知一鑊味(≪淮南子≫) |
|---|---|

【주석】 〖嘗〗 맛보다 상 〖臠〗 저민 고기 련 〖鑊〗 가마솥 확

【국역】 한 덩이의 고기만 맛보아도, 한 솥의 (고기) 맛을 알 수 있다.


 石上不生五穀(≪淮南子≫)

【주석】 〖穀〗곡식 곡(五穀: 주로 벼·보리·콩·조·기장)
【국역】 돌 위에는 오곡이 자라지 않는다(무슨 일이든 반드시 원인
이 있어야 결과가 있다는 의미).


 水積而魚聚 木茂而鳥集(≪淮南子≫)

【주석】 〖積〗쌓다 적 〖聚〗모이다 취 〖茂〗무성하다 무
【국역】 물이 쌓이면 고기가 모이고, 나무가 무성하면 새가 모인다.


 鉛不可以爲刀(≪淮南子≫)

【주석】 〖鉛〗납 연 〖可以(가이)〗~할 수 있다 〖爲〗만들다 위
【국역】 납으로는 칼을 만들 수 없다(물건은 각각 용도가 다르다는
의미).


 身體髮膚 受之父母 不敢毁傷 孝之始也 立身行道 揚名
於後世 以顯父母 孝之終也(≪孝經≫)

【주석】 〖膚〗살갗 부 〖毁〗헐다 훼 〖傷〗다치다 상 〖顯〗드러내
다 현
【국역】 몸과 머리카락과 피부는 부모에게서 받은 것이니, 감히 훼

손하지 않는 것이 효도의 시작이다. 몸을 세워 도를 행하고, 이름을 후세에 날려서 부모를 드러나게 하는 것이 효도의 마침이다.




【주석】 〖理〗다스리다 리〖毫〗털 호〖釐〗미세하다 리〖差〗차이 차〖里〗거리 리

【국역】 그 근본을 바르게 하면 모든 일은 다스려진다. 작은 실수가 천 리의 차이를 만들어 낼 수 있다(여기에서 毫釐千里란 고사가 나옴).




【주석】 〖逐〗쫓다 축〖獲〗얻다 획

【국역】 만 사람이 토끼를 쫓지만, 한 사람만이 그것을 얻는다.




【주석】 〖省〗살피다 성〖疚〗꺼림칙하다 구〖恤〗근심하다 휼

【국역】 안으로 반성해서 꺼림칙하지 않다면, 어찌 남의 말에 근심할 필요가 있겠는가?

【주석】 〖刻〗새기다 각 〖鵠〗고니 곡 〖尙〗여전히 상 〖類〗비슷하다 류 〖鶩〗따오기 목(고니와 따오기는 크기만 다를 뿐, 모양은 비슷함)

【국역】 고니를 만들다 이루지 못하더라도 여전히 따오기와 비슷하다(사람이 聖人의 도를 배우면 聖人이 되지는 못하더라고 착한 사람이 될 수는 있다는 뜻).



【주석】 〖過〗들르다 과 〖女〗딸 녀

【국역】 도둑도 다섯 딸이 있는 집에는 들어가지 않는다.



【주석】 〖覆〗엎어지다 복 〖返〗돌아오다 반 〖盆〗동이 분

【국역】 엎어진 물은 동이로 돌아가지 못한다(부인이 한 번 마음을 바꾸면 돌리기 어렵다는 것과 한 번 저지른 일은 어쩔 수 없다는 뜻).



【주석】 〖穴〗구멍 혈 〖子〗명사화접미사 자

【국역】 호랑이 굴에 들어가지 않으면, 호랑이를 얻지 못한다.

· 편저자 ·

원주용 · 학  력 ·
(元周用)  성균관대학교 한문학과 박사과정 졸업
          (문학박사)

         · 경  력 ·
          안동대학교, 원광대학교 강사
          (현) 성균관대학교, 양원주부학교, 한림대학교 강사,
              성균관대 동아시아지역연구소 선임연구원

         · 주요논문 및 저서 ·
          「牧隱 李穡의 碑誌文에 관한 고찰」
          「陶隱 散文의 문예적 특징」
          「鄭道傳 散文에 관한 일고찰」
          『한국 한문학의 이론, 산문』(공저)
          『목은 이색 산문 연구』외 다수




동양의 지혜, 그리고
현대인의 삶

| | |
|---|---|
| · 초판 인쇄 | 2008년 7월 5일 |
| · 초판 발행 | 2008년 7월 5일 |
| · 지 은 이 | 원주용 |
| · 펴 낸 이 | 채종준 |
| · 펴 낸 곳 | 한국학술정보㈜ |
| | 경기도 파주시 교하읍 문발리 513-5 |
| | 파주출판문화정보산업단지 |
| | 전화 031) 908-3181(대표) · 팩스 031) 908-3189 |
| | 홈페이지 http://www.kstudy.com |
| | e-mail(출판사업부) publish@kstudy.com |
| · 등  록 | 제일산 115호(2000. 6. 19) |
| · 가  격 | 34,000원 |

ISBN  978-89-534-9671-2 93810 (Paper Book)
      978-89-534-9672-9 98810 (e-Book)